二拠点修行生活

2KYOTEN SHUGYO SEIKATSU

～異世界転移したと思ったら
日本と往復できるらしい。
異世界で最弱、日本では全身麻痺だが、
魔法が無限に使えるので修行し続ける～

2

橋下悟
[ill.] Noy

TOブックス

CONTENTS

illust:Noy
design:Hotal Ohno(musicagographics)

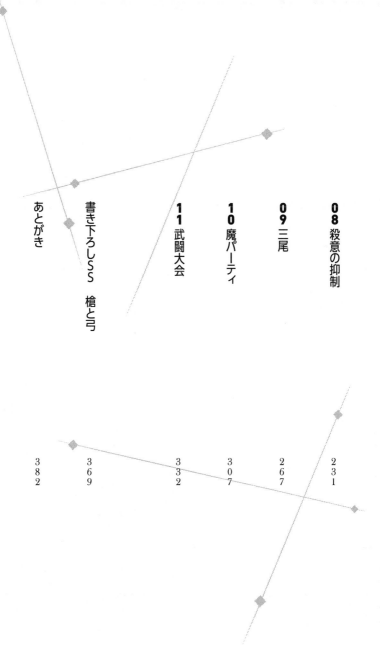

CHARACTER

ハザマ

最弱だったが、異世界と現代を往復できるようになったことで着実に力をつけている。全身麻痺である日本の体を治癒することを目標に修行に励んでいる。

カルディ

道具屋の女主人で元冒険者。
過去は謎に包まれている。
ハザマに興味を持ち、
彼の修行をサポートしている。

ジーン

とても腕が立つ槍使い。
ハザマの無鉄砲さに呆れている。

ドグバ

面倒見が良いギルド受付のおじさん。
カルディの知り合いで、
彼女が認めるハザマに一目置いている。

01　暗闇の中で

僕たちは無事に要請クエストをクリアした。要請クエストとは、通常のクエストとは異なり、国や領主から依頼されるクエストだ。今回僕たちが参加したのは、毎年恒例の狩り。頭が2つある熊の強力な魔物、ダブルヘッド狩りだ。このダブルヘッドは、放っておくとシングルヘッドという魔物を引き連れ、狩場の外へと出てしまう。そうならないために、毎年ダブルヘッドの討伐隊が組まれるのだ。

僕は、ノーツさんたち冒険者パーティに加わり、ダブルヘッドの討伐へと向かった。他の街の冒険者や騎士団と合流し、総勢50名近い大きなパーティでダブルヘッドと戦った。騎士団長や、槍使いジーンの活躍により、無事にダブルヘッドを討伐。

ボスであるダブルヘッドを倒してしまえば、辺りの魔物もある程度減少する。去年の帰りの道中はほとんど魔物が出現しなかったらしい。

ところが……。

「おい！　どうなってんだ！　シングルヘッドの数がおかしい！　来るときより増えてねぇか!?」

オルランドさんが大きな声で言う。確かにおかしい。最初はシングルヘッドが1頭いただけだ。そいつを倒している間に、他の魔物が湧き、さらにシングルヘッドが3頭も出てきた。ノーツさんの話だと、去年はダブルヘッド討伐後、帰りにシングルヘッドは1頭もいなかったそうだ。

嫌な予感がする……。

「な！　……とにかく、さっさとシングルヘッドを討伐して、今日の合流地点まで戻るぞ！　おい、ラウール！」

「おう！　まかせろ！　［円月斬］！」

ザシュッ……ドサッ！

ラウールさんがシングルヘッドを1頭仕留める。

「おい見ろ！　シングルが更に湧いたぞ！」

カーシーさんの指差す方向にシングルヘッドが更に3頭、合計5頭だ。

まずい！　今のパーティは僕を含めて5人。倒せるだろうが、これ以上湧くと対応できなくなる。

「ダメだ！　一旦引くぞ！」

僕とカーシーさんの後衛から、撤退する。魔物の注意は前衛にあるので、とにかく全力で走る。

「大丈夫だ！　お前らも早く来い！」

カーシーさんが叫ぶ。

「おい！　ダブルだ！　ダブルがいたぞ！　逃げろ!!」

ラウールさんが大声で叫ぶ。

なっ！

まだダブルヘッドを討伐しきれていなかったのか!?

5人でダブルヘッドは無理だ！

「急げ！　俺たち後衛がまずは逃げるんだ！」

カーシーさんが叫ぶ。

ノーツさん、オルランドさん、ラウールさんの前衛が注意を引いてくれたおかげで、だいぶ距離をとることができた。振り返って確認する。ノーツさんたちも少し遅れてこちらに走ってくる。

おぉ！　なんとか逃げ切れたようだ。僕は視線を前に戻す。

!!

銀色の大きな影が僕の目の前に現れる……ダブルヘッド！

最悪だ……目の前にはダブルヘッドが2頭いる。

「グガァッ！」

「［ガード］！」

ガギンッ！

僕は宙を舞う。

ダメだ、［ガード］を使ったところで吹っ飛ばされる。

なっ！

目の前のダブルヘッドはもういない。動きが速すぎる。

「ガァッ！」

［ガード］の効果が切れると同時に僕の意識は無くなった……。

目を覚ますと、真っ暗で何も見えない。

僕は……そうだ！

ダブルヘッドだ！

痛っ！

なんだこれは!?

両腕と太ももから痛みが走る。四肢が折られているようだ。一体どうなっているんだ？

［ヒール］！

両肩が淡く光る。

!!

なんだ!?

光で周りが少し見えた。

ノーツさん！

ノーツさんが横に倒れている。僕と同じく、四肢を折られ、気を失っているようだ。

僕は［マルチタスク］で自分とノーツさんに同時に［ヒール］を使っていく。

［ヒール］！

クソ！

ここはどこだ？

わからないが、とにかくＨＰを回復させよう。自分とノーツさんにひたすら［ヒール］を使っていく。

辺りは［ヒール］の光だけではよくわからない。真っ暗で、ひどく空気が淀んでいる。洞窟の中だろうか。

嫌なにおいもする……血のにおいだ。

最初は自分のものかと思ったが、そうじゃない……。

僕とノーツさんを全快させる。

［炎魔法］

炎の明かりで辺りを確認してみる。

！！！

なんだこれは！

辺りには冒険者のものと思われる死体が転がっている……それも、バラバラに引き裂かれている。

まずい！

ここにいたら間違いなく殺される！

僕は［水魔法］を使ってノーツさんの顔に水をかける。

「うぅ……ここは……狭間くんか？」

「はい、気が付きましたか？」

ノーツさんは辺りを見渡し、自分の手足を確認する。

「そうか。狭間くんが治してくれたんだな？」

「はい、僕もノーツさんも腕と太ももを折られていたようです。一体なにがおこっているんでしょうか」

「…………………」

暗くてよく見えないが、ノーツさんは考え事をしているようだ。

「まずいな……そうか……ダブルヘッドに連れてこられたってわけか」

「どういうことです？」

「ここは、おそらく奴らの巣だ。討伐しそびれたダブルヘッドのねぐらってわけだ」

「ねぐら……？　どうして僕たちはここに？」

「食料だよ……そこに転がっている奴らはそういうことだ」

「それって……」

「そうだ、俺たちを食うために巣穴に持ち帰ったってことだ。俺は気を失う前に四肢を折られた。奴らは食料の鮮度を保つために、殺さず逃げられないようにして巣穴に持ち帰るんだ。まさに今の俺達がその状況ってわけだな」

なんてことだ……殺されなかったのはそういうことか。

「とにかく脱出するぞ」

「はい、［プロテクト］をしておきますね」

僕は自分とノーツさんに［プロテクト］をしておく。

「ラウールたちもいるかもしれんが、まずは脱出を優先しよう。生きて、脱出してもう一度騎士団と来るしか無い」

「わかりました」

薄暗い洞窟の中を［炎魔法］の明かりを頼りに進む。通路はシングルヘッドやダブルヘッドが通るのだろう。人が通るには十分な幅だ。

「俺はそれほど強力な攻撃スキルを持っていないが、補助があればシングルくらいなら倒せる。ダブルがいたら、一旦引くぞ。狭間くんには、回復を頼む」

「はい、わかりました」

少し進むと道幅が徐々に大きくなってくる。

「何頭かいるな……シングルだけならいいが」

「ガァッ！」

こちらの明かりに気づいたようだ。1頭突進してくる。

ガギンッ！

ノーツさんが盾で受け止めると他のシングルヘッドも突進してくる。僕は突進してくる方向に予《あらかじ》め［エアブレード］を撃っておく。

ブシュッ！

ある程度は効いているようだ。

「フンッ！」

ノーツさんが盾でシングルヘッドを吹っ飛ばす。

よし！

僕は吹っ飛んだ方向にまた［エアブレード］を撃つ。

ブシャァッ！

シングルヘッドの血が飛び散る。やはりヤツらの突進や飛んでいく方向に合わせ、逆向きに［エアブレード」を撃つと威力が上がるな。

「[ガード]！」

ガギンッ！

大丈夫だ。シングルの攻撃ならば、[自己強化]の[不屈]でHPを増やし、[プロテクト]と[ガード]で充分に対応できる。


「やるな、狭間くん。攻撃魔法も使えるのか」

「はい、ただしタイミングを合わせないとあまりダメージが通りませんね」

時間はかかったが、僕たちはなんとかシングル2頭を倒した。

「MPは大丈夫か？　かなり使っていると思うが」

「はい、まだ半分以上あります」

「そうか。助かる。ではもう少し先へ行こう」

「はい」

さらに道幅が広がっていく。

明かりだ……出口が見えてきた。


!!

最悪だ。出口付近にはダブルヘッド、シングルヘッドがごろごろいる。

「ダメだ……引き返すぞ」

「はい……」

僕とノーツさんは気付かれないようにゆっくりと来た道を引き返す。

「まずいな……あれを突破するのは絶望的だ。しかも、シングルを2頭やっちまってる。俺たちが回復したことがバレるだろう」

「どうします？　他に道はありませんでしたよね」

「狭間くん、［土魔法］は使えるか？」

「はい」

「そうか。レベルはいくつだ？」

「5です」

「厳しいな……［土魔法］のレベルがあれば、横穴を掘って脱出できる。しかしレベル5だと効率が悪い。ＭＰが尽きて終わりだろう」

「少しならできるかもしれません。やってみます」

「そうか……」

僕は通路脇に手をあて［土魔法］を発動させる。いつものように手から土を出すのではなく、目の前の土を消し去るようなイメージだ。

「……………………」

少し土は減ったか？　……これじゃダメだ。

今度は土を消すのではなく、移動させるようなイメージで［土魔法］を発動させる。土がズルズルと削れていく。さっきよりも効率は良い。

「このペースでは厳しいな」

「僕に考えがあります。待ってください」

「そうか……」

僕は目の前に通路を作ろうと、［土魔法］を発動させ続ける。

「おい、あまりここにいると気付かれるぞ」

「もう少しです」

人2人分が入れるような穴をあける。

「奥に入ってください」

「わかった」

ノーツさんが奥に入ると、僕はあけた穴を［土魔法］で塞ぐ。数カ所小さな穴をあけ、窒息しないようにする。

「なるほど……」

今度はそこからMPの続く限り通路を広げ、奥へ進んでいく。

10mくらいは進んだだろうか。

「MPが尽きました。明日また掘ります」

「わかった。狭間くんは休んでくれ。俺も剣で掘って進みたいが、音で見つかる可能性があるからな」

「ノーツさん、これを」

僕は毒を抜いた毒の実をノーツさんに渡す。少しだけだが、［ストレージ］に入れておいたのだ。SPと［ストレージ］のスキルを上げるためだ。

「大丈夫です、毒は抜いてあります」

「ありがとう、いただくよ。狭間くんは？」

「僕はさっき食べました」

「そうか……」

本当は食べていない。おそらくだが、僕は飲み食いしなくても死なない。日本の病室で常に点滴を受けているからだ。

「これでノーツさんも毒喰らいですね」

「美味《うま》いな……」

「フッ……」

ノーツさんが小さく笑う。なんとか生き延びなければ……。

僕たちは［水魔法］で水分補給し、その場で体力を温存するために動かずにいた。

狭間圏《はざまけん》
［見習い魔法士：Lv13］＋2
HP：157／175＋5 見習い魔法士：－18 MP：1／466 見習い魔法士：＋56

SP：3／58
力：22見習い魔法士：−8　耐久：44＋2見習い魔法士：−8　俊敏：40　技：22
器用：7　魔力：34＋1見習い魔法士：＋28　神聖：60＋1
魔力操作：44見習い魔法士：＋23
［土魔法：Lv6］＋1　［ヒール：Lv25］＋1　etc…29

♻

病室で目覚める。今日はいつものようにはいかない……ゆっくりとスキルを鍛えている時間が無い。異世界で生き延びるために、病室でも最善を尽くさなければならない。そうでなければ、僕だけでなくノーツさんも死ぬことになる。

［土魔法］だ。多少のリスクがあっても［土魔法］を全力で鍛えなければならない。幸い今日は病室で目覚めることができ、さらに今は誰もいない。

僕は［土魔法］の［形成］を発動させる。自分のベッドの下に陶器の皿を作っていく。

発動が遅い……［土魔法］と［形成］のスキル、そして器用さのステータスが全て低いからだ。まずいな……この発動スピードだとMPの消費量が少ない。最大MPはほとんど上げられないだろう。

途中看護師さんが点滴の入れ替えなどをするが、僕はその間もひたすら［形成］で皿を作る。とにかく、日本ではこのまま［土魔法］を強化するしかない。［マルチタスク］を使って、皿を2枚同時に作ろうとする。

ダメだ……うまくいかない。

［マルチタスク］のスキルレベル、それから［土魔法］［形成］のスキルレベルが低すぎるんだ。

さらに、焦りがあるのかもしれない。

大丈夫……こっちでは12時間くらい起きていられる。この間に［マルチタスク］を使えるようになり効率を上げるんだ。


それから数時間［マルチタスク］で皿を2枚同時に作ろうとした。いけそうだ。感覚的にもう少しでできそうな気がする。

いける！

僕はベッドの下に皿を2枚同時に作り出す。しばらく2枚同時に作ることに慣れよう。集中が途切れると、1枚だけになってしまう。


さらに数時間で2枚同時の［形成］に完全に慣れた。そして、［ショットストーン］という［土魔法］を習得した。名前の通り石を飛ばすのだろうか。

しかし、今はそれを試す場所も時間もない。

3枚だ。それよりも3枚同時に皿を作ることを目指そう。できる限り効率を上げなければならない。

ダメだ……3枚同時は相当難しい。ただし、絶対に無理、という感覚ではない。なんとか3枚同時に成功させようとする。今日1日での習得は厳しいな。

「おい、狭間。今日も来てやったぞ」

ササモトだ……。

マズイ、今は勘弁してくれ。

「お前何話まで見たっけ？」

ササモトはスマホを操作しながら聞いてくる。今日はダメだ。アニメなど見ている時間は無い。

ササモトは僕にイヤホンをつけようとしてくる。

「…………………」

ササモトの手が止まる。

「いや、悪いな……今日はそんな気分じゃ無さそうだな」

「…………………」

今の僕は表情筋がそれほど動かせない。しかし、ササモトは何かを感じ取ってくれたようだ。

「一昨日《おととい》も……いや、一昨日とは感じが違うな……」

一昨日？

僕は一昨日病室で目覚めていない。何かあったのか？

「いや、俺が無神経だったよ……悪かったな」

そう言うとササモトは荷物を持って立ち去る。

すまない、今は余裕がないんだ。ササモトの言っていた一昨日のことも少し気になるが、今はそれどころではない。とにかく［土魔法］を強化しなければ。

そして、今の僕のベッドの下には大量の陶器の皿がある。いずれ気付かれるだろうが、気にしてはいられない。

明日を無事に生き延びなければ……。

狭間圏《はざまけん》
［見習い魔法士：Lv13］
HP：157／175 見習い魔法士：－18
MP：523／467＋1 見習い魔法士：＋56 SP：58／58
力：22 見習い魔法士：－8 耐久：44 見習い魔法士：－8 俊敏：40 技：22
器用：11＋4 魔力：35＋1 見習い魔法士：＋28 神聖：60
魔力操作：44 見習い魔法士：＋23
［土魔法：Lv11］＋5［形成：Lv7］＋7［ショットストーン：Lv0］New
［マルチタスク：Lv19］＋1 etc…28

♻

暗闇で目覚める。ＭＰは全快だ。早速《さっそく》［土魔法］で穴を掘り進めていこう。

ズリズリと土をかき分けて進む。

「狭間くん。すまないが頼む」

「わかりました」

昨日よりも［土魔法］のスキルレベルが大幅に上がっている。おそらく今日はかなり進めるはずだ。

「進む方向はどうしましょう」

「そうだな。ある程度離れてから外に出ないと、ヤツらに見つかるだろう。かといって、ここも見つからないとは限らないからな……」

「ですよね」

「今日はＭＰ的にも昨日の半分くらいしか進めないだろう」

「いえ、昨日の倍は進めるはずです」

「それは無い。ＭＰは半分も回復していないだろう？」

「いえ……」

これは、隠している場合じゃないな。

「ＭＰは全快です。僕は毎朝ＭＰが全快するんです」

「そうか……」

「驚かないんですか？」

「いや、本当かどうかわからないしな。掘り進めてみればわかることだ」

「はい。進みましょう」

15mくらいは進んだだろうか。暗闇で距離感や方向感覚が無い。

「驚いたな……本当に昨日よりも進むとは」

「はい、まだMPは半分以上あります」

「おいおい、昨日の倍どころではないな」

「そうですね。［土魔法］のスキルレベルが上がっているのが大きいと思います」

「フッ……キミは変わった人間だと思っていたが、これは嬉しい誤算だ。希望が見えてきたな」

「でも方向がよくわかりませんね。できるだけヤツらの巣穴から離れたほうがいいとは思うんですが」

「今は巣穴を垂直に横に進んでいる感じだろうな。このあとは、巣穴と平行に掘り進めばおそらく外に出られるはずだ」

「わかるんですか？」

「まぁな。［方位］というスキルだ。ソロやパーティリーダーが覚えることが多い」

「おぉ、すごく便利ですね」

「いや、方位磁針というアイテムがあれば必要のないスキルだ。あまり需要は無いだろう。今はアイテムが無いから助かるが」

なるほど。パーティに1人方位磁針を持っている人間がいればそれほど必要ないのか。

「どうします？　このまま進みますか？」

「そうだな。残りの体力や食料で考えよう。狭間くん、毒の実はまだあるのか？」

「はい、あと7つあります。1日一つ食べるとして、3日はもつと思います」

毒の実は糖分が高いから、1日一粒食べればなんとかもつ。空腹には変わりないが。

「いいのか？」

「何がです？」

「いや、俺が半分もらってもいいのか？」

「もちろんですよ」

「すまないな。この状況では俺は役に立ちそうもない」

「僕だけでは方向がわかりませんし、［土魔法］について教えてくれたのはノーツさんですから」

「わかった。頼む。そうだな……今日一日くらいはこのまま進もう。理想的には巣穴の出口から100mくらいは離れたい。それでもダブルに見つかったら追いつかれるだろうが……」

「了解です」

それからさらに5mくらい進む。

「ん？　ちょっと待ってくれ」

「なんでしょう？」

「場所を代わってくれ。［土魔法］を習得したようだ」

「おぉ、ナイスタイミングですね」

「一日中土の中にいたことで習得したんだろうな」

なるほど、こういう習得の仕方もあるのか。

「ただ、俺はMPも少ないし［土魔法］のスキルも今覚えたばかりで0だからな。まぁやらないよりはマシ程度だろう」

ノーツさんはそう言うと［土魔法］を発動させる。3mくらいは進んだだろうか。

「ダメだ。MPが尽きた。代わってくれ」

「わかりました」

僕はノーツさんと場所を入れ替わり、再び掘り進める。

「ノーツさん……」

「どうした？」

「硬い場所に突き当たったようです。方向を変えたほうがいいですか？」

「そうだな……岩に突き当たったというところか」

「だと思います」

「そうすると、できることは限られる。俺は［土魔法］には詳しくないが、迂回して進むのと、岩を［土魔法］で崩すのではどちらがMPを節約できる？」

「感覚的な予想ですが、迂回したほうがいいかもしれません。硬いものを崩すよりも、柔らかい土を掘ったほうがMPが節約できそうです。ただ、岩の厚さや幅がわからないので大きさによっては……」

「そうか……賭けだな」

「そうだ。ちょっと確認してみます」

僕は岩盤に手を当て、魔力操作で周囲を探る。魔力操作が以前よりも上がっていることと［土魔法］のスキルが上がっていることもあり、魔力を流すとなんとなく周辺がわかる。

「これだ……」

僕は岩の下を掘り、岩自体を下げる。魔力操作で多少離れた場所でも［土魔法］で掘ることができる。

「迂回するでも、破壊するでもなく、ずらすことができました。ＭＰを節約することができたと思います」

「やるな……」


それから更に掘り進める。ノーツさんと合わせて40ｍくらい進んだだろうか。

「ＭＰが尽きました」

「昨日よりもかなり進むことができたようだな。今日も体力を温存するために、できるだけ動かないようにしておこう」

「わかりました」

僕は［ストレージ］から毒の実を出し入れする。

「どうした？　何かしているのか？」

ノーツさんに聞かれる。

「はい。［ストレージ］とＳＰ強化のために毒の実を出し入れしています」

「フッ……キミはこんなときにまで修行か」

そのあとSPも使い切った。

狭間圏《はざまけん》
[見習い魔法士：Lv13]
HP：157／175 見習い魔法士：−18 MP：0／467 見習い魔法士：+56
SP：0／59+1
力：22 見習い魔法士：−8 耐久：44 見習い魔法士：−8 俊敏：40 技：22 器用：11
魔力：35 見習い魔法士：+28 神聖：60 魔力操作：44 見習い魔法士：+23
[土魔法：Lv12]+1 [鉱脈探知：Lv0] New etc…31

♻

病室では今日も皿を作り続ける。昨日異世界では[鉱脈探知]というスキルを習得した。土の中を[魔力操作]で探ったこと、岩を下にずらしたことが影響しているのだろう。ただし、今日の病室でも他のスキルを試している余裕はない。ひたすら[土魔法]の[形成]で皿を作り続ける。

そして、ベッドの下に皿があることが一発でバレた。どうやら平日は基本的に掃除されるらしい。

ベッドの下に大量の皿があるので、何か知っているかと聞かれたが無言で首を横に振った。明日もおそらく清掃が入るだろう。が、気にしてはいられない。無視して皿を作り続ける。3枚同時だ。今日中になんとか3枚同時に作りたい。

皿を作るスピードが上がっているので、自分のベッドの下が皿でいっぱいになる。隣のおじいさんのベッドの下にも皿を作り始める。

怪奇現象だ。病室のベッドの下に次々に皿ができていく。

昼を過ぎた頃、感覚が変わってきた。3枚同時にできそうな感覚が出てくる。集中が散ってしまわないように、慎重に魔力を使う。両手両足で轆轤《ろくろ》を操作しているような感覚……難しい。できたとしても、歪んでしまう。だが、魔力を3つに分けて使うこと自体はでき始めている。

それからしばらく続けると、夕方には3つ同時に作ることができた。今度は3枚同時に作ることに慣れなければならない……。

僕は就寝まで皿を作り続けた。

狭間圏《はざまけん》
【見習い魔法士：Lv13】
HP：157／175 見習い魔法士：－18

MP：524／468＋1 見習い魔法士：＋56 SP：59／59
力：22 見習い魔法士：－8 耐久：44 見習い魔法士：－8 俊敏：40 技：22
器用：15＋4 魔力：35 見習い魔法士：＋28 神聖：60
魔力操作：44 見習い魔法士：＋23
［土魔法：Lv16］＋4 ［形成：Lv13］＋6 ［マルチタスク：Lv20］＋1 etc…30

♻

暗闇の中［土魔法］で穴を掘り続ける。

「ノーツさん……」

「どうした？」

「この先に空洞がありそうです。どうしましょう？」

「大きさはわかるか？」

「いえ、空洞があることしかわかりません。大きさは不明です」

「そうか……可能性としては、奴らの巣穴ってのが一番高いだろうな。何しろあれだけの数がいたんだ。あの大きさの巣穴が1つだけってのはおかしいだろう」

「まずいですね……巣穴から離れるつもりで、他の巣穴にぶつかってしまうとは」

「そうだな。穴は開けないほうが良いだろう。ただ……」

「？」

「いや、カーシーやラウール、オルランドがいるかもしれん……」

そうだ。他のみんなが逃げ切れているとは限らない。同じように四肢を折られ、他の巣穴に運ばれた可能性もある。

「しかし、穴をあけての救出はリスクが高すぎる。俺たちだけでも脱出できれば、そのあと救出に来ることだってできる……。できるが……」

「時間、ですね？」

「そうだ。俺たちが仮に脱出できて、救出に戻ってこられたとして、最低でも数日はかかる。その間に食われないとは限らない。むしろ数日食わないって可能性のほうが低い……」

「行きましょう。仮にカーシーさんたちが逃げ切っていたとしても、ほかの生存者がいるかもしれません」

「そうだな……。こんなときに命を張るのが冒険者ってもんだ」

僕は息を呑んで、穴をあける。

「こっちだ。洞窟の入口にはおそらく奴らの見張りがいるだろう。生存者がいるなら洞窟の奥だ」

僕は［炎魔法］を使い、ノーツさんについていく。随分と広い巣穴だ。僕たちがいた巣穴よりも横幅が広く、天井も高い。

!!

奥へ行くと、さらに通路がひらける。

ひどい……。

いくつもの死体が転がっている。強い臭気が立ち込める。

「何頭かいるな……狭間くん、［炎魔法］で照らしてくれ。ダブルだったら即撤退だ」

「はい……」

僕は息を呑む。大きな賭けだ。

［炎魔法］を発動すると、1頭のシングルヘッドがいた。ヤツが明かりに気づくと同時に、ノーツさんが突進して吹き飛ばす。

「フンッ！」

「はっ！」

僕も続けて［エアブレード］を撃ち込む。さらに近づいて［ガウジダガー］だ。前衛の戦闘にはんの少しだが慣れてきた。隙があれば連続で［エアブレード］を撃ち込んでいく。

1頭だけだったので、それほど時間をかけずに討伐できた。ノーツさんは冷静に生存者を確認する。カーシーさんやラウールさん、オルランドさんは見当たらない。

「狭間くん、こっちだ。生存者がいるぞ」

「はい」

僕は［ヒール］を使って横たわっている生存者を回復させていく。生き残っているのは彼だけだろうか。

「おい、しっかりしろ」

ノーツさんが声をかける。

「俺は……死んでいないのか？」

「あぁ、ここはダブルヘッドの巣穴だろう？」

「そうだ！　お前ら逃げろ」

男はガタガタと震えだす。

「トリプルだ……。トリプルヘッドがいたんだ……」

「なっ！　バカな！」

トリプルヘッドというのはダブルヘッドのさらに上位の魔物なのだろうか。

「まずい……。街が壊滅するぞ……」

え⁉

「そんなに強力な魔物なんですか？」

「あぁ、仮にダブルヘッド討伐のメンバー全員で行ったとしても全滅だろう。1000人くらいの規模、もしくは英雄クラスの人間がいないと太刀打ちできない」

「おい、歩けるか？　すぐに出るぞ。狭間くん、さっきの横穴に戻ろう」

メキッ！

振り返ろうとした瞬間、脚に鈍い痛みが走る。

「っ‼」

脚の骨が折られた。ダブルだ……。ダブルヘッドがすぐ後ろまで迫っていた。

「おい！　大丈夫か！」

ドガッ！　ノーツさんも吹っ飛ばされたのだろうか。ダブルヘッドはのそのそとこっちに近づいてくる。最悪の状況だ……。

僕は自分の脚に［ヒール］を使い続ける。

「ガァッ！」

ゴギィッ！

「うあぁぁ!!」

もう片方の脚も折られる。

クソッ！

回復が追いつかない。

メキメキメキ……。

「があぁぁ！」

今度は両方を押しつぶされる。ヤツは僕の両脚を折ると、生存者とノーツさんの方へと向かう。

「うおぉぉ！」

ノーツさんが立ち向かうが、まるで相手にならない。

ドガッ！

盾ごと吹っ飛ばされ、僕と同じように四肢を折られる。

「ひぃぃ！」

次はさっきの生存者だ。彼の方にゆっくりとのそのそ近づいていく。

ダメだ……意識が……回復しなければ……。

狭間圏《はざまけん》
[見習い魔法士：Lv13]
HP：52／178＋3 見習い魔法士：－18　MP：126／468 見習い魔法士：＋56
SP：43／59
力：22 見習い魔法士：－8　耐久：46＋2 見習い魔法士：－8　俊敏：40　技：22
器用：15　魔力：36＋1 見習い魔法士：＋28　神聖：61＋1
魔力操作：44 見習い魔法士：＋23
[土魔法：Lv17]＋1　[ヒール：Lv26]＋1　[オートヒール：Lv0]New
etc…31

♻

病室で目覚める。
まずい！　急いで回復しなければ！
[ヒール]！
おかしい……。[ヒール]に違和感がある。
[ヒール]！

回復している。

身体の感覚が無いため、HPを確認するしか無い。これは……勝手に回復している。

僕はステータスを確認する。

[オートヒール：Lv2] New
これだ！

[オートヒール]を習得したようだ。名前の通り、[ヒール]を自動で発動するらしい。みるみるうちにHPが回復していく。

……ん？

いや、おかしいのはそれだけじゃない。さっきから腕が変な方向に動いている。まずい！　今度はHPが減っている！

僕は[ヒール]を[マルチタスク]で重ねがけしていく。異世界で攻撃を受けているのだろう。脚や肩を中心に攻撃されているようだ。

[オートヒール]の回復量を上回る勢いでHPが減っていくが、さらに[ヒール]の重ねがけをすればなんとかHP回復量のほうがダメージ量を上回る。さらに[プロテクト]、[不屈]を発動し、補助を切らさないようにする。


1時間くらい経っただろうか。攻撃の勢いが止む。

ステータスを確認する余裕ができたので、確認しておく。すごい勢いでHPと耐久が上がっている。さらに［バイタルエイド：Ｌｖ０］を習得した。新しい補助魔法だ。
僕は［バイタルエイド］を使ってみる。ＨＰが22増えた。なるほど、［不屈］と同じくＨＰ強化の補助だ。［不屈］は自分自身にしか使えないのに対し、［バイタルエイド］はおそらく他者にも使用可能だろう。

!!

まただ。また攻撃が始まった。
［プロテクト］と［バイタルエイド］、［不屈］の補助で回復に余裕ができる。大丈夫、なんとか耐えられている。
問題はこの後だ。異世界に行けば、ＭＰの無限回復が無くなる。四肢を折られて放置されるならまだいい……。しかしその後は絶望的だ……。

狭間圏《はざまけん》
［聖職者：Ｌｖ18］
ＨＰ：１８５／１８５＋７　ＭＰ：５１８／４７０＋２　聖職者：＋48　ＳＰ：32／60＋１
力：22　耐久：49＋３　俊敏：40　聖職者：－２　技：22　器用：15
魔力：37＋１　聖職者：＋38　神聖：63＋２　聖職者：＋48　魔力操作：44　聖職者：＋38
［回復魔法：Ｌｖ23］＋１　［ヒール：Ｌｖ28］＋２　［オートヒール：Ｌｖ５］＋５
［プロテクト：Ｌｖ１］＋１　［バイタルエイド：Ｌｖ１］Ｎｅｗ＋１

［マルチタスク：Lv21］＋1 ［自己強化：Lv11］＋1 ［不屈：Lv26］＋2
etc…27

♻

暗闇で目覚める。どうやら攻撃は受けていないようだ。ノーツさんたちは無事だろうか。気配はある。

［炎魔法］で確認すべきか？

いや……獣の気配もあるな……。［炎魔法］はやめておいたほうがいいだろう。

いるな……。入り口を塞ぐようにダブルヘッドがいる。

動けない状態にするのは諦めたようだが、ここから出す気は無いようだ。

ノーツさんたちもいる。おそらく怪我をしているのだろう。2人とも横たわっている。

まずいな……。僕のHP、MPが全快なだけで何一つ改善できていない。多少の耐久とHPが上がった程度で勝てる相手ではない。

なんとか逃げ出さなければ……。

僕は［土魔法］で背中の土を掘る。奴らが気づく前に、穴に埋まって通路を作れば活路を見いだせるかもしれない。

!!

背筋が凍る。

圧倒的な何かが迫ってくる。

ダメだ……。

震えが抑えられない……。

のそのそと大きな巨体……。

ダブルヘッドをさらに一回り大きくした巨体だ。

手足が4本ずつなのはダブルヘッドと変わらないが、頭が3つある。トリプルヘッドという魔物だろう。

ガタガタと体が震える。

確実な死……。HPや耐久を鍛えるとかそういうレベルではない……。

素っ裸で戦車の前に立たされたかのような……。戦うはおろか、逃げることも諦めたくなるような……そんな感覚に襲われる。

これからおこなわれるのは、ただの食事なのだろう。トリプルヘッドは僕たちをじっくりと舐めるように観察する。

それから、ノーツさんのほうへと近づく。そして、ガブリとゆっくり噛み付く。

「ぐあぁ！　ぐあああああぁぁぁぁぁっ！」

ノーツさんが叫びだす。

クソッ！

身体の震えが邪魔だ！

クソ！

クソ！

動け！

［エアブレード］！

プスッ！

弱々しい音がなる。おそらくノーダメージだろう。トリプルヘッドはこちらに向き直る。

3つの頭のうち、右のヤツがニタリと笑う。何故だろう。暗闇なのにはっきりと分かる。

ヤツはノーツさんを放り投げる。

ドサッ！

「がはっ！」

ノーツさんはまだ生きているようだ。

そして、トリプルヘッドはゆっくりとこちらへ近づいてくる。

あぁ……これは死んだな。

［エアブレード］！　プスッ！　［エアブレード］！　プスッ！　［エアブレード］！　プスッ！

［エアブレード］！　プスッ！　［エアブレード］！　プスッ！　［エアブレード］！　プスッ！

［ファイアボール］！　ポスッ！　［ウォーターガン］！　ビシャッ！　［ショットストーン］！

ドゴッ！

まるで効いていない。ニタニタとしながらこちらにゆっくりと近づいてくる。とにかく魔法を撃ち時間を稼ぐ。

［プロテクト］！　［バイタルエイド］！　［不屈］！

「ガァッ！」

メキメキメキ……。

「うああぁぁぁっ！」

僕の左肩に大きな牙が食い込む。

［ヒール］だ！

僕は［オートヒール］と［ヒール］の重ねがけをする。すると、トリプルヘッドは噛むのをやめ、こちらをニタニタと見ている。

クソッ！

完全に楽しんでいるようだ。それでも僕は魔法を撃つしかない。

［エアブレード］！　プスッ！　［エアブレード］！　プスッ！　［エアブレード］！　プスッ！

「うああぁぁぁぁっ！」

再び肩を噛まれる。僕は噛み付いている頭に［エアブレード］を直に叩き込む。

「うぉぉぉ！　［エアブレード］！　［エアブレード］！　［エアブレード］ぉぉ!!」

すると、ニタニタ笑い、僕を噛んだまま首をブンブンと振る。

メキメキッ！

「うあぁぁ！」

骨がきしみ、血が飛び散る。

ドサッ！

やつが噛むのをやめると、僕は放り投げられる。すると、またのそのそと近づいてくる。

もう……何度繰り返しているんだろう……。

「うわあぁぁぁ!!」

血が飛び散り、骨が砕ける。

ダメだ……。回復しても無意味だ……。もう……一思いに殺してくれ……。

僕は［ヒール］を使うのをやめるが［オートヒール］が発動してしまう。

僕の回復速度が遅くなると、トリプルヘッドはノーツさんたちのほうへ行く。

やめろ！

そっちへ行くな！

僕は……僕はもう死にたい……。でも、でも目の前で知り合いが、仲間が死ぬのは見たくない
……クソ！　死ぬわけにはいかない！

僕は［ヒール］を重ねる。

［エアブレード］！　プスッ！　［エアブレード］！　プスッ！　［エアブレード］！　プスッ！

ヤツは待ってましたと言わんばかりに、こちらを振り向きニタリとする。

クソが……。


まだMPがある。

何故……何故回復をしているんだろう……。

メキメキメキッ！

「うあぁぁぁっ！」

痛みで勝手に叫びだしてしまう。

［オートヒール］は仕方ないか……。でも、［ヒール］はもう止めたい。痛いんだ……。気が狂いそうになる。

おかしい……。

［ヒール］の重ねがけが止まらない。

もういい……もう十分だ……。

［不屈］［プロテクト］［バイタルエイド］

あれ？

おかしいな……何故補助魔法を？


ゴゴゴ…………。

重い…………。

なんだ……これは……。

ゴゴゴゴゴ…………。

頭の中で何かが動いている…………。

ゴゴゴゴゴ…………。

とても重い、何かが……動いている…………。

［ヒール］［ヒール］［ヒール］
もういい………。
もうやめよう………。
［ヒール］［ヒール］［ヒール］
［ヒール］が止まらない……。
苦しいだけなのに、何故回復を？
こんなに痛いのに？
あれ？
ゴゴゴゴゴ…………。
あ……。
わかった……。
僕は……僕は……。
楽しいんだ……。
HPや耐久が上がっている……。
成長しているんだ……。
それが……。
楽しいんだ!!

ガッシャンッ！！

頭の中で何かが猛烈にハマる。

「ぐがあぁぁ!!」
トリプルヘッドが苦しむように叫び、後退する。

バックン！

バックン！

心臓の鼓動が聞こえる……。

トリプルヘッドは目を押さえている。目から血が出ているんだ。

バックン！

バックン！

身体が熱いな……。

僕は自分の右手を見る。親指から血が滴る。

バックン！

バックン！

心臓の鼓動が頭まで響く……。
頭蓋骨を揺さぶるように……。

これは、僕の血じゃない。
そうか、トリプルヘッドの目に親指を突っ込んだんだ。

バックン！

バックン！

鼓動が心地良い……。

「ぐがぁ！」

トリプルヘッドがものすごいスピードで大きな腕を振る。

何故だろう……ものすごいスピードのはずだ。

遅い……。

速く、そしてものすごく遅く感じる。意味がわからない。


ブシュッ！


ヤツの爪が僕の顔をひっかき、血が飛び散る。

おかしいな……頭が吹っ飛んでもいいくらいの威力だろう？

僕は自分の頬を左手でなぞる。

あれ……傷が……傷がふさがっていく……。


おかしい……。

いや……。

そうじゃない……。
おかしいのはそこじゃない……。
口角が、上がっている……?
またか……。
僕は……いや……。
オレは……。
オレは笑っていたんだ……。
こいつを……こいつらを皆殺しにできる……。
「アハハハ!!」
洞窟中に笑い声が響き渡る。
最高だ……笑いが止まらねぇ……。
「アハハハァー……アハ、アハ、ハハハァー!」

最高にいい気分だ。

クソどもが！

皆殺しだ！

1頭残らずぶっ殺してやる!!


「グオゥッ！　グオォォォッ!!」

トリプルヘッドが叫びだす。

「片目ぐれぇでうるせぇ野郎だな。6つもあんじゃねぇか」

トリプルヘッドが4本ある手の一本を大きく振りかぶる。

「ガァッ！」

凄まじい風圧とともに腕が振り下ろされる。

ガシッ！

オレはそれを片手で受け止める。

「クソが！　散々いたぶっておいて、てめぇは目の一つで騒ぎすぎだ」

メキメキメキッ！

ヤツの力で身体が地面にめり込んでいく。

「あぁそうだ。その右のヤツ、ニタニタしやがって……てめぇが一番むかつくんだよ！」

オレは右のトリプルヘッドの口に拳を突っ込む。

「［フレアバースト］！」

バゴォォーン！

トリプルヘッドの右の頭が爆発とともに吹っ飛ぶ。

ん？

「フレアバースト」？

知らねぇな。スキルか？

「グオォォー！」

トリプルヘッドは叫びながら４本の手を高速で振り回す。風圧がものすごいが、今のオレには遅すぎる。

「おいおい、魔法は効かねぇんじゃなかったのか？　随分苦しそうじゃねぇか！」

４本の手が上下左右から襲いかかってくる。

「アハハハァ！　おせぇ！　おせぇんだよ！」

オレはトリプルヘッドを蹴り飛ばす。

ズザァー！

数メートル後ろへ吹っ飛ぶ。

「しかしあれだな、素手はやりづれぇな……。おぉ？　いいのがあんじゃねぇか」

大きめの片手剣だ。そこらに転がっている冒険者のものだろう。

手にとって感触を確かめる。

軽い……まるで小枝のようだ。

「これよ、これ」

オレは片脚を後ろへ大きく引き、左手を地面につく。右手を片手剣ごと後ろへ回し、体勢を低く、低くする。顎が地面に付きそうなほど低くする。

何故かわからんがこれが一番しっくりくる。

「[狂乱の舞]」

オレは片脚を踏み出し、突進すると同時に体を大きく右へとひねる。ぎゅるりと回転の勢いのまま、トリプルヘッドへ剣をぶん回す。

「グガァァッ！」

4本あるトリプルヘッドの腕のうち、1本が吹き飛び、もう1本の半分くらいまで剣が食い込む。

「フンッ！」

オレはその反動で、大きく左へ回転する。今度はその回転のまま、左に剣をぶん回す。

ズシャッ……。

ヤツの身体をぶった斬ってやった。

「あぁー……。いい気分だぁー……」

トリプルヘッドの胴体からは大量の血が飛び散っている。オレはそれをシャワーのように浴びる。

「たまんねぇ……」

ピシッ……。

片手剣にヒビが入り、ボロッと崩れ落ちる。もう使い物にならないだろう。

「グオォォッ！」

ダブルヘッドだ。ダブルヘッドが逃げていく。

「おいおい、逃がすわけねぇだろ。皆殺しだ！」

オレは逃げるダブルヘッドの頭を鷲掴みし、強引に引っ張る。

ブチッ！

まるで果実のように、頭をもぎ取る。

ブッシャァー！

首からは大量の血が飛び散る。

「さぁさぁ、お仕置きの時間だ」

オレは巣穴の入口の方へ行く。途中シングルヘッドが数頭いたが、同じように頭をもぎ取ってやった。

入り口に来た。久しぶりの日光だ。

「おぉ、ぞろぞろといるねぇ……。おいゴミ共！　皆殺しだぁ！」

ブチッ！

オレはそう言うと、近いやつから頭をもぎ取ってやった。

「アハハァ！　アハハハァ！」

「グモォォォッ！」

ブチッ！　ドサッ！　ブチッ！　ドサッ！　ブチッ！　ドサッ！　ブチッ！　ドサッ！

シングルだろうとダブルだろうと、次々に首をもぎ取る。

「グオォォォ!!」

ブチッ！　ドサッ！　ブチッ！　ドサッ！　ブチッ！　ドサッ！　ブチッ！　ドサッ！

立ち向かってくる者も、逃げる者も片っ端からだ。
「お前ら最高だぞ！　もっと！　もっと楽しませてみろぉ!!」

「あれ？　もう全部殺《や》っちまったか？」
バックン……バックン……。
心臓の鼓動が止まらない。
バックン……バックン……。
高揚感が収まらない。
まだだ。
まだ殺し足りない。
参ったな。もう1頭も残ってねぇよ。
バックン……バックン……。
あ、まだ巣穴に2人いたな。それを殺っちまえば……。
バックン……バックン……。
いや……オレは何を考えているんだ？
バックン……バックン……。
殺すんだろ……。
バックン……バックン……。

何を馬鹿な！

殺せ！　殺せ！　コロせ！　コロセ！　殺せ！

バックン……バックン……。

ヤバい……殺したい！　殺してしまう……。

「なっ！」

急激なめまいに襲われる。頭が割れるように痛い。

視界が赤黒く染まる。

なんだ？

頭だけじゃない。身体中がメキメキときしむ。

「があああぁぁぁぁあああ‼」

オレは両膝をつき、頭を抱える。

「がぁ！　うがあぁぁあ！」

いてぇ！　いてぇよ！

オレは地面をのたうち回った。

狭間圏《はざまけん》
[狂戦士]
HP：188／195＋10　狂戦士：＋???　MP：0／470　狂戦士：＋???

SP：0／60 狂戦士：＋？？？
力：22 狂戦士：＋？？？ 耐久：55＋6 狂戦士：＋？？？ 俊敏：40 狂戦士：＋？？？
技：22 狂戦士：＋？？？ 器用：15 狂戦士：＋？？？ 魔力：37 狂戦士：＋？？？
神聖：65＋2 狂戦士：＋？？？ 魔力操作：44 狂戦士：＋？？？
[回復魔法：Lv24] ＋1 [ヒール：Lv31] ＋3 [オートヒール：Lv11] ＋6
[補助魔法：Lv1] ＋1 [プロテクト：Lv2] ＋1 [バイタルエイド：Lv2] ＋1
[痛覚耐性：Lv3] ＋3 [不屈：Lv27] ＋1 [フレアバースト：Lv0] New
[狂乱の舞：Lv0] New etc…27

♻

うぅ……ここは……。

そうか……病室だ。

オレは日本に戻ってきたのか。

身体は動かない。

そういえば、異世界では全身の強烈な痛みで意識を失った。今はというと、痛みは全く無い。頭もスッキリしている。

ただ……。

バックン……バックン……。
心臓の鼓動と高揚感が凄まじい。とにかく誰でもいいからすぐにぶち殺してやりたい。
病室には、ガキとジジイが何人かいる。準備運動にもならないほどにクソ雑魚だろう。
だがぶち殺す！　視界に入ったものを殺さずにはいられない……。
「……………………」
ダメだ……。身体が動かない。
クソ！　今すぐにでも殺してやりたい！

いや……いやいやいやいや、何を考えているんだ？　殺していいわけないだろ……。
いや、視界に入ったら殺すだろ……。
いや、ダメだろ……。
クソ！　どうなってんだ？

ふと、冷静になる。
いやいや、殺すとか無いでしょ。
ステータスを確認する。
[狂戦士]
これだ！

ジョブを［聖職者］にする。

心臓の鼓動が収まり、先程の殺意がウソのように無くなる。

あっぶねぇ……。

ノーツさんたちは無事だろうか。殺意が無くなり、初めてまともにノーツさんたちのことを考えられるようになってきた。僕は今巣穴の前で、大量のシングルヘッド、ダブルヘッドの死体とともに転がっているんだろう。巣穴のノーツさんたちもそうだが、僕も結構ヤバいよな。だれかに見つけてもらうか、明日自力で帰るしか無い。

僕はもう一度ステータスをよく確認してみる。

あれ？　ジョブにはもう［狂戦士］は無い。

一時的なものだったのだろうか。凄まじい強さだった。だけど、あの殺意はどうしようもない。

それから、あの全身の痛みはなんだったんだ？

ん？　ステータスも変だ。

ＨＰ：１８８／１９５
ＭＰ：１２２／４７０
ＳＰ：０／60

ＭＰが全快じゃない。病室でＭＰが減っているところなんて初めて見た。ＨＰも減っているし、ＳＰも０だ。

とりあえず、［ヒール］で回復しておこう。僕はHPを全快にする。

おぉ、MPは今はもう全快だ。SPも徐々に回復している。

んー……。おそらく［狂戦士］がMPやSPを消費するのではないだろうか。そして、SPとMPが枯渇したところでHP消費、それと同時に全身の痛みってとこだろう。

だとすると、僕じゃなきゃ死んでたんじゃないか？　あのままHPが減り続けていたら完全にアウトだよな。

さらに、身体が動かないことにも助けられた。動いていたら病室の人を手にかけてしまっただろう。考えただけでもゾッとする。

それから、あれだけの数の魔物を倒したのに、耐久やHP以外のステータスがほぼ上がっていない。［狂戦士］ではステータスは上がらないのだろうか。

あ……そうだ。あとはスキルだ。［狂戦士］のジョブは無くなっているけど、［フレアバースト］と［狂乱の舞］はある。

おぉ！　あの強力なスキルを使うことができるってことか。

しまった。いろいろあって、補助をかけるのを忘れていた。僕は自分に［不屈］［プロテクト］［バイタルエイド］をかける。病室では常に補助を使っておこう。［ヒール］などの［回復魔法］と違って、［補助魔法］や［自己強化］は効果さえ切れてしまえばまた何度でも使うことができる。病室で強化するにはもってこいだな。

できれば［ストレージ］も鍛えたいが、今はSPが無い。SPが回復してきたら［ストレージ］と［炎魔法］、［水魔法］をそれぞれ鍛えよう。

とにかく命は助かった。あとは、異世界で目を覚ましたら街を目指そう。

そんなことを考えながら就寝した。

ところが……。

翌日目を覚ますと、そこは再び病室だった……。

02　教会

異世界で目覚めることが無くなった。あれから一週間経つ。僕は異世界で死んでしまったのだろうか……。

いや、それならこっちでも無事では済まないはずだ。異世界に転移した直後は逆に病室で目覚めることが無かった。そして、日本で意識が回復したあと行き来できるようになったんだ。それを考えると、異世界で意識が回復すればまた向こうでも行動できるはずだ。

僕はそんな希望的観測で、この一週間［補助魔法］［自己強化］［ストレージ］［炎魔法］［水魔法］［マルチタスク］を鍛えまくった。そのおかげで、［マナエイド］と［ファイアアロー］を習得できた。［マナエイド］はＭＰを上げる補助魔法で［ファイアアロー］はおそらく攻撃魔法だろう。

というのも、［ファイアアロー］のほうは病室で試すことができないからだ。

［マナエイド］は習得当初全く意味のないハズレスキルだと思っていた。［マナエイド］は最大ＭＰを増やす［補助魔法］だ。ＭＰを消費し、最大ＭＰを増やすという効果。日本ではＭＰがどんど

ん回復するので意味がない。そして異世界では、ＭＰ回復速度が遅いので、ＭＰを消費して最大ＭＰを増やしたところで、最大まで回復する前に［マナエイド］の効果が切れる。意味は無いんだけれど、病室ではやることが無いし、とりあえずスキルレベルを上げるために使い続けた。すると、スキルレベルが10を超えたくらいから効果時間が爆上がりしたんだ。そもそも［プロテクト］（耐久強化）や［バイタルエイド］（ＨＰ強化）のような［補助魔法］は数分しか保たない。今でこそスキルレベルが上がったから10分以上の効果時間があるが、それに対し［マナエイド］の効果時間は桁違いだ。１回［マナエイド］を使うと４、５時間は保つ。だから、朝狩りに出発するときに使っておけば、狩場につく頃に、補助込みのＭＰが満タンになり、本来の最大ＭＰよりも高い状態で狩りが始められる。スキルレベルをもっと上げれば、効果時間とＭＰ増加量も上がるだろう。

そして、今は試せないのだが、おそらく自分以外にも使える。だから狩りに出発するときに、後衛に［マナエイド］を使っておけばパーティ全体のＭＰの底上げになる。効果時間がどれだけ伸びるかわからないが、病室で寝る前に使っておけば、翌朝異世界でＭＰが上がっている状態にできる。ただし、効果時間が長いということは、病室で連発できないということだから、スキルの上がりは他の魔法よりも相当遅い。毎日地道に使っていくしか無いな……。

それから残念なのは、病室での修行はＭＰ以外のステータスが上がらないことだ。その上ＭＰもしばらく前から上がりが鈍化している。さらに、異世界に全く行っていないと、病室で現実感だけが増してくる。このまま動けなかったらどうしようという不安だ。

最悪の場合は、手当たりしだいに病院の人間を回復してしまおうかとも思う。このままだと新しい［回復魔法］を習得できないからだ。だが、病院なら怪我人がたくさんいる。片っ端から回復してしまえば、神聖が上がり、［ヒール］のレベルも上がるだろう。そうすればより上位の［回復魔法］を習得できる。異世界に行けなくなったとしても、この方法なら身体が動くようになるはずだ。

正直、何度か迷った。だけどリスクは高い。だから1ヶ月くらい我慢しようかと思う。それ以上経っても異世界に行けなかったら、やっぱり片っ端から回復するしか無いな。

そして、もう一つの現実が迫る……受験だ……。

僕には特に夢があり、就きたい職業があったりするわけではない。だけど、兄さんは大学に行ってほしいようだ。自分は中退したくせに……。

でも気持ちはわかる。

父さんだ。

父さんは、僕の模試の成績を見る度に、満足そうにそれでお酒を飲んでいた……。

「まぁ俺はたいした趣味もないからな～……車もギャンブルも興味ないし、スポーツもできないだろ？　お前の成績見て酒を飲むのが一番美味いんだよ」

父さんは、ビールを片手に僕に向かって言う。テーブルの上には、少し前に受けた模試の結果が置いてある。

「えぇ～、そういうのプレッシャーだよ。僕は自分のために勉強してるわけ」

「そうよ、父さん。息子の成績を趣味にするんじゃないわよ」

母さんは、ソファに寝転びながら父さんの方を向きもせずに言う。母さんは、この体勢になると絶対に動かない。動かないのだが、口だけはだす。

「そうかそうか、それじゃ私の成績をお見せしよう」

今度は兄さんが、でしゃばってくる。

「おい止めろ、酒がまずくなるだろ」

「父さん、それはさすがに傷つくぞ……」

「傷つくくらいなら勉強しろよなぁ?」

父さんは僕に同意を求める。

「兄さんが勉強してるのは、想像できないなぁ」


いつもの会話を思い出す。今でも僕は、自分自身のために勉強をしている。それは変わらない。だけど、大学に合格すれば父さんも喜ぶだろうな。

今も英単語を覚えている。[マルチタスク]が勉強のモチベーションを加速する。きっと受験勉強も魔法を使いながらやるだろう。

狭間圏《はざまけん》
[聖職者:Lv18]
HP:195/195 MP:540/492+22 聖職者:+48 SP:0/72+12
力:22 耐久:55 俊敏:40 聖職者:-2 技:22 器用:15 魔力:37 聖職者:+38
神聖:65 聖職者:+48 魔力操作:50+6 聖職者:+38

［炎魔法：Lv35］＋7　［ファイアアロー：Lv0］New　［水魔法：Lv29］＋11
［回復魔法：Lv27］＋3　［オートヒール：Lv18］＋7　［補助魔法：Lv12］＋11
［プロテクト：Lv22］＋21　［バイタルエイド：Lv23］＋21
［マナエイド：Lv12］New＋12　［マルチタスク：Lv26］＋5
［ストレージ：Lv11］＋4　［自己強化：Lv16］＋5　［不屈：Lv30★］＋3
etc…26

♻

あれ……。病室じゃない……？

おぉ……。異世界に戻ってきたのか？

身体も自由に動く。しかし、ここはどこだろう。木造の建物で、ベッドがいくつか並んでいる。少なくとも、気を失った場所でも、アインバウムの宿屋でも無い。

僕は立ち上がり、身体を動かす。久しぶりに身体を動かしたが、特に違和感は無いな。やはり何も食わなくても生きていける。

とりあえず部屋を出てみる。長い廊下があり、大きな声が聞こえるな。何人かの人間が、一斉に声を出しているのだろう。外に出ると、鎧を着た人たちが訓練をしていた。騎士団かな。そうすると、ここは騎士団の宿舎かなにかだろうか。

「む？」

あ、騎士団長だ。こっちに気づいたようだ。

「おぉ！　目覚めたのか！」

「はい、おかげさまで」

「よし、お前たちはそのまま訓練を続けろ！　君はこっちへ来たまえ」

「はい」

宿舎の奥へ連れて行かれる。

「あの、ノーツさんや他のパーティメンバーは無事なのでしょうか」

僕は歩きながら質問をする。あれからみんなどうなったのか、ずっと気になっていたんだ。

「あぁ、安心してくれ。みんな無事なようだ」

「よかった……」

僕はホッとした。そうすると、あのあとどうなったんだろうか。

「詳しくは、こっちで話そう」

「はい」

僕は奥の部屋に入る。騎士団長の部屋だろうか。

「さぁ、かけてくれ」

「はい、失礼します」

「で、何がおきたんだ？」

「え？　あの、何がおきたんでしょうか？」

とりあえず［狂戦士］のことは話したくない。強さはいいが、あの殺意は尋常ではない。他の人には極力話したくない程だ。

「キミもわからんのか？」

「はい……あの、トリプルヘッドとかいうのに散々いたぶられました。僕が覚えているのはそこまでです」

「そうか……他の生存者と同じだな」

「誰かが助けてくれたんですか？」

「さぁな……わからんよ。我々は、ノーツのパーティメンバーに報告を受けて辺りを捜し回ったんだ。シングルヘッドの数が増えてきてな。数の多い方を殲滅していったら、巣穴があった。キミが倒れていて、周りにはシングルヘッドとダブルヘッドの死骸。そこから奥にはトリプルヘッドの死骸があったよ」

「それで、みなさん助かったんですよね？　どこにいるんですか？」

「みんな街へ帰っていったぞ。キミも傷は無かったし、ギルドへの報告もあったからな」

「そうですか。この街はアインバウムから離れているんですか？」

「ここはアポンミラーノといってな。領主様が住まわれている街だ。5日も歩けば帰れるだろうが、ポータルを使っていくと良い。それからこれはキミの報酬だ」

ゴトッ！

騎士団長がテーブルに袋を置く。

「20万セペタはある。キミの取り分だ」

「えぇ！　そんなにいいんですか⁉」

「まぁな。今回はシングルヘッドやダブルヘッドの素材が大量に手に入った。トリプルの素材に関しては値段がつかないらしいぞ。だれが仕留めたのかわからんが、領主様はご機嫌だろう」

「ありがとうございます！」

とりあえず、しばらくはお金に困ることはなさそうだな。

「どうする？　アインバウムへ帰るならポータルの使用許可を出すが」

「はい、この街もちょっと見てみたいですが、ノーツさんたちに無事を知らせたいので」

「では、これを持っていくといい。許可証だ。一回使うと無くなるぞ」

そう言うと騎士団長は金属のプレートのようなものをくれる。

「はい！　ありがとうございます！」

「ではまたな。機会があったらまた［エリアヒール］で我々に協力を頼む」

「はい！　そのときはよろしくお願いします」

僕はポータルという転移魔法陣へと向かった。騎士の方だろうか。2人ほど見張りの人がいる。

「許可証は？」

「はい、ここにあります」

無言で通される。魔法陣の上に立つと、魔法陣が白く光りだす。

おぉ……。

プレートの許可証が消滅し、視界が変わる。

すげぇ……。転移魔法陣超便利だ。

とりあえずギルドに無事を知らせて、道具屋へ向かおう。いろいろあったせいで、なんだか久しぶりに感じる。

「おぉ！　小僧！　生きてたか！」

「こんにちは、ドグバさん。お久しぶりです」

ギルド受付のドグバさんだ。相変わらずムキムキのスキンヘッドだ。

「なんでもトリプルヘッドを相手にして生き延びたって？」

「えぇ、もうなんていうか……。トラウマですよ……」

ギルドは騎士団から既に報告を受けているようだったので、ざっくりと話をした。僕も何が起きたのかわからないということにしてある。今ノーツさんたちはクエストに出ているらしい。普通にもう活動しているようだ。

「そんでお前、この街の領民になんのか？」

「領民？」

「お前、教会で働くために要請クエスト受けたんじゃねぇのか？」

「あぁ、そうでしたっけ？」

そういえば、そんな話もあったな。教会で働きたいというよりは、ジョブレベルが一気に上がるってほうがメインで参加したんだけど。

「すっとぼけてんなよ。今回の要請クエストでも活躍したらしいじゃねぇか。［エリアヒール］習得したんだろ？」

「そうです。でも教会で働く条件って、領民になることと［ハイヒール］以上の［回復魔法］でしたっけ？」

「そうだよ。覚えてんじゃねぇか」

「僕［ハイヒール］習得してませんよ」

「［エリアヒール］は［ハイヒール］より上位だぞ。お前、なんにも知らねぇんだな」

「そうなんですか。じゃあ税金払って領民にさえなれば、教会でも働けるんですか？」

「まぁそういうこった。［エリアヒール］の使い手はなかなかいねぇからな。領民の手続きはこの街の役所でできるぞ」

「そうなんですねぇ……」

「なんだ、行かねぇのか？」

「教会の仕事にも興味はありますけど、今はお金に困っているわけでもないんですよね。今回のクエストでお金は手に入りましたし、治療所でも食べていけるお金は稼げますから」

「かぁ～……若いのにしょっぺぇこと言ってんなお前は。見れば装備もボロボロじゃねぇか。金なんて装備変えれば吹っ飛ぶぞ」

確かに今の装備はボロボロだ。あとは、野営装備ももう一度買い直す必要がある。

「そうですね。いろいろ揃えたら、またお金が無くなりそうです」

「だろ？　行ってこいよ。領民になったって、ギルドでも普通にクエストはできんだからよ」

「はい、ありがとうございます。カルディさんに今回の報告をしたら行ってみます」

その後道具屋へ行き、カルディさんにも同じように今回の件をざっくりとだけ話した。

カルディさんにも［狂戦士］のことは言えないな……。もし仮に何か知っていたとしたら、逆に危険視されてしまう可能性もある。カルディさんのことを信用していないわけじゃないけど、そのくらいあの殺意はコントロールできないんだ。

「なるほど……。災難でしたね……」

「えぇ、何度も死にかけました。ただ、そのおかげで、ジョブとスキルを大量に習得しました」

僕は習得したスキルについて、カルディさんに話す。ただし、［狂乱の舞］と［フレアバースト］は伏せておく。

「それは素晴らしい。うちでも働いてもらいたいですね」

「え？　このお店で僕にできることなんてあるんですか？」

「はい、もちろん。［薬師《くすし》］のジョブがあれば、［ポーション生成］のスキルが使えますからね」

「え？　いや、僕は［薬師］のジョブは手に入れましたが、［ポーション生成］のスキルはありません」

「？？　通常［薬師］のジョブと同時に［ポーション生成］のスキルを習得することが多いのですが……」

「習得の仕方が、毒の実の毒抜きだったからですかね？」

「それはあるかもしれません。［薬師］のジョブレベルは０ですか？」

「そうです、０ですね。まだ全く使っていないんですよ」

「では［薬師］のジョブを上げれば習得できるでしょう。それまで道具屋でのお仕事はお預けですね」

「わかりました」

「ところで、毒を抜いた毒の実の話ですが、非常に興味深いです。うちにも今在庫が少しありますので、やってもらえませんか？」

「はい、了解です」

カルディさんが奥から毒の実を持ってくる。あまり売れないのだろうか。普段は棚に出ていないようだ。僕は毒の実に［アンチポイズン］をかけていく。黒紫色の実が徐々に赤、そしてみずみずしいピンク色に変わる。

「食べてもいいですか？」

「どうぞ」

おぉ……。他の人は嫌がって絶対に食べなかったのに、カルディさんは意欲的だ。

「これは!!　これは美味しいです。この甘味は高級品のよう、いえ、それ以上ですね」

「ですよね。美味しいですよね。なかなかみんな食べてくれないんですよ」

「よし！　これは商品にしましょう！　狭間さん、片っ端から毒を抜いてください。報酬は1つ50セペタでいいですか？」

「おぉ！　良いお値段ですね！　わかりました！」

僕は道具屋の全ての毒の実の毒を抜いていった。30個くらいあっただろうか。

「ふぅ……。終わりました」

「ありがとうございます。ギルドで毒の実の採取クエストを出しておきますので、毒の実が入ったらまたお願いします」

「はい、わかりました」

そして、報酬の１５００セペタを受け取る。凄いな。宿屋５泊分だ。

「このあとは、役所ですか？」

「そうですね。このまま領民になろうと思います」

「では、住む場所も追々《おいおい》考えたほうが良さそうですね」

「宿屋暮らしも悪くは無いのですが、どこか拠点があったほうが良いんですか？」

「いいえ、別に問題はありません。ただ、装備や野営道具などが揃ってくると手狭ではありませんか？」

「なるほど、たしかに……。これから装備なども買い換える予定ですからね」

「［ストレージ］を習得したといっても、まだまだ容量は少ないですよね？」

「そうですね。今スキルレベルは16です。習得した当初の3倍程度には容量が大きくなっていますが、武器や防具を入れるのは難しいですね」

「1週間と少しで16レベルは十分ですよ。SPが上がればもっと効率化できると思います。ただし、やはり生活を考えると全ての荷物を［ストレージ］に入れるのは現実的ではありませんからね」

「そうすると、どこか家を借りるってことですよね」

「そうですねぇ……。あぁ、もしかしたら教会に住むことを勧められるかもしれませんね」

「教会に、ですか？」

「えぇ、彼のことですからね……」

カルディさんは苦笑いをしながら答える。

「教会にはカルディさんのお知り合いが？」

「えぇ、まぁ古い付き合いですよ。狭間さんが優秀だと分かれば、まず間違いなく勧誘されるでしょう」

「教会かぁ……」

どんなところなんだろうか。教会っていうくらいだから、規則とか厳しそうだよな。

「そういえば、自分で造るのはありですか？」

「造る、というのは家をですか？」

「はい」

「狭間さんは、なにかそういうお仕事を？」

「いえ、［土魔法］がありますので、それで小さな小屋を作ることはできないかと」

「ん～……。確かに熟練の［土魔法］使いは、野営地に土で小屋を建ててしまうと聞いたことがありますね。けれど、相当なスキルレベルとＭＰが必要になりますよ」

「家を建てながら、［土魔法］の強化をと思ったのですが……」

「なるほど。しかし、効率が悪そうですね。家を完成させるまで［土魔法］を使い続けるＭＰがあれば、教会でお金を稼いだほうが効率が良いと思います。そうですね……家を造るＭＰを全て教会の仕事で使ったとしたら、その家がいくつか建てられるくらいのお金が手に入るでしょう」

マジか。それは効率が悪いな。

「［土魔法］で家を造るのは、あまり一般的ではないんですね……」

「そうですね。［土魔法］で作るのは食器くらいでしょう。あとメインは攻撃魔法になるでしょうね」

［土魔法］で建物を建てるのはロマンってことか。ＭＰだけは結構あるからいけるかと思ったんだ

けど、やめたほうが良さそうだ。

「ありがとうございます。では、これから領民になる手続きをしてきますね」

「わかりました。手続きが終わり次第、教会に顔を出しておくことをお勧めします」

僕は道具屋を出て役所へと向かう。

役所の手続きはあっさりと終わった。お金を払ってギルドカードを新しいものに交換しただけだ。払ったお金は５万セペタ。毎年５万セペタほどかかるらしい。前回の要請クエストで、通常通りの報酬だと払えていないくらいだ。冒険者で稼いでいれば問題なさそうだが、一般市民には結構きつい額かもしれない。

新しいカードは色が違った。以前は鉄板のような黒みがかった銀だったが、今はピカピカの銀だ。大まかなステータスがアルファベットで刻まれている他に、アポンミラーノの文字が入っている。どこの街の領民かを示すものだろう。

それから裏面には、大きく1と刻まれている。これは、ギルドランクだ。要請クエストをこなしたり、領主や国からのクエストをこなすとランクが上がっていく。このランクが上がると、ギルドや領地からの評価が上がり、割の良いクエストの依頼がくるそうだ。

このあと教会へ行ってようやく仕事が受けられるらしい。

だけど僕は、１つ試したいことがあった。［狂乱の舞］と［フレアバースト］だ。威力を試しておきたい。

武器屋へ行くと、一番安い片手剣を購入する。３０００セペタほどで木製の片手剣を購入することができた。片手剣をメインの武器にすると決めたわけではないので、とりあえずのお試し用だ。

僕は、街から少し離れた狩場へ向かう。とりあえず、動く魔物ではなく、森のやや大きめな木があるところへ向かう。

少し大きめの木……あれがいいな。直径が50ｃｍほどある大木だ。

よし……確か［フレアバースト］は火属性の打撃のようだったな。僕は大木の前で、腰を落として構える。これでいけるだろうか……？

「［フレアバースト］！」

右の拳を思い切り突き出す。

ドスンッ！

目の前に大きな穴があき、そこから炎が舞い上がる。

メキメキメキッ……ドスーンッ！

大木が倒れる。

す、すげぇ！

!!

右手に激痛が走る。

なっ！

右手は黒ずみ、さらに腕が変な方向に曲がっている。

ちょっ!!

僕は慌てて［ヒール］を重ねる。大ダメージだ。火傷に骨折……。回復しきるまで右手が使い物にならない。

ダメだ……。実戦ではとても使い物にはならないだろう。耐久を上げれば解決する問題なのだろうか。

しばらく回復を続け、腕を全快させる。大怪我だったので、結構なMPを消費してしまったな。

よし、気を取り直して［狂乱の舞］だ。ちょっと、嫌な予感がするが……。

僕は大木を前に、姿勢を低く、低くする。木製の片手剣を背中の方まで持ってくる。こんな感じだったよな？

「［狂乱の舞］！」

ダッ！

僕は片足を踏み出し、突進、回転と同時に片手剣を木に叩き込む。

バキッ！

よし、このまま逆回転を……。

ん？

反動で回ろうとするが上手くいかない。

!!

右腕に激痛が走る。

クソッ！　やっぱりか！

右腕の肘が変な方向に曲がっている上に、肩から先がだらんと垂れて力が入らない。というよりも、ものすごく痛い。

僕は［ヒール］を重ねて発動させる。

火傷は無いが、それでも［フレアバースト］よりも［狂乱の舞］のほうがダメージが大きい。もしかしたら［炎耐性］のおかげかもしれない。

僕は木の方を見てみる。凄いな……。

木製の剣を叩き込んだだけなのに、大木が大きく削れている。倒れるほどではないが、金属製の剣にすれば威力が大きく上がるだろう。

そして木製の剣はというと、お陀仏だ。3000セペタが消えてしまった。

クソー……。

［狂乱の舞］は当分使えないな。ダメージがある上に、武器が壊れてしまう。［フレアバースト］のほうは、耐久やHP、［炎耐性］の強化に使えるかもしれない。

ただし、もの凄く痛い……。

自分の回復にMPを使いすぎると、お金を稼ぐ方に支障が出てしまうだろうな。迷うところだ。

今日はまだMPがあるので、教会へ行ってみるか……。

教会は何度か通りかかったことがある。相変わらずでかい建物だ。

中に入ると、大きな礼拝堂がある。天井が高く、窓はステンドグラスで、外からの光が神秘的だ。

この世界はガラスの技術は進んでいるように思える。

どこに行けばいいのかわからないな。僕は、キョロキョロとしながら奥へと進む。

「初めての方ですかな？」

白い法衣をまとった初老の男性に声をかけられる。ここの職員の方だろうか。同じく白色の帽子と法衣を着ているので、聖職者のように見えるが、身体が大きい。肩幅もかなりある。戦っても強そうに見えるな。

「はい、ここで働きたいのですが」

「おや？　もしかして狭間さんですか？」

「はい、狭間です」

僕がどうして知っているんだろうと思っていると、説明をしてくれる。

「ギルドのドグバさんから連絡は受けていますよ。私はここの司祭、イヴォンです。奥へ行きましょう。シスター、こちらのことは頼みます」

「はい、承知しました」

シスターと呼ばれた女性が返事をする。

僕は、イヴォンさんのあとをついていく。礼拝堂から右に廊下を進む。ステンドグラスがいたるところにあり、廊下も神秘的だ。なんだかお金がかかっていそうだな。

少し進むと、奥の部屋に通される。

「お座りください」

「はい、ありがとうございます」

「では改めて。私はこの教会の司祭、イヴォンです。よろしくお願いします」

「狭間圏です。よろしくお願いします。あの、これギルドカードです」

僕はギルドカードを見せる。

「どれどれ、失礼しますね……」

イヴォンさんはギルドカードを見ている。ちなみに今の僕のステータス表示はこんな感じだ。

狭間圏《はざまけん》
［聖職者］
HP：E　MP：B　SP：F
力：F　耐久：E　俊敏：F　技：F　器用：F　魔力：E　神聖：D　魔力操作：E

「ほぉ……その若さでMPはかなり高いですね。［回復魔法］や［補助魔法］はどの程度使えますか？」

僕は現在覚えている［回復魔法］と［補助魔法］、スキルレベルについて説明をした。

それにしても、［回復魔法］だけでなく［補助魔法］も必要とされているんだろうか。治療所では［補助魔法］は必要なかったからな……。

「おぉ、それはそれは、十分ですね。［エリアヒール］は非常に重宝されます。今教会に［エリアヒール］の魔石は一つしかありませんが、狭間さんが来てくださるなら追加で購入しておく必要がありますね」

「そうなんですか？」

「そうですね。今、MPはありますか？」

「はい、今日はまだ残っています」

「そうですか。わかりました。まずは教会の中を案内します。それから実際に魔石を使ってみましょう。そのときに詳しく説明をします」

「はい。お願いします」

イヴォンさんは部屋を出て案内してくれる。

「先程の部屋は応接室です。礼拝堂の先に、治療室があります。こちらです」

礼拝堂に戻り、そのまま先へ進む。教会の入口から見ると、右が応接室、左が治療室のようだ。

教会の治療室にはベッドが複数置かれているだけで、誰もいない。

「今は誰もいませんね。ほとんどの方は、ギルドの治療所で回復をします。私達が治療するのは、重傷者です。自ら立つこともできないほどの重傷者のために、ここにベッドが用意されています」

「なるほど……」

そうなのか。じゃあ、治療でお金を稼ぐことはあまり無いよな……。

「では次にこちらを案内しますね」

再び礼拝堂へ戻る。今度は入り口から見て礼拝堂の奥だ。

おぉ、これはお店だな。宝石店のようだ。

カウンターがあり、ガラスケースに様々な宝石が並べられている。中には貴族だろうか。何人か買い物に来ているようだ。

「こちらが魔石の販売や、魔法の補充を行う場所です。狭間さんには、主にこちらで仕事をしてもらうことになるでしょう」

「このきれいな宝石が魔石なんですか？」

僕が以前拾った魔石は、灰色の小さなものだった。こんなに色鮮やかではなかったな。

「そうです。［錬金術師］によって加工された魔石は、その効果によって色が付きます。さらにそこにＭＰを消費し、魔力を入れればあのように輝くわけですね。美しいでしょう？」

「はい……とても」

「女性へのプレゼントとしても人気なんですよ」

「それは納得ですね」

プレゼントか。すごく高いんだろうな……。

「では、こちらに来てください」

「はい」

さらに奥の部屋に入る。部屋には棚がいくつもあり、そこに細長い箱が並んでいる。

「えぇと……これですね」

ガタッ！

イヴォンさんは、一つの箱をテーブルに置くと中を開いてくれた。中には縦10ｃｍくらいの八面体の石が入っている。暗い緑色をした魔石だ。

「では、これに［エリアヒール］を使ってみてください」

「わかりました。［エリアヒール］」

おぉ、発動したぞ。普通［回復魔法］は怪我人にしか発動しないはずだ。魔石にも発動するのか。

すると、魔石が若干の光を帯びてやや明るい緑色になる。

「何度もやってみてください。確かこの魔石は10回分くらい入るはずです」

「わかりました。［エリアヒール］」

それから僕は10回ほど［エリアヒール］を発動させる。結構なＭＰ消費だ。

「狭間さんには、今やってもらったように魔法を魔石に補充してもらいます。魔法を補充された魔石は、その回数分だけ使うことができます。貴族や冒険者は、こちらで魔石を購入し、ある程度使ったらまた魔法を補充しに来ます。今この教会には［エリアヒール］の魔石は一つしかありませんが、狭間さんが来てくださるなら、いくつか買い足す必要があるんです」

「なるほど、そういうことですか」

「それから一番需要があるのが［ヒール］です。もっとも安価ですからね。魔石自体もそこまで高くないですし、補充の料金もそれほどではありません」

「ちなみにどれくらいするんですか？」

「2万セペタからくらいですね。使用回数によって値段が変わります」

おぉ、安くてそれか。ギリギリ買えるな。一つ買っておいてもよさそうだ。

「狭間さん、まだＭＰはありますか？」

「はい、もう少しだけ残っています」

「それは素晴らしいですね。では、こちらもお願いします。こちらには［プロテクト］を補充してください」

「はい、わかりました」

なるほど。［補助魔法］が必要だったのはこういうことか。今度は５ｃｍくらいの黒みがかった

黄色の魔石に［プロテクト］を補充していく。20回分くらい入っただろうか。魔石が明るい黄色に輝いている。

ちなみに［回復魔法］が緑で、［補助魔法］が黄色だそうだ。そして、［アンチポイズン］などの［状態回復魔法］、［バイタルエイド］や［マナエイド］はあまり需要がないらしい。

「限界まで補充されたようですね。まだ［ヒール］の魔石がいくつかありますが、MPはどうでしょうか？」

「もうほとんどありません。また明日でもいいでしょうか？」

「はい、もちろん。では応接室に参りましょう」

その後応接室で報酬について話してくれる。

「今日の報酬です」

ゴトッ！

袋に入ったお金を渡される。これ結構あるな……。

「［エリアヒール］10回分3000セペタと［プロテクト］20回分6000セペタです。合わせて36000セペタになります」

「えぇ！　そんなにいただけるんですか⁉」

「はい。できれば次は［ヒール］をお願いしたいですね。それから［ハイヒール］の習得も目指して頑張ってください」

「ありがとうございます！　頑張ります！」

「それと、一つ残念な注意事項があります」

「なんでしょう？」

魔法を補充するだけの簡単なお仕事だもんな。何か悪いこともあるんだろうか。

「魔石に魔法を補充しても、ＭＰ以外のステータスは上がりません。スキルレベルは上がりますが、神聖や魔力は人や魔物相手に魔法を使わないと上がることはありません」

「なるほど、了解です」

まぁ、それはそうか……。残念ではあるが仕方ない。十分な条件だ。

「すみません、［ヒール］の魔石を購入することはできますか？」

「もちろんできますよ。10回が2万、20回が5万、30回が10万、50回が25万、１００回が70万セペタになります」

手持ちが16万セペタだ。どうしようか。いや、その前に確認だな。

「例えば、僕がいくつか購入をして［ヒール］を補充し、こちらで買い取っていただくことは可能ですか？」

「えぇ、もちろん可能です。その場合でも、直接補充していただいた料金と同じだけお支払いしますよ」

よし！　完璧だ！　病室で補充ができる！

「では、10回のものを7個ください」

「わかりました。14万セペタいただきましょう」

僕は7個の魔石を受け取る。

「それから狭間さん、現在のお住まいはどちらになります？」

「ダイオンさんの宿屋に泊まっています」

「それはよろしくありませんねぇ。魔石のような高価なものを持ったままで宿屋暮らしは、アインバウムといえども危険です。どうでしょう。教会の宿舎に住まわれては？」

「おぉ、それは是非お願いします」

カルディさんの言っていたとおり、教会に住むことを勧められたな。

「ここは魔石も扱っていますから、特殊な結界が張り巡らされています。魔石の盗難を防ぐのはもちろんですが、身の安全も保証しますよ」

「ありがとうございます」

「では、30日間で5万セペタになります」

結構高いな……。

「あ……すみません。やっぱり魔石の購入は5個に変えてもらってもいいですか？」

所持金がほぼ0になった。

狭間圏《はざまけん》
[聖職者：Lv18]
HP：196／196＋1　MP：12／492　聖職者：＋48　SP：1／73＋1
力：22　耐久：56＋1　俊敏：40　聖職者：－2　技：22　器用：15
魔力：37　聖職者：＋38　神聖：65　聖職者：＋48　魔力操作：50　聖職者：＋38

［回復魔法：Ｌｖ28］＋1　［ヒール：Ｌｖ32］＋1　［補助魔法：Ｌｖ13］＋1
［炎耐性：Ｌｖ7］＋1　［ストレージ：Ｌｖ12］＋1　ｅｔｃ…34

03　貴族の狩り

昨日は良い1日だった。教会は素晴らしい施設だ。

案内された部屋はかなり豪華だった。

クローゼットやタンス、鏡が備え付けてあり、一番有用なのは魔石付きの宝箱だ。所有者の魔力を流し込むと解錠ができるもので、昨日はその設定もした。

部屋にも同様の鍵がついており、セキュリティが万全だ。

これから装備や魔石を揃えていくつもりだけど、盗まれる心配はしなくていい。

ただし、教会から外に出るときは今まで以上に注意するように言われた。

どうやら教会関係者は、盗賊などから狙われることが多いらしい。

特に前衛のステータスが低く、神聖が高い人間は格好の的だ。

魔石を扱うためのお金を持っているだろうし、魔石そのものが奪われることもある。

それだけならいいが、最悪連れ去られ、ひたすら魔石に魔法を補充させられる可能性もあるようだ。

それは恐ろしい……。

そんなわけで教会は敷地に結界が張ってあり、未登録のものは敷地内のどこにいるか全部バレている。

僕は昨日、教会の住人として登録を済ませた。もう部外者では無くなったのだ。

そして、昨日買った魔石はもちろん［ストレージ］に収納してある。

このまま病室で、［ストレージ］内の魔石に［ヒール］を補充するつもりだ。

昨日教会で［エリアヒール］と［プロテクト］の魔法を補充した感覚からするといけるはずだ。

［ヒール］！

よし！　発動している！

僕は［ヒール］50発を魔石に撃ち込んだ。よしよし、これで病室でもお金を稼ぐことができるぞ。

［ヒール］は1回の補充で50セペタだ。ということは、２５００セペタの収入、宿屋換算だと8泊ちょっとだ。すげぇ……。

基本的に魔石は小さいので、今の［ストレージ］の容量でもある程度の数を入れることができる。

［ストレージ］内の魔石を増やすことができれば、相当稼げるようになるな。

教会の宿舎は5万セペタと高額だが、［ヒール］だけでもペイできそうだ。

問題があるとすれば、この［ヒール］の魔石を毎日買い取ってもらった場合、僕のＭＰが異常であることがバレてしまうことだ。

毎日50回分の［ヒール］に［エリアヒール］や他の魔法を補充していたら、1日3割程度のＭＰ

回復量と矛盾する。

控えたほうが良いだろうか……。

狭間《はざま》圏《けん》
［聖職者：Lv18］
HP：196／196　MP：542／494＋2　聖職者：＋48　SP：1／74＋1
力：22　耐久：56　俊敏：40　聖職者：－2　技：22　器用：15　魔力：37　聖職者：＋38
神聖：65　聖職者：＋48　魔力操作：51＋1　聖職者：＋38
［回復魔法：Lv29］＋1　［ヒール：Lv33］＋1　［補助魔法：Lv14］＋1
［プロテクト：Lv23］＋1　［バイタルエイド：Lv24］＋1　［マナエイド：Lv13］＋1
［マルチタスク：Lv27］＋1　［自己強化：Lv17］＋1　etc…31

♻

教会の宿舎は同じ敷地内にあり、職員たちが住んでいる。

昨日イヴォンさんに言われたとおり、朝は食堂へやってきた。なんだかすごくいい匂いがする。

食堂には長いテーブルが置かれており、どこに座ってもいい。座ると、シスターたちが食事を運んでくれる。昨日の夜も宿舎の食堂でご飯を食べた。

夜は魔物の肉がメインでかなり美味しかった。日本でもなかなか味わえないレベルだ。

朝はパンとスープとサラダだ。パンは焼き立てで、スープがとにかく美味い。魔物の肉から出汁《だし》をとっているのだろうか。

ここって教会だよな……。

やはり魔石という高級品を扱っているだけあって、生活レベルが高い。

いたるところに魔石が使われている。インフラが完璧だ。

部屋の入口にある魔石に触れると、天井が光る。普通に電気のようだ。

それから、トイレは水洗で、水道もある。水道といっても、蛇口の先に魔石が付いており、それに触れると水が流れる仕組みだ。

そして、トイレが洋式トイレだ。形が日本のトイレと全く同じなのだが、これって僕以外の異世界人が作ったよな……絶対。

あとは風呂があるらしいけど、MP消費が激しいので現在は使っていないらしい。風呂に付いている魔石に、MPを使えばお湯が出るそうだが、風呂をいっぱいにするためにはそれなりのMPが消費されてしまう。

現在住んでいる人たちは、それほどMPに余裕がないのだろうか。魔石の補充を優先しているのかもしれない。

さらに気になるのが、宿舎に住んでいる人が多いことだ。たしか、教会で働く条件というのは結構厳しかったと思う。領民であることと、それから［ハイヒール］以上の［回復魔法］が使えることだ。

この人達全員が［ハイヒール］以上の［回復魔法］を使えるとは思えない。というのは、子供が多いからだ。

教会といえば、孤児の世話もしているというイメージもあるが、明らかにそうではない。身なりが整っていて、とても孤児には見えない。

むしろ、この中で一番みすぼらしい格好をしているのは僕だ。そして、明らかに前衛のような見た目の人間もいる。護衛かな？

そんなことを考えながら朝食を食べていると、イヴォンさんがやってきた。

「やぁ狭間さん、おはようございます」

「おはようございます、イヴォンさん」

「食事中に申し訳ないのですが、こちらへ来ていただいても？」

「はい、了解です」

僕は長いテーブルの先、部屋の奥までイヴォンさんと移動をする。

「おはようございます。今日から教会の宿舎で一緒に生活をする狭間さんです。狭間さんは、フリーの教会職員としてこちらに来られました」

「おぉ……。フリーか」

「若いのに凄いな」

なんだかざわついている。フリーの教会職員とはどういうことだろうか。

「では、朝食が済みましたら応接室へ来てください」

「はい、よろしくお願いします」


僕は朝食後に応接室へ向かう。

「狭間です、失礼します」

「どうぞ」

ガチャ……。

扉を開け、応接室へと入る。

「宿舎はいかがでしたか？」

「最高ですね。魔石ってあんな使い方があるんですね」

「そうですね。一般的にはあのような使用はしないのですが、教会は特別です。他の街でも教会の施設は概《おおむ》ね同じように魔石を使っています」

「それは凄い……」

「では、早速で申し訳ないのですが、今後の仕事についてご説明させていただきます」

「よろしくお願いします」

あれ？

魔石に魔法を撃ち込むのと、重傷者の治療だけじゃないのかな？

「まずは昨日説明したとおり、魔石への魔法の補充と、治療室での重傷者の治療です。こちらは、できる限りやっていただこうと思います」

「はい、僕の方でもぜひお願いしたいです」

「それから、もう一つは貴族のステータス、及びジョブレベル上げです」

「貴族、ですか……」

ん～……。貴族ってあまり良いイメージが無いんだよな。

「えぇ、現在この教会には約50名の人間が生活をしています。私を含め、主に魔法を中心に使用し、魔石の補充などをする人間が7名。狭間さんもこの中に含まれています。それからベテランの前衛の方が5人。私以外のこれらの人間が、フリーの教会職員となります。仕事をした分だけ報酬を支払いますが、基本的には自由にしていただいています」

僕はそのフリーの教会職員というわけか。

「そして、料理や掃除、魔石の販売などをする職員が8名。その他は全て貴族のご子息、ご息女です」

おぉ、やっぱり結構な人数がいたよな。身なりがキレイだとは思っていたが、子供はみんな貴族だったわけか。孤児とは対極なわけだ。

「貴族の子供は、ステータスやジョブを上げるためにここにいます。8歳から12歳くらいまでは教会で鍛えるわけです。狭間さん、もう部屋の魔石の扱いには慣れましたか？」

「はい、非常に便利で驚きました」

「そうなんです。便利なのですが、ここの宿舎では生活をするために魔石が必須になります。そして、魔石を使う度にＭＰを消費するので、生活するだけでＭＰが徐々に成長していくのです」

なるほど、それは凄いな。昨日は意識していなかったが、部屋の明かりを点けるだけでＭＰを消費していたわけか。ＭＰが切れたら何もできなくなるな……。

「ただし、他のステータスやジョブを上げるためには、魔物と戦う必要があります。そこで、フリーの教会職員の方々には、定期的に狩りに同伴していただきます。そうすると、狩りの最中に盗賊などに襲われる心配はまずありません。我々と戦うよりも、簡単にお金を稼ぐ方法などいくらでもありますから」

おぉ、凄い自信だ。だからフリーの教会職員には条件があるのか。強くないと務まらないだろう。

「えっと、狩りについていくのは強制なのでしょうか」

「いいえ、もちろん任意ですし、報酬も支払われます」

それは良かった。毎回貴族の狩りに付き合わされるというのは、あまり気が進まない。

「1日の狩りで3000セペタの報酬、それからドロップアイテムは全て護衛の方のものになります。そして、数日間にわたるものだと、追加で報酬が出ます」

「おぉ、ドロップアイテムも全てですか」

凄いな。完全に金持ち相手の商売ではないだろうか。

「はい、彼らには30日間ごとに20万セペタほどのお金をいただいています。そういったステータス上げの料金も含まれていますので。ちなみに狭間さんの場合、こちらに住んでいただくことで、教会の安全性が向上しています。ですから少し安くなっています」

「そうなんですね。ありがとうございます」

5万セペタで安くなっているのか。もう完全に貴族の家ではないだろうか。

「ちなみに今日も狩りがありますが、ご同行していただけますか？」

「はい、行ってみたいです」

「それは助かります。では早速パーティと顔合わせをしていただきましょう」


外に出ると、狩りに出る準備をしている子供たちと、大人が２人いた。

「今日は狭間さんが同行してくださいます。ラルフさん、お願いしますね」

「はいよ」

ラルフと呼ばれた人は、50代だろうか。身長は１７５ｃｍくらい。白髪まじりの長い髪をしていて、顔にはいくつか傷痕がある。歴戦の戦士、といったところだろうか。

「狭間です。よろしくお願いします」

「ラルフだ。今は冒険者を引退してここで生活してる。見りゃ分かると思うが、前衛だ。んで、こっちが後衛、あんたと同じ回復だな」

「ウォルターです。私も回復要員です」

「よろしくお願いします」

ウォルターさんも50代だろうか。１６５ｃｍくらいで、同じく白髪まじりだ。優しそうで、見た目にも［回復魔法］が得意そうだ。

「では、あとはお願いしますね」

「おぅ」

イヴォンさんはそう言うと教会へ戻っていった。

「いつもは俺とウォルターの２人だけだからな。それでも余裕だ。あんたは初めてだから、流れを見ておいてくれ。それから使える魔法を一通り教えてくれ」

僕は一通り使える魔法とスキルレベルを伝えた。

「なるほど、こりゃいいな。狭間、お前は今日回復しなくていいから、ガキどもに［補助魔法］をかけまくってくれ」

「はい、わかりました」

そうか。目的は子供たちのジョブ、ステータス上げだから、彼らができるだけ安全な方がいいわけだ。そして、１つ気になることを聞いておく。

「すみません、狩り中のジョブは［聖職者］にしておけばいいですか？」

「いや、どうせ雑魚《ざこ》だから好きなのでいいぞ」

よし！　ジョブを［薬師］にしておこう。ソロでは上げにくい非戦闘のジョブにする。

「わかりました。ありがとうございます」

「それじゃいくぞ」

「「「はい！」」」

子供たちが大きく返事をする。貴族の子供には生意気なイメージを持っていたが、全くそんなことは無い。むしろ、礼儀正しい。親元を離れて教会で生活をしているからだろうか。

教会の外には馬車が用意してあり、その荷台に何人も乗り込む。

「え？　馬車でいくんですか？」

「あたりめぇだろ。この人数分馬用意すんの大変だろ？」

「いや、歩かないんですか？」

「そういや狩場まで歩くなんて、しばらくねぇな」

マジかよ……。馬車で狩りとか、本当に貴族だな。

そして、僕の装備がダントツでみすぼらしい……。この様子だと、流石に買い替えないとまずいな……。


街からやや離れた狩場へと到着した。以前僕がソロで狩りをした森とは逆方向の高原だ。見晴らしがよく、奇襲を受けにくい場所で、ここが基本の狩場らしい。

「当たりはロックアルマジロと、マッスルゴートだ。残りのスライム、ゲルカメレオン、パラソルフラワーは雑魚で、素材もクソだ。訓練には丁度良いがな」

ラルフさんが説明してくれる。魔物の代表スライムがこんなところに出るのか。

「では［補助魔法］をかけていきましょう。［リヒール］」

ウォルターさんが子供たちに［リヒール］をかけていく。HPを徐々に回復していく魔法だ。まだどこにも怪我をしていないが［リヒール］をかけておくことで、軽い怪我ならすぐに治る。

「では僕も」

僕も続いて［プロテクト］と［バイタルエイド］を全員にかけていく。ちなみにジョブは［薬師］だ。

「おぅ、ほらいたぞ。お前らいけ」

「「「はい！」」」

彼らは弓を構えると、矢を放ち、その先のスライムに当てる。すると、周りの魔物がこっちに気づいたようで、ぞろぞろと集まってくる。

ドロドロしたカメレオンの大きいのが、ゲルカメレオン。ぷるぷるゼリーのようなのがスライム。大きな傘のような花の魔物がパラソルフラワーだろう。

どれも動きが遅い。あの中では、ゲルカメレオンが一番速いのか、徐々に距離を詰めてくる。

が、子供たちが弓で攻撃をし、次々と倒していく。これ、ノーダメージじゃね？　補助、意味無くね？

「よし、奥行くぞ！」

「「はい！」」

ラルフさんがそう言うと、子供たちは元気よく返事をする。高原の奥にも同じ魔物がいる。奥に入ると、若干数が増えるくらいの変化だ。

さっきまでは、子供たち全員が弓だったが、比較的年上の子供2人が剣を装備している。

「よしいいぞ、いけ」

「「はい！」」

ラルフさんが号令をかけると、子供たちが一斉に攻撃を始める。剣を装備した2人だけがやや前に出て、さらにその前にラルフさんだ。

「では狭間さん、ここからは子供たちの補助を切らさないようにしてください。特に、前衛の2人には常に［補助魔法］をかけておいてください」

「わかりました」

ウォルターさんが指示を出してくれる。

奥へ行くにつれ、魔物の数が徐々に増えていく。そして、弓の殲滅力よりも魔物の数が増えてくると、ラルフさんが1頭だけを前衛の子供2人のほうへ誘導し、残りは瞬殺する。

ラルフさんは、両手に1本ずつ、短剣にしては長いが、剣としては短いような長さの剣を装備している。双剣というヤツだろう。動きが速く、魔物を瞬殺してしまう。倒す気になれば、すぐにこの辺りの魔物を殲滅してしまうだろう。

上手に立ち回って、1頭だけを子供たちに攻撃させている。僕は一応［補助魔法］をかけ続けているが、子供たちはほぼ攻撃をくらっていないので、あまり意味は無い。

接待狩りだな……これは。

確かにこの狩りのやり方なら、安全かつ効率よくステータスとジョブレベルを上げられるだろう。しかし、ステータスとジョブだけが上がったところで、上手く立ち回れないよな。まぁ貴族だからいいのかもしれないが……。

そして、そういう僕だって［補助魔法］をちょこちょこかけているだけで、そのほかは何もしていない。

ラルフさんとウォルターさんに全員で寄生しているようだ。

まぁ今回は狩りの流れを把握する目的もあるからな。次からは前衛1人と僕1人、残りは子供たちってこともありえるか。

「おい……止まれ……。マッスルゴートだ」

ラルフさんが声をひそめて言う。

彼が指差した先にはムキムキのヤギがいた。少し強そうだ。

「俺が突っ込んでぶっ殺してくるから、あとの雑魚はお前らが殺《や》れ」

子供たちは無言でうなずく。

ラルフさんが、ザッと踏み込み、一瞬で間合いをつめる。豪快に双剣を振り回し、マッスルゴートに撃ち込んでいる。右に左に、それから後ろに回り込んでは跳び上がり、首から上だけを攻撃している。

そして、子供たちも弓で攻撃を続けている。数名、攻撃魔法を使っている子供もいるな。

「狭間さん、攻撃魔法はありますか？」

「はい、少しなら使えます」

僕はウォルターさんに答える。

「では、前衛の２人に３頭以上の魔物が近づいたら倒してください」

「わかりました」

前衛の子供に３頭目の魔物が近づいたので、「エアブレード」を撃っておく。動きが遅いので、当てるのは簡単だ。耐久力もそれほど高くはない。

これだったら「エアブレード」よりもまだスキルレベルの低い「ファイアボール」や「ショットストーン」でも倒せるだろう。

僕はこれを機に「エアブレード」以外の攻撃魔法を試してみる。

パラソルフラワーとスライムには「ファイアボール」が有効だ。それからゲルカメレオンには「ショットストーン」。そして、「ウォーターガン」はどの魔物にもあまり効いていないが、「氷結」

と［ファイアアロー］はどの魔物にも結構効いている。

しかし、やはり［エアブレード］が僕の攻撃魔法の中では、突出して威力がある。まぁスキルレベルが違うからな。

ほどなくして、ラルフさんがマッスルゴートを仕留めたようだ。他の魔物もあっさりと殲滅する。残った2頭は子供たちが頑張って戦っている。

その様子でラルフさんは、さっとマッスルゴートの解体を始める。

「よし、帰るか」

「え？　もう帰るんですか？」

「えぇ、もうすぐお昼ですからね」

ウォルターさんが笑顔で答えてくれる。そうか、昼前には帰るんだな。

本当に接待狩りだ。というよりも、体育の授業のようだ。これで3000セペタももらって良いのだろうか。

「おい、マッスルゴートはだいたい1500くらいで売れるぞ。1人500だが、どうする？　お前買うか？」

「え？　僕がですか？」

僕が買って店に売りに行け、ということかな？

「マッスルゴートの皮は軽く丈夫で、防具の素材として良いんですよ。狭間さんが買い取って、加工してもらえばそのまま防具を購入するよりも安くすみます」

「なるほど、そういうことでしたか。それでしたら、ぜひ購入させてください」

あぁ、僕の装備を見て買い替えたほうが良いだろうってことね……。そのとおりです、はい。

「おぅ、じゃあ帰ったらな」

「ありがとうございます」

今考えると、首から上だけを狙って攻撃していたのは素材のためだったのか。ぶっきら棒だけど、ラルフさんは優しいな。


教会へ帰ると報酬の3000セペタをもらい、ラルフさんとウォルターさんに500ずつ渡す。それから、狩りではいくつかの小さな魔石が出た。3cmくらいの魔石で2000セペタくらいになるらしい。さらに、魔石の販売所へ行き、昨日病室で補充をした［ヒール］50回分の料金も手に入れた。補充分の料金は2500セペタだ。

病室で、ただ［ヒール］を補充するだけで優雅に生活できてしまう……。けれど、そんなのはつまらない。装備も買い替えたいし、できる限りステータスやジョブも強化したい。

今は昼でMPもまだまだある。まだ稼げるが、MPを使ってお金を稼ぐとMP回復量に矛盾が出てしまう。どうしたものか……。

僕のMP回復量を知っているカルディさんに相談してみようか。

「……というわけなんです」

「なるほど。確かにMPを乱用するのは、あまりよろしく無さそうですね。とりあえずMPが余っているのでしたら、今日も毒の実を仕入れているので［アンチポイズン］をお願いします」

「おぉ！　そうでした！」

　僕は毒の実に片っ端から［アンチポイズン］をかけていく。

「では20個分、1000セペタですね」

「ありがとうございます」

「いえいえ、こちらこそ」

「でも、もう買い手がついたんですか？」

「いいえ、昨日の分は私が少しずつ消費することにしました。実は、大変気に入ってしまいまして」

「確かに、女性の方が好きな味かもしれませんね」

「それで、MPはどうです？」

「はい、だいぶ減りましたがまだまだ残っていますね」

「そうですか。では、しばらく毒の実は買い足しておきましょう。今日はそうですね……。［土魔法］の［形成］でお皿やカップを作っていただきましょうか。それほど高くはありませんが、買い取りますよ」

「おぉ、ありがとうございます！」

「できるだけ細かい装飾をつけるように心がけてください。そのほうがスキルレベルが上がると思います。それから、離れた場所に作ろうとすれば、魔力操作の向上にも繋がりますよ」

「なるほど、ありがとうございます！」

やはりカルディさんは凄いな。なんでも知っている。

それからお皿とカップ、花瓶などを作りまくった。おかげでＭＰを無駄なく消費することができた。

「ではそれら全てで３００セペタで買い取ります」

「おぉ、ありがとうございます！」

「そうですね。［形成］のスキルが上がってくれば、ガラス製品が作れるそうです。そうなればもっと高価格で買い取ることができます。頑張ってくださいね」

「はい！」

ガラス製品か。教会でガラスが使われていたけれど、［土魔法］からできていたのかもしれないな。

「それから、午前中は［薬師］で狩りに参加したのですね？」

「はい、狩りといってもただついて行って［補助魔法］を使っていただけですが……」

「では、ステータスを確認してみてください」

「はい」

おぉ！

［薬師：Ｌｖ６］［毒薬生成：Ｌｖ０］Ｎｅｗ
「新しいスキルは出ていませんか？」

「［毒薬生成］が出ています」

「おぉ、それは……。［ポーション生成］よりも先に［毒薬生成］が出たんですね……」

「はい」

微妙なリアクションだな。［毒薬生成］よりも［ポーション生成］のほうが有用なんだろうか。

「そうですね……。［毒薬生成］には、毒草か毒の実が必要なんです。毒の実は先程使い切ってしまいましたので、毒草で試してみましょう」

カルディさんは奥の部屋へ行き、30cmくらいある袋を持ってきた。

「50枚くらいでしょうね。では、この毒草に［毒薬生成］を使ってみてください。こちらの小瓶を意識してくださいね」

「はい、やってみます。［毒薬生成］！」

僕が［毒薬生成］を発動させると、1枚の毒草がふわっと消えて小瓶に紫色の液体が少しだけ溜まる。

「成功ですね。50枚で小瓶1つくらいの毒薬が生成されると思いますので、残りも同様にやってみましょう。ちなみにこのような小瓶も、［土魔法］の［形成］のレベルを上げれば作ることができます。こちらが最も需要が高いですね」

「なるほど。やってみます。［毒薬生成］！」

それから10回くらい［毒薬生成］を使った。

「すみません。SPが切れました」

小瓶の20％くらいしか毒薬ができていない。［薬師］のスキルはMPではなくSPを消費するので、僕はそれほど使うことができないな。

それから［薬師］のスキルを使ってSPを消費するということは、［ストレージ］の強化ができなくなるってことだ。

ん～……。それはちょっと微妙だな。

「ありがとうございます。こちらはまた狭間さんのSPが回復したらやってもらいましょう」

「でも、カルディさんも［薬師］のジョブをお持ちなんですよね？」

「えぇ、しかし他にもSPを使うことが多くありますので、なかなかそちらまでSPが回らないんですよ。ですから狭間さん、SPが回復したらまたうちでスキルを使ってください」

「はい！　もちろんです！」

「それから、もう少し［薬師］のジョブレベルを上げれば［ポーション生成］が出ると思いますので、狩りのときはできるだけ［薬師］でお願いします」

「そうですね。了解しました」

装備を買い換えるまでは、この生活が続きそうだな。

狭間圏《はざまけん》
［薬師：Ｌｖ６］
ＨＰ：１９６／１９６　ＭＰ：21／４９４　ＳＰ：２／75＋１　薬師：＋62

力：22 薬師：－19 耐久：56 薬師：－19 俊敏：40 薬師：－19 技：22 薬師：－19
器用：16＋1 薬師：＋12 魔力：37 神聖：65 魔力操作：52＋1
［ファイアボール：Lv2］＋1 ［ファイアアロー：Lv1］＋1
［ウォーターガン：Lv1］＋1 ［氷結：Lv1］＋1 ［土魔法：Lv18］＋1
［形成：Lv14］＋1 ［ショットストーン：Lv1］＋1 ［アンチポイズン：Lv13］＋1
［毒薬生成：Lv1］ New＋1 etc…31

04 魔石作成

病室でのステータス上げに限界が来ている。しばらく前から、ステータスの上がりが鈍化しているが、さらに今までやっていた［ストレージ］内に［水魔法］と［炎魔法］を撃つことができなくなった。

というのは、今［ストレージ］内には5個の［ヒール］の魔石が入っている。この魔石に10回ずつ、計50回の［ヒール］を補充する。これで終わりだ。

今までは［ストレージ］が空だったので、［炎魔法］と［水魔法］を撃つことができた。しかし今は魔石が5つ入っている。魔石がどれくらい頑丈なのかはわからないが、熱したり冷やしたりを繰り返せば壊れてしまうだろう。

だからといって［ストレージ］内をまた空にするのももったいない。

今の装備がしょぼいので、買い替える必要がある。病室でのMPもできるだけお金に換えたい。

今所持金が、2万セペタとちょっとだ。昨日マッスルゴートの毛皮を武器防具屋へ持っていったが、1頭だけだと装備の一部しか作れないと言われた。上半身、下半身と手足、頭全てをマッスルゴートの革装備にするとだいたい10万セペタくらいかかるらしい。皮を5頭分持ち込んで作ってもらう場合は、75000セペタになるという。直接皮を売った場合よりもかなりお得になる。

今はお金が必要なので［ストレージ］を使った魔石の補充はできれば欠かしたくない。

ということで、［エアブレード］を病室の壁の向こう、つまり外へ撃ってみる。魔力操作が結構上がっているので、いけるかもしれない。

お！　いけた！

壁の外に［エアブレード］を撃つことができた。もっと早く気づくべきだったな。これでまたMPを成長させられる。

というのは、MPの成長効率は［エアブレード］が最も高い。今までは［ストレージ］内に［水魔法］を使って中を水で満たす。それからその中に［炎魔法］を使って水を全て蒸発させる。この繰り返しだった。

メリットは、MPの他に［ストレージ］［水魔法］［炎魔法］［マルチタスク］のスキルレベルが上がることだ。デメリットは水をためて蒸発させるまでに時間がかかりすぎることだ。時間がかかると、MPがあまり消費できない。するとMPの成長が鈍化する。さらに僕はSPがそれほどないので、［ストレージ］を使っているうちにSPが切れる。

最近MPの成長が鈍化しているのはこのせいだ。

その点［エアブレード］は一発の発動が早い。［マルチタスク］での重ね撃ちも可能だ。部屋の外に［エアブレード］を撃ちまくればMPがまた上がるはずだ。

しかし、壁の向こうへ撃てるのは脅威だな。［魔力操作］が上がれば、魔法での奇襲が可能になるわけか。

ただ、感覚的に威力が大きく減衰しているな。水の中にパンチを打つような感覚だ。壁一枚を隔てると、動きが鈍る。おそらくだが、今のスキルレベルだと他の魔法は壁の向こうには使えないだろう。

狭間圏《はざまけん》
［見習い魔法士：Lv13］
HP：196／196 見習い魔法士：－18
MP：562／506＋12 見習い魔法士：＋56 SP：2／76＋1
力：22 見習い魔法士：－8 耐久：56 見習い魔法士：－8 俊敏：40 技：22 器用：16
魔力：37 見習い魔法士：＋28 神聖：65 魔力操作：53＋1 見習い魔法士：＋23
［風魔法：Lv45］＋3 ［エアブレード：Lv19］＋5 ［回復魔法：Lv30］＋1
［ヒール：Lv34］＋1 ［補助魔法：Lv15］＋1 ［プロテクト：Lv24］＋1
［バイタルエイド：Lv25］＋1 ［マナエイド：Lv14］＋1 ［ストレージ：Lv13］＋1

♻

朝起きると、顔を洗い、軽く身支度を整え朝食。この整った環境は素晴らしい。これに慣れてしまうと、野営とかできなくならないだろうか。

そして、今日は子供たちの狩りの同行はない。どうやら毎日狩りに行くわけではないらしい。教会では、座学もやっているようだった。

チラッと中を覗いたが、普通に日本語だし、漢字の学習もしていた。そういえば言語も日本語だし、髪の色こそ違うが顔の作りもアジア系だ。

それから、魔石販売所へ行って、日本で補充した［ヒール］の魔石を空の魔石と取り替える。とりあえず2500セペタの収入だ。

あとは司祭のイヴォンさんから［エリアヒール］の魔石に積極的に補充してほしいと言われているが、そもそもこの魔石販売所には昨日補充した魔石以外に［エリアヒール］用は無い。そしてMP回復の件が教会の人にバレる恐れがあるため、安易に魔法の補充ができない。

つまり、今日はもうやることが無いのだ。

そこで、冒険者ギルドに顔を出してみることにした。

「おぅ小僧。教会はどうだ？」

「おはようございます。ドグバさん。快適ですね」

受付のドグバさんに挨拶をする。朝は結構な人がいるな。

「あ、そうだ。ノーツたちが来てんぞ」

「本当ですか！　もう復帰しているんですね」

「お前よりだいぶ前にな。ほれ」

ドグバさんが親指で示す。その先には、ノーツさん、ラウールさん、カーシーさん、オルランドさんがいた。

僕は近づいて挨拶をする。

「お久しぶりです」

「おぉ、狭間くんか！　無事だったようだな」

みんな驚いたように喜んでくれる。あのあとノーツさんも比較的すぐに復帰できたらしい。みんな無事で良かった。

「んで、お前今教会で働いているんだろ？　なんでギルドに来てんだ？」

「それが、今日はやることが無いんですよ。ＭＰも少し余っていますし、狩りでもと思いまして」

「ん？　ＭＰ全て魔石の補充に使わないのか？」

「いや……。まぁ、そうですね。まだ残っているというか……」

参ったな。カーシーさんが不思議そうに聞いてくる。教会職員のＭＰは全て魔石の補充に使うのが一般的なんだろう。

「そうか、ほら、あれだろ？　狭間くん、基礎ステータスも上げたいんだよな？　そうだな？」

ノーツさんが助けてくれる。ノーツさんは僕のＭＰ回復について、全てではないが知っているんだ。

「そ、そうなんですよ。教会の仕事のメインは魔石の補充なんですが、それだとＭＰしか上がらないんです。お金はある程度稼げるんですが、やっぱりステータスも上げたいんですよね」

「まぁあんだけ修行しているヤツにとっては教会は暇だよな」

オルランドさんが納得してくれる。

「じゃ、行くか？」

「いいんですか⁉」

「もちろんだ。教会に住んでいるなら、夜は帰ったほうがいいな。日帰りなら、フォレストウルフ中心に狩るのはどうだ？」

「いいんじゃないか？　狭間のステータスが前より上がっているだろうし、様子見で奥に行ってみるか？」

「だそうだ。狭間くんもそれでいいか？」

「はい！　よろしくお願いします」

僕たちは以前狩りをした森へ向かう。街から１時間程度のところだ。フォレストウルフは、要請クエスト前にノーツさんたちと狩りをした魔物だ。以前よりステータスが上がっているので楽勝だろう。

森へ到着すると、フォレストウルフの群れがいる。ノーツさんが突っ込み［咆哮］。あとはラウールさん、オルランドさんが1頭ずつ剥がして殲滅し、カーシーさんが遠距離からの攻撃だ。安定の狩りである。

僕は今回、［盾戦士］のノーツさんに［プロテクト］と［バイタルエイド］をかけ、あとは見学。［ヒール］は一度も使用していない。

一通り群れを殲滅して、ノーツさん、ラウールさん、オルランドさんが集まる。

「いきます。［エリアヒール］」

僕は3人を同時に回復する。ちなみに、敵を殲滅するときには［薬師］に、回復するときには［聖職者］にジョブを変えている。

「おい、俺はもう大丈夫だ」

「俺も」

ラウールさんと、オルランドさんは［エリアヒール］1発で全快のようだ。あとはノーツさんに［ヒール］を使い全快していく。

カーシーさんはノーダメージなので素材の回収だ。

「狭間くん、MPはどうだ？」

「はい、まだまだあります」

まだまだある、というよりほとんど使っていない。ノーツさんに攻撃を集中させて、他のメンバーが素早く殲滅することでかなり燃費が良い狩りができている。

「どうする？　奥に行くか？」

「あぁ、いつも行くところまでは問題ないだろう。狭間くんもそれでいいか？」

「はい。大丈夫です」

まだまだＭＰがあるし大丈夫だろう。


その後奥へ行き、同様の狩りをした。奥へ行くとフォレストウルフの数こそは増えたが、強い魔物が出るわけでもないので問題なく狩りができた。

「よし、そろそろ引き上げよう。体力的にも余裕はあるが、日が暮れると狭間くんが教会に帰れなくなるからな」

「すみません。ありがとうございます」

教会職員は夜になっても帰宅することができるが、ご飯もあるし普通に帰ることにした。教会の晩御飯はめちゃくちゃ美味しいし。

「おぅ、治療所の金が浮いたぜ。今日はその分も飲めるな！」

「お前はどっちにしろ飲むんだろうが」

僕たちは素材を回収して帰る。フォレストウルフの素材は合計で１人１５００セペタほどになった。以前様子見で来たときよりも、短時間で効率よく稼ぐことができた。お金は教会に比べるとそれほど稼ぐことはできないが、ジョブとステータスの効率が良い。

「しかし、狭間くんがいると補給で帰らなくていいから効率が良くなるな。また頼む」

「はい。こちらこそよろしくお願いします」

ＭＰはまだ残っているので、帰りに道具屋へと寄っていく。道具屋では、カルディさんがまた毒の実と毒草を仕入れてくれたようだ。

毒の実20個に［アンチポイズン］を使い、さらに［形成］でお皿やカップを作る。

「しかし、ＭＰがもったいないですね。毒の実のほうはともかく、お皿やカップはこれだけ作っていただいても３００セペタ以上のお金を支払うことができないので……」

毒の実の報酬１０００セペタと食器の報酬３００セペタをもらう。

「いえいえ、［形成］のスキル上げと、器用のステータス上げも兼ねていますので」

「それでは、今日はギルドから狩りに出かけたんですね？」

「はい。教会でやることが無かったので」

「どうです？［薬師］は上がりましたか？」

「はい。今日の狩りで13になりました」

「おぉ、それは素晴らしいですね。フォレストウルフだけで１日にそれだけ上がるとは……。それで、スキルはなにか習得しましたか？」

あぁ、そうだった。狩りの最中は確認できないからな。

「お！ 出ました！ ［ポーション生成］です」

「出ましたね。では、今日はこちらを持ち帰っていただきましょう」

そう言うと、カルディさんが店の奥から袋を２つ持ってくる。

「今日はこちらの薬草と毒草で、ポーションと毒薬を生成していただきましょう。ＳＰは家にいる間も回復すると思いますので、こちらでスキルを使用していただくよりも、持ち帰ったほうが効率が良いです」

「なるほど。これでSPも効率よく上げられそうです」

さらに、カルディさんは透明な小瓶を渡してくれる。

「こちらの小瓶はポーション、こちらは毒薬ですね。間違えないように、若干形が違います」

「わかりました」

よしよし、これで教会で接待狩りの無い日でもある程度効率よくステータスやジョブを鍛えることができるな。そして病室では［エアブレード］でMPアップだ。

狭間圏《はざまけん》
［薬師：Lv13］＋7
HP：196／196　MP：562／506　SP：2／80＋4　薬師：＋76
力：22 薬師：－18　耐久：56 薬師：－18　俊敏：40 薬師：－18　技：22 薬師：－18
器用：17＋1 薬師：＋26　魔力：38＋1　神聖：66＋1　魔力操作：53
［土魔法：Lv19］＋1　［形成：Lv15］＋1　［エリアヒール：Lv5］＋1
［アンチポイズン：Lv14］＋1　［毒薬生成：Lv2］＋1
［ポーション生成：Lv1］New＋1　etc…35

「ごめんね。思い出すのは嫌かもしれないけれど……」

僕の前には、中年の男性が二人いる。僕は首を横に振った。

彼らは警察だ。事故当時のことを知りたいらしい。

とはいっても、交差点を渡っているときにトラックに撥ねられた。これ以上の情報はない。それに、なぜ今更とも思う。僕が一般病棟に来てから結構経つだろう。

「車に撥ねられた。そうだよね？」

僕は首を縦に振る。

「何度も悪いね」

え？　何度も？　僕は今日、事故から初めて聞き取りされているはずだ。事故直後に警察が来たのか？

「どんな種類だったのかな？　乗用車？　トラック？」

僕はトラックのところで首を縦に振る。

ちょっと待ってくれ。加害者は捕まっていないのか？　結構大きな交差点だったぞ。警察は車の種類すら把握できていないのか？

「どれくらいの大きさだったのかな？」

警察がトラックの写真をいくつか出してくる。順に聞いてくれるので、近いものでうなずいた。

トラックであることは覚えているが、そのときの記憶はそこまで鮮明ではない。トラックのクラクションが聞こえたような記憶がある。

　それにしても、おかしな点がいくつもある。何度も聞かれた記憶は無いし、あそこは大きな交差点だった。目撃者がいなかったとは考えにくいし、監視カメラだってあるだろう。

「ありがとう。参考になったよ」

　もういいのか？　どういうことか、こちらから聞きたいところだけれど、あいにく声が出ない。

　一体何だったのだろうか。


　僕はとりあえず魔石に［ヒール］を補充する。［ヒール］の補充が終わると、今度は［エアブレード］だ。

　病室ではこのままＭＰ上げをやっていく予定だ。異世界でのジョブはどうしようか。最近は［薬師］のジョブを上げている。［ポーション生成］が出たが、このまま［薬師］を上げれば他のアイテムが生成できると思う。ただ、今すぐ必要かと言われると、そうでもない。

　今の僕のジョブだが、なんとも中途半端だ。フリーの教会職員にしては［聖職者］のレベルはかなり低い方らしい。［エリアヒール］とＭＰがあるから教会でも問題なく働けるようだが、もう少し上げておきたいところだ。

　それから攻撃面については、魔法職も前衛職も中途半端である。前衛の場合、メインの武器は短剣になるが、［狂乱の舞］は長剣か大剣で使ったほうが良いだろう。まぁしばらく使うことはできそうにないが。もしくは、武器無しにして大盾と攻撃魔法ってのもありかなと思う。ただし［盾戦士］の場合、魔力、神聖ともにマイナス補正があるのでこれまた微妙だったりする。
いろいろ考えてはみるけれど、やっぱり［聖職者］をメインに上げていくのが無難な気がするな。

狭間圏《はざまけん》
［聖職者：Lv18］
HP：196／196　MP：13／517＋11 聖職者：＋48　SP：2／80
力：22　耐久：56　俊敏：40 聖職者：－2　技：22　器用：17　魔力：38 聖職者：＋38
神聖：66 聖職者：＋48　魔力操作：53 聖職者：＋38
［風魔法：Lv48］＋3　［エアブレード：Lv24］＋5　［回復魔法：Lv31］＋1
［ヒール：Lv35］＋1　［補助魔法：Lv16］＋1　［プロテクト：Lv25］＋1
［バイタルエイド：Lv26］＋1　［マナエイド：Lv15］＋1
［マルチタスク：Lv28］＋1　etc…32

♻

本日の午前中は接待狩りの同行だ。2回目のため、子供たちの同行は僕とラルフさんだけ。ウォルターさんは教会で魔石の補充だ。

前回同様、ラルフさんの見事な双剣で魔物が次々と殲滅される。僕は子供たちに［プロテクト］と［バイタルエイド］をかけていくが、ウォルターさんがいないので［リヒール］は無しだ。僕もそのうち［リヒール］を覚えたい。

子供たちは前回と数人入れ替わっている。ローテーションが決まっているのだろうか。

そして、これまた前回同様にラルフさんが数頭だけをこちらに通す。安全な接待狩りである。

しばらく狩りを続け、奥へ進むとマッスルゴートがいた。

「おい……。今回も出たな。マッスルゴートだ。新入り、攻撃魔法で雑魚どもを殲滅できるか？」

「はい。マッスルゴート以外は動きも遅いですし大丈夫です。2頭くらい残しつつ殲滅ですよね？」

「わかってんじゃねぇか。じゃあ任せたぞ。ヤバいと思ったらすぐに呼べ」

「はい」

ザッ！

僕の返事が終わるか終わらないかくらいのタイミングで、ラルフさんがマッスルゴートへと突っ込む。

マッスルゴートの動きや、ラルフさんの動きも見ておきたいが、子供たちの安全を第一にしなければならない。

僕は［ファイアアロー］と［氷結］、［ショットストーン］をメインで使っていく。［エアブレード］の攻撃力が一番高いが、できるだけ病室で鍛えにくい魔法を使っておきたい。

マッスルゴート以外の魔物は、スライム、ゲルカメレオン、パラソルフラワーという雑魚だから［エアブレード］でなくても余裕で倒せる。

そして、ジョブは［聖職者］だ。［薬師］も上げておきたいのだが、とりあえず［聖職者］を教会職員のアベレージくらいまで上げておきたい。

よし、余裕だ。

常に2頭だけをこちらへ引き寄せながら、魔物が増えてきたら魔法で倒していく。

それから、子供たちもなかなかの攻撃力だ。魔法を使っている子も少しだけだがいる。ただし、MPがすぐに切れてしまうようで、弓に切り替えて攻撃をしているようだ。

おかげで僕の方に余裕ができる。ラルフさんとマッスルゴートの戦いをよく見ておく。

マッスルゴートもそれほど動きが速いわけではない。ただし、一発の攻撃力がデカそうだ。

あれなら僕でも、ソロでなんとか狩れないだろうか。1対1ならいけそうだな。ただ、雑魚が結構いるから、安全なソロ狩りは厳しいかもしれない。

様子を見ていると、ラルフさんがマッスルゴートを倒してしまう。また首から上だけを攻撃してくれているので、素材を回収できる。僕は素材の半額をラルフさんに支払うことで、素材を手に入れる。

「時間はまだあるな。おい新入り、まだMPはあるか？」

「はい。まだまだあります」

「どうする？　奥に行くか？」

「はい。行きたいですね」

ぜひとも行きたい。

「じゃあ行くぞ」

「「「はい！」」」

子供たちは、元気よく返事をする。僕は奥へ行く前に、［補助魔法］をかけ直しておく。

「あ〜……。新入り、あれが見えるか？」

ラルフさんの指差す方向に、黒っぽい殻をかぶった魔物がいる。初めて見る魔物だ。

「あれがロックアルマジロだ。マッスルゴートと同じく素材は1500セペタだな。ただし、傷つけずに倒すには魔法が必要だ。お前、攻撃魔法は何が使える？」

僕は自分の習得している攻撃魔法をラルフさんに説明した。

「じゃあ［氷結］だな。新入りはロックアルマジロにひたすら［氷結］を使っとけ。あとはガキどもへの補助を切らすなよ」

「はい、わかりました」

僕は、ロックアルマジロのほうへ近づいていく。周りの魔物はラルフさんが片っ端から殲滅してくれる。

ロックアルマジロは僕に気づき、ギュルギュルと回転しながら突進してくる。

今だ!!

［氷結］!!

ピシッ！

ロックアルマジロの身体の一部が凍り、動きが鈍くなる。

これなら連続で当てられるな。弱点は氷か？

ロックアルマジロはこの辺りの魔物では一番素早いが、動きが直線的で対応しやすい。［氷結］も一発で当てることができた。さらに一度［氷結］を当てることで動きが鈍る。

［氷結］！　［氷結］！　［氷結］！　［氷結］！

［氷結］を連発することでロックアルマジロを仕留めることができた。

ラルフさんもほぼ殲滅を終え、残りは子供たちのところにいる2頭の雑魚だけだ。

「よし、素材に傷がほとんど無いな。おいどうする？　お前、これも持ってくか？」

「ロックアルマジロも防具の素材になるんですか？」

「まぁな。盾がいいんじゃないか？　お前、［聖職者］のくせに盾持ってやがるし」

「おぉ、盾の素材なんですね。ぜひ購入したいです。ありがとうございます」

「よし、そんじゃ、帰るか」

「「「はい！」」」

子供たちが元気よく返事をする。そうか、そろそろ昼か。

「すみません。残って狩りをしたいんですが、いいでしょうか？」

さっきの狩りで、僕が脅威とする魔物がほぼいないことがわかった。苦戦するとしたらマッスルゴートだろう。このまま帰るのはもったいないので、もう少し狩りをして帰りたい。

「ん？　別に構わねぇが、帰りは歩きだぞ」

もちろん歩きだろう。そこは気にするところなんだろうか……。

「はい、大丈夫です」

「ソロはMPが切れたら終わりだから気をつけろよ」

「はい、わかりました！」

「じゃあ素材は馬車で運んでおいてやるから、適当に狩りして帰ってこい」

子供たちとラルフさんは帰っていく。


僕は1つ手前の狩場へと戻る。さっきマッスルゴートがいたところだ。魔物はまだそれほど湧いていないな。

少しずつ出現する魔物は、魔法で殲滅しておく。この狩場は現状の僕のステータスだと丁度良い。魔物の動きが遅いし、魔法も効果的だ。

ただし素材がよろしくない。ラルフさんの話だと、マッスルゴートもロックアルマジロも1日狩りをしても出てこないこともあるようだ。だから冒険者達には人気が無く、接待狩りに使われるのだろう。

そして、そのまましばらく狩りを続けたが、マッスルゴートもロックアルマジロも出現せずに雑魚を倒しただけだった。

MPが減ってきたので、アインバウムへ帰る。道具屋で、毒の実の毒を抜き、［形成］で食器を作り、ポーションと毒薬の生成を一通りする。

ラルフさんからマッスルゴートとロックアルマジロの素材を買っても6000セペタ近くの収入になった。

やはり狩りの同行と、魔石の補充はかなりの収入だ。明日もあるのであれば、参加したい。

狭間圏《はざまけん》
［聖職者：Lv19］+1
HP：196／196　MP：13／517　聖職者：+49　SP：2／82+2
力：22　耐久：56　俊敏：40　聖職者：−2　技：22　器用：18+1
魔力：39+1　聖職者：+39　神聖：66　聖職者：+49　魔力操作：53　聖職者：+39
［ファイアアロー：Lv2］+1　［氷結：Lv2］+1　［土魔法：Lv20］+1
［形成：Lv16］+1　［ショットストーン：Lv2］+1　［ヒール：Lv36］+1
［アンチポイズン：Lv15］+1　［補助魔法：Lv17］+1　［プロテクト：Lv26］+1
［バイタルエイド：Lv27］+1　［毒薬生成：Lv3］+1
［ポーション生成：Lv2］+1　［ストレージ：Lv14］+1　etc…28

♻

昨日は［聖職者］のジョブが1だけしか上がらなかった。見習いとは違い、なかなかジョブが上がらない。そして、後半はソロ狩りだったため、魔物の処理速度もそこまで速くない。

ソロ狩りの利点としては、魔力のステータスと攻撃魔法のスキルを上げられることくらいだろうか。パーティを組む場合は、回復要員になるだろうから安易に攻撃魔法を撃つことができない。もう少し魔力が上がれば話は別だと思うけど。

病室では［ヒール］の補充のあと、相変わらず［エアブレード］を撃ちまくっている。また、横幅を広げたりもできるようになってきた。その場合、射程が短くなるようだ。魔力操作が上がれば、いろいろと応用できそうだ。

「よぉ、ケン」

兄さんがお見舞いに来てくれた。

「昨日、警察が来ただろ」

「…………」

「お前、事故にあったんだよな？」

「…………」

僕は首を縦に振る。

「あのさ、まぁ……あれだ」

なんだろうか。兄さんの歯切れが悪い。

「えっと……記憶違いっていうのか？」

「…………」

「お前が倒れてた交差点、監視カメラには何も映ってなかったらしいんだ」

え？　それってどういう……。

「それで、事故の痕跡っていうのか、タイヤの跡とかそういうのも一切無いんだよ」

記憶違い？　そんな馬鹿な⁉

確かに、若干曖昧な部分はある。けれど、トラックに撥ねられたことは間違いない。通学中に、国道の交差点で……。

「ケン、一体何があったんだ？」

「…………………」

一体何があったのか？　こっちが聞きたい……こっちが聞きたいよ……。

狭間圏《はざまけん》
[聖職者：Lv19]
HP：196／196　MP：577／528＋11 聖職者：＋49　SP：0／83＋1
力：22　耐久：56　俊敏：40 聖職者：−2　技：22　器用：18　魔力：39 聖職者：＋39
神聖：66 聖職者：＋49　魔力操作：54＋1 聖職者：＋39
[風魔法：Lv50]＋2　[エアブレード：Lv29]＋5　[回復魔法：Lv32]＋1
[ヒール：Lv37]＋1　[補助魔法：Lv18]＋1　[プロテクト：Lv27]＋1
[バイタルエイド：Lv28]＋1　[マルチタスク：Lv29]＋1　etc…33

♻

今日は朝食後、応接室へ来ている。

「おはようございます。狭間さん」

「おはようございます」

教会の司祭、イヴォンさんだ。

「どうですか？　教会の生活には慣れましたか？」

「はい。快適すぎます。一度ここに住んでしまうと、なかなかもとには戻れませんね」

「それはよかった。仕事の方はどうです？」

「はい。昨日の狩りも問題ありませんでした。ラルフさんがいましたし、安全な狩りですね」

「そうですね。貴族のご子息ですから、できるだけ安全にステータスを上げる必要があるんです。

そうすると、魔石の補充、狩りへの同行についての仕事は問題ないようですね。何か疑問などありますか？」

「いいえ。報酬も含め、大変満足しています」

「フリーの教会職員は貴重な人材ですからね。満足していただけて嬉しいです。それで、今日はまた新しい仕事を１つ頼もうと思っていまして」

「新しい仕事ですか」

どんな仕事だろう。基本は魔法の補充だけだと思っていたからな。

「今回は魔石の作成です」

「あれ？　魔石を作るのって［錬金術師］ではないんですか？」

「そうですね。もちろん［錬金術師］は必要です。ただ、生成する際には補充する人間も必要なのです。詳しくは実際にやってもらいましょう」

「まずはこちらに着替えていただけますか。それからこの杖を装備してください」

「着替えが必要なんですね」

おぉ……。ものすごい高そうな装備だ。白い法衣には細かい刺繍がしてある。帽子には宝石がはめられているな。魔石だろうか。

そして、デカイ杖。両手杖だろう。とても片手では持てない。これまた先端にデカイ宝石がついている。

怖くて値段が聞けないな……。

「［錬金術師］もそろそろこちらに来る頃です。魔石の販売所までいきましょう」

「わかりました」


「おはようカルディ」

「やぁ、イヴォン」

なんと、販売所にはカルディさんがいた。

お互い呼び捨てだ。2人は昔からの知り合いなんだろうか。見た目としては、随分歳が離れているように見えるが……。

「おはようございます。カルディさん」

僕もカルディさんに挨拶をする。

「おや？　2人は既に知り合いだったようですね」

「はい。カルディさんにはいつもお世話になっています」

カルディさんは無言で微笑む。

「では、早速やってもらいましょう。カルディ、お願いします」

「えぇ。［魔導合成］である程度の魔石はできています」

ゴトッ！

カルディさんは灰色の魔石を台座の上に置く。

そして、魔石に手をかざすと、魔石が強く光りだす。しばらく強い光を放ち続ける。

「［魔導命令］が完了しました」

「では狭間さん、魔石が光っている間に［エリアヒール］を10回ほど撃ち込んでください」

「わかりました」

僕は魔石に手をかざし、［エリアヒール］を10回ほど撃ち込む。魔法の補充のときとほぼ同じだ。

ちなみに魔石を握りながらでもできるし、少し離れていてもできる。あんまり離れると魔力操作が不足して届かなくなる。

［エリアヒール］の撃ち込みが終わると、魔石の光が弱くなり、灰色だった魔石が淡い緑色になる。

「できました」

「これで完成です。ではカルディ、またよろしくお願いします」

「えぇ。狭間さんもまた後ほど」

魔石の作成って意外と短時間で終わるんだな。いや、もしかしたらこの準備に時間がかかっているのかもしれない。

「では狭間さん、報酬をお渡ししますので応接室へ」

「はい、わかりました」

僕は応接室で報酬をもらう。なんと6000セペタだ。同じことをやったのに補充のときの2倍である。

「またお願いします。アインバウムで「エリアヒール」の魔石が普及すれば、補充の仕事のほうも増えてくると思います」

「わかりました」

それはそうと気になることがある。

「あの、補充のときは僕の神聖や魔力で大丈夫なんでしょうか」

「そうですね。そのあたりの説明がまだでしたね。補充は問題ありません。というより、魔石の補充はその魔法さえ使えれば、誰がやってもかわらないんですよ」

マジかよ！

「えぇ！　ステータスは影響しないのですか？」

「あくまでも補充のときは、です。先程魔石の作成をしましたが、あれは狭間さんのステータスが影響しています。そのため今日は装備を一時的に変えてもらいました。今は狭間さんの神聖や魔力はそこまで高くありませんから、王都で売っている「エリアヒール」の魔石よりも少し安くなってしまいますね。ただし、カルディのステータスと［魔導合成］、［魔導命令］が高いため、そこまでは減衰していません」

「減衰、ですか？」

「そうですよ。魔石の魔法は、直接使用する魔法よりも威力が低いんです。ですから先程の［エリアヒール］は実際に狭間さんが使う［エリアヒール］のおよそ80％くらいのものになりますね」

「なるほど」

「［魔導命令］を習得したばかりの［錬金術師］の場合、ステータスにもよりますが、40～50％くらいになってしまうんです。さらに、王都に仕える［錬金術師］の中には100％を超える魔石を生成することができる人もいたようです」

100％超えって、普通に魔法を使うよりも魔石で使ったほうが強くなるってことだよな。それは凄まじい。

「そうなんですね。せっかく［エリアヒール］の魔石を作成したのに、なんだか申し訳ないです……」

「いえいえ、そもそも［エリアヒール］の魔石を生成できるようになったこと自体大きな収穫です。もし［エリアヒール］の魔石を仕入れる場合、相当な額になってしまいますからね。ですから、狭間さんのステータスが上がれば作成時の報酬も上がりますよ」

「ありがとうございます！　頑張ります！」

イヴォンさんはニコリと微笑む。しかし、教会はものすごい金額が動くな。

それから今日は接待狩りがあり、同行をする。フリーの教会職員は、それほど狩りの同行はしないようだ。ちなみに、僕以外の人はみんな50代かそれ以上の年齢だ。

前衛は、元冒険者の人が多いようで、要請クエストをいくつもこなした実績がある。優秀な冒険者は、引退したあと教会で働くようだ。

回復職や魔法職の人はというと、これまた高齢だ。年齢を重ねれば、魔法を使った経験が豊富にあるのでMPや魔法のスキルも高いからだろう。

要するに、僕以外のフリー職員はみんな高齢ってことだ。

今日の前衛はラルフさんではなく、ズーズさん。大盾を持った戦士だ。

道中の馬車で、狩りについて説明をしてくれる。

「狩りは高原だ。もう行ったことはあるだろ？」

「はい。昨日もラルフさんと行きました」

「まぁ俺は狩りのスタイルがラルフとは違う。俺が［アピール］で敵の注意を引き付ける。その間あんたが俺に補助と回復、子供たちが雑魚を狩るって感じだ」

「わかりました。子供たちへの［補助魔法］は必要ないんですか？」

「防御系の補助はいらないな。俺が攻撃をもらっている間はまず子供たちへの攻撃はない。攻撃系の補助があれば頼む」

「すみません。攻撃系の補助はありませんのでズーズさんにのみ補助をします。マッスルゴートとロックアルマジロが出たらどうします？」

「攻撃魔法は何が使える？」

僕は自分の攻撃魔法について説明をする。

「ロックアルマジロには［氷結］だな。マッスルゴートは俺が倒してもいいが、時間がかかる。適当に攻撃魔法でも使ってくれ」

「わかりました」

会話からズーズさんの余裕が伝わってくる。


狩場へ到着すると、僕はズーズさんに［プロテクト］と［バイタルエイド］を使う。ズーズさんが［アピール］を発動させると、魔物がぞろぞろと集まってくる。

子供たちが弓や魔法で攻撃をし始める。そして、ある程度時間が経つと、ズーズさんに攻撃が集中し始める。

僕がズーズさんに［ヒール］を使おうとするが、なんと発動しない。

なるほど。ノーダメージですか。

先程の余裕もうなずける。

そしてしばらくすると、子供たちの攻撃で魔物が殲滅される。

「よし、奥へ行くか」

「「はい！」」

「あの、ズーズさんダメージもらってませんよね？［ヒール］が発動しないんですが……」

「あぁ、まぁな。いつもは少しもらうんだが、あんたの［プロテクト］のおかげじゃないか？　マッスルゴートとロックアルマジロには少しダメージをもらうから、そのときは［ヒール］を頼むぞ」

「わかりました」

しかし、魔物が湧いてもズーズさんに注意がいっているのでただの的になる。子供たちも効率よくステータス上げができているようだ。

僕はというと、［補助魔法］を使って見ているだけだ。しかも、今回は子供たちへの［補助魔法］がないから、前回以上にやることがない。

しばらく狩りを続け、奥へ行ったが今日はマッスルゴートもロックアルマジロも出なかった。


「すみません。今日も残っていきますので、お先にどうぞ」

「あぁ、ソロ狩りか。まぁ頑張れよ」

ズーズさんは子供たちを連れて帰る。今日は朝［エリアヒール］を10回使ったが、この狩りではほとんどMPを使っていないので、まだまだ残りがある。ロックアルマジロの弱点である［氷結］のレベルを上げるために消費する。

そして帰りに道具屋へ行き、いつものようにポーション、毒薬を買い取ってもらい、毒の実の毒抜きをやった。

ソロ狩りでMPを結構使ったので、食器はほとんど作らなかった。というより、これ以上食器があっても微妙らしい。

「申し訳ないのですが、そろそろ買い取れなくなってきました」

「いえ、ありがとうございます」

僕が何回か食器を作りまくったが、どうやら売れる量を超えて作っていたらしい。おそらく売れるまでに1週間はかかるだろう。ガラス製品になれば、また買い取ってもらえるだろうか。

「それで、どうでしょう。MPのことなんですが、イヴォンには一部お話ししてもいいのではないかと思います」

「カルディさん、イヴォンさんとの付き合いは長いのですか？」

「えぇ、魔石の売買は昔からしていましたからね。あとはパーティを組んでいたこともあります」

それはすごそうなパーティだ。しかし、カルディさんの年齢が不詳だ……。

「彼はかなりお金にはがめついですが、信用はできますよ」

お金にがめついのか……。そう言われてみると、そんな気もしてくる。確かに教会はやたらとお金が動くし。

しかし、イヴォンさんには言ってしまったほうがMPを効率よく消費できるよな。今のままでも無駄なくMPを消費できてはいるが、お金にはならない部分がある。

「全てお話ししてしまうのではなく、睡眠を取ると、いつも異常にMPが回復する、くらいは言ったほうがいいかもしれません」

「わかりました。明日お話ししてみますね」

明日、イヴォンさんに話をしてみよう。そうすると、魔石への補充がもっとできるはずだ。

狭間圏《はざまけん》
［聖職者：Ｌｖ20］＋1
ＨＰ：196／196　ＭＰ：9／528　聖職者：＋50　ＳＰ：0／84＋1
力：22　耐久：56　俊敏：40　聖職者：－1　技：22　器用：19＋1
魔力：40＋1　聖職者：＋40　神聖：66　聖職者：＋50　魔力操作：54　聖職者：＋40
［水魔法：Ｌｖ30］＋1　［氷結：Ｌｖ4］＋2　［状態異常回復魔法：Ｌｖ9］＋1
［アンチポイズン：Ｌｖ16］＋1　［毒薬生成：Ｌｖ4］＋1
［ポーション生成：Ｌｖ3］＋1　etc…35

05　美少年クラール

今日は朝食後、カルディさんと教会の応接室へ来ている。イヴォンさんに、ＭＰ回復の件を伝えるためだ。

「今日は２人揃ってどうしました？」

「実は僕、ＭＰ回復がちょっと特殊でして……」

イヴォンさんが眉をピクリと動かす。今まで見せなかった表情だ。

「特殊、ですか……」

「狭間さん、私から説明しましょう」

「ありがとうございます。お願いします」

それはありがたい。僕は、どこまで話していいか迷っていたところだからだ。

「狭間さんは特殊な体質でして、一晩寝るとMPがほぼ全快になるんです」

「ほぉ、一晩でMPが全快？　そんなスキルは聞いたことがありませんよ」

「しかし事実なんですよ、イヴォン」

「…………」

イヴォンさんはしばらく考え込む。

「まぁカルディが言うことですから、確かなことなのでしょう」

「ですから、魔法の補充や狩りへの同行で、あなたが考える彼のMPと食い違うことがあるでしょう。そのあたりは、あなたが彼をフォローしてあげてください」

「ふむ……。まぁ疑うわけではありませんが、今日と明日、MPが無くなるまで全て魔石に魔法を補充していただいてもよろしいですか？」

「はい。もちろんです」

そうだな、MPが枯れるまで魔法を補充すればわかることだ。

「それから、それが事実だった場合にいくつか考えがありますので、よろしければ付き合ってください」

「わかりました」

考えってなんだろうか。

「イヴォン、もうお金につながることを考えていますね？」

「ははは、私は常に教会職員のことを考えていますからね。私が頑張れば、ここのみんなが良い生活ができるんですよ」

おぉ……。これまた見たことが無い表情だ。今までは優しい教会の司祭だったのに、一気に金にがめついおっさんに見えてきた。

「では早速、魔石販売所へ行きましょう」

「はい！」

「では、私はこれで。狭間さん、ポーションができたら持ってきてくださいね」

ということで、カルディさんは防具屋へ帰り、僕とイヴォンさんで魔石販売所へ向かう。そして、まずは昨日家で補充しておいた［ヒール］の魔石を5個渡す。

「まずはこれで［ヒール］50回分ですね。では、わかりやすいように今日は全て［ヒール］を使っていただきましょう」

僕は全てのMPを［ヒール］の魔石の補充に使う。100回を超えたあたりから、イヴォンさんの表情が変わる。

「ほほぉ……。これは素晴らしい」

トータルで115回ほど［ヒール］を使った。魔石と合わせて165回分にもなる。

「MPが切れました。夕方には少し回復していると思います」

「わかりました。では、また夕方補充していただきましょう」

僕は部屋へと戻る。

やることが無い……。

MPも無いし、回復したところで今日はそれを使うことができない。マジで暇である。

とりあえず［ポーション生成］でSPを0にしておく。

やることが無い……。

マジで暇である。


ということで、魔石販売所へ来てみた。理由は、ある程度の魔法と魔石の需要を知っておきたいからだ。

販売所のシスターが説明をしてくれる。

「もっとも需要が高い魔石は［ヒール］でございます。次が［ハイヒール］です。［回復魔法］の魔石所持は、命に直結しますので、購入される冒険者が多いのです」

「［ハイヒール］よりも［ヒール］のほうが需要があるのですか？」

確か、教会職員の条件が［ハイヒール］以上の［回復魔法］が使えることだった。それなのに、［ヒール］のほうが需要があるのか？

「はい。［ハイヒール］よりも安価で手に入る［ヒール］のほうがより需要があり、流通しています」

「なるほど。そういうことですか」

［回復魔法］の魔石は全て緑色に光っており、僕には区別がつかない。

「［ハイヒール］のさらに上位の［回復魔法］は無いんですか？　例えば、部位欠損が治るような……」

「そうですね。こちらで扱っている最上位の［回復魔法］は［グレイトヒール］になります。しかし、［グレイトヒール］でも部位欠損まで回復するということはありません。あるいは、王家が所有しているレベルのものになれば、あるのかもしれません」

そりゃそうか。カルディさんでも知らないって言ってたしな。

「他にはどんな魔石がありますか？」

「こちらは［リカバリー］ですね。ＳＰを回復させますので、［回復魔法］に分類されます」

おぉ！　ＳＰ回復の魔法なんてあるのか！

「ただし、それほど需要はありません。ＳＰよりもＭＰのほうが貴重ですから」

「なるほど」

確かに、普通はそうなんだろうな。

「それからこちらが［状態異常回復魔法］です。毒を回復する［アンチポイズン］、麻痺を回復する［アンチパラライズ］、睡眠を回復する［アンチスリープ］、混乱を回復する［アンチコンフェ］、盲目を回復する［アンチブラインド］です。こちらはそれぞれの魔法の所有者が買っていくことが多いですね」

「え？　自分で使える［状態異常回復魔法］を買っていくんですか？」

「そうです。ほとんどの冒険者はこのような魔石を使わずに、毒消しポーションを使います。ポーションもある程度の値段ですが、魔石を購入するよりは安いですからね。［状態異常回復魔法］を使える人は、ポーションを買わないかわりに、自分で補充しておくようです」

魔石を使わずに、そのまま自分で回復すればいいと思うんだけど……。

「ＭＰが切れてしまったとき用ってことですか？」

「いえ、魔石の［状態異常回復魔法］のほうがご自身の［状態異常回復魔法］よりも優秀なことが多いようです」

「えっと、それは［アンチポイズン］などのスキルレベルが低いから、魔石に補充して使ったほうが強力ってことですか？」

「そのようですね。［状態異常回復魔法］は、あまり使う機会が無く、スキルレベルが上がりにくいようですから」

なるほど、そういうことか。

「［補助魔法］も全てご覧になりますか？」

「はい。お願いします」

［補助魔法］の売り場では、黄色い魔石が光っている。

「こちらで扱っているのは、ＨＰアップの［バイタルエイド］、力がアップする［パワーストライク］、耐久アップの［プロテクト］、俊敏アップの［アジリティエイド］、技アップの［ヒットストライク］、魔力アップの［マジックストライク］、神聖アップの［ホーリーエイド］になります。ＳＰアップの［スキルエイド］とＭＰアップの［マナエイド］は需要がありませんので、取り扱っておりません」

「なるほど。ありがとうございます」

［補助魔法］はおいてある魔石の数自体は少ないが、種類が多いな。やはり［回復魔法］の需要が一番高いんだろう。

「では攻撃魔法をご案内しますね」

「はい。お願いします」

今度はこちらから言う前に、攻撃魔法の魔石について教えてくれる。僕が全て聞きたいということが、伝わったようだ。

「こちらで扱っている攻撃魔法は［ファイアアロー］［アイシクルランス］［ロックスマッシュ］［ウインドショット］のみになります。火、水、風、土の4属性全て直線的に発動する魔法です。だれでも簡単に扱えますので、この4つが最も需要が高い攻撃魔法になります」

「ありがとうございます。［ファイアアロー］だけは補充できるな……」

「最後に生活魔法の魔石です。こちらは、使用した人間のMPを消費するため、魔法の補充は必要ありません。部屋についている魔石と同じものになります」

「なるほど。確かに補充する必要はありませんね」

電気や水道のかわりになる魔石だ。これは使用者のMPを消費するやつだな。何気にこれが一番需要が高いらしい。確かに、便利で一度使うとやめられない。

「ありがとうございます。だいたいわかりました」

「では、また魔法の補充をよろしくお願いします」

その後、夕方にイヴォンさんの前で［ヒール］を30回ほど補充する。これで今日の収入は9000セペタだ。かつて無いほど暇だったが、それでこんなに稼いでしまった。装備を買い替える日も近そうだ。

狭間圏《はざまけん》
［聖職者：Lv20］
HP：196／196　MP：6／528 聖職者：＋50　SP：0／87＋3
力：22　耐久：56　俊敏：40 聖職者：－1　技：22　器用：20＋1
魔力：40 聖職者：＋40　神聖：66 聖職者：＋50　魔力操作：54 聖職者：＋40
［回復魔法：Lv33］＋1　［ヒール：Lv38］＋1　［毒薬生成：Lv5］＋1
［ポーション生成：Lv4］＋1　etc…37

♻

え？　あれ？　家？
僕は自分の部屋にいた。病院ではない。
ということは、退院したのか？

兄さんは仕事中だろうか。帰ってくるのは夜か……。詳しい話を聞きたいけれど、やっぱり退院したということだよな。

まぁ怪我自体はとっくに治っているし。退院の話なんてあったっけ？　いずれにしろ身体は動かないからなぁ。やることは一緒だ。ただし、周りの目を気にする必要が無くなった。

魔石への［ヒール］の補充、自分への［補助魔法］のあと、［エアブレード］の連射だ。壁越しにする必要が無くなったけど、普通に［エアブレード］を使うだけでは魔力操作の上がりが鈍化してしまうだろう。

いや……違うか？　そうだ。壁越しじゃなく直接撃ったほうが発動がやや早いな。それから［マルチタスク］もやりやすい。ということは、直接撃つ場合のほうがMPと［エアブレード］［マルチタスク］の成長が早い。壁越しに撃つと、魔力操作を上げることができるという感じだろう。どちらのほうが良いんだろうか。MPが多いほうが、他のスキルやステータスが成長しそうだな。

僕はできるだけ［マルチタスク］を使って連続で［エアブレード］を撃ち続けた。

夕方になると、ヘルパーさんが来てくれて、僕の身の回りの世話をしてくれた。

そして、夜になると兄さんが帰ってきた。

「よぉ。起きたら家でびっくりしただろ」

「…………………」

僕は首を縦に振る。

プシュッ！

兄さんは缶ビールを開ける。

「悪いな、お前の退院祝いだ。医者が言ってたんだけど、お前の神経は完全に損傷したわけじゃないらしいぞ。今だって、短い期間で首が動くようになったろ?」

「…………………」

僕はまた首を縦に振る。まぁ首が動くのは、[回復魔法]のおかげだけど。

「動くようになったらリハビリも必要だな」

なるほど。それは希望が持てるな。

「あとこれ」

カチャ……。

え? パソコン?

「これ、仕事前に起動しておけば、お前が見ることができるだろ?」

おぉ、それはありがたいぞ。

「最近は勉強系の動画も結構あるみたいだな。とりあえず英語か? お前の担任のイケザキ先生って相当変わってんな。まぁ、あの状況で英単語の千羽鶴とか渡してただろ? 俺も感化されたっつーか」

勉強系の動画か……。まぁありがたいといえば、ありがたいな。動画を集中して見ながら魔法を使えば、[マルチタスク]が上がりやすくなるはずだ。

兄さんは動画をつけて部屋に戻る。

……まてよ？　たしか、異世界で魔石の説明を受けたときに［ウィンドショット］という攻撃魔法があった。攻撃魔法の魔石では、誰もが使いやすい直線的な魔法だ。

空気の塊で攻撃する魔法だろう。

空気の塊……［風魔法］で空気を圧縮することはできないのだろうか。

今、机の上にパソコンが開いてあり、首を横に向ければ見ることができる。圧縮した空気を出すことができれば、パソコンを操作することができるのだ。日本で一番有用な攻撃魔法は間違いなく［風魔法］だろう。

僕は［風魔法］で空気の圧縮を試みる。

……できているのだろうか？

なんとなくだが、空気の塊のようなものを作れている気がする。あとは、この密度を高めればいいのだろう。かなり繊細な操作が必要だ。キーボードのボタンを空気の塊で押す。ただそれだけのことだが、今の魔力操作と［風魔法］ではなかなかに厳しいな。

欲を言えば、スマホの操作もしたい。だけど［風魔法］でタッチパネルを操作することはできないからな……。

よし！　とにかく空気圧縮の練習をしよう！

ひたすら空気圧縮の練習をする。なんとなくだが、空気の塊ができるようになった。一度作った塊は［風魔法］で維持する。感覚的なものだが、圧縮を維持している間もＭＰを消費している。ＭＰは常に全快なのでおそらくなのだが。

さらに、慣れてきたので［エアブレード］を使いながら空気の圧縮をする。空気圧縮だけでは、

ＭＰの消費が少なく、成長が遅い。そして、できるだけ［マルチタスク］も上げておきたい。

これは……直径30ｃｍくらいの空気の塊だろうか。これくらいなら維持できるようになったな。

今キーボードにぶつけたらぶっ壊れてしまうだろう。パソコン操作までの道のりは長いな。

僕は５つの魔石すべてに［ヒール］を補充し、そのまま一日中空気圧縮の練習を続けた。

狭間圏《はざまけん》
［聖職者：Ｌｖ20］
ＨＰ：196／196　ＭＰ：589／539＋11 聖職者：＋50　ＳＰ：87／87
力：22　耐久：56　俊敏：40 聖職者：－1　技：22　器用：20　魔力：40 聖職者：＋40
神聖：66 聖職者：＋50　魔力操作：55＋1 聖職者：＋40
［風魔法：Ｌｖ51］＋1　［エアブレード：Ｌｖ33］＋4　［エアスマッシュ：Ｌｖ0］Ｎｅｗ
［回復魔法：Ｌｖ34］＋1　［ヒール：Ｌｖ39］＋1　［補助魔法：Ｌｖ19］＋1
［プロテクト：Ｌｖ28］＋1　［バイタルエイド：Ｌｖ29］＋1　［マナエイド：Ｌｖ16］＋1
［マルチタスク：Ｌｖ30］＋1　ｅｔｃ…32

朝食後、イヴォンさんと一緒に魔石販売所まで来ている。

「はい、たしかに受け取りました。［ヒール］50回分の魔石ですね。では、今日もこちらにMPが切れるまでお願いします」

「はい。わかりました」

僕は115回ほど［ヒール］を補充する。

「やはり本当だったようですね……」

イヴォンさんは腕を組んでなにか考え事をしているようだ。

「ところで狭間さん、現在のご自分のステータスはどうですか？」

「えっと……？」

どうですか？　とはどういう意味だろうか。

「満足していらっしゃいますか？」

「いえ。できればもっと上げたいです」

イヴォンさんはニコリと微笑む。とても優しい笑み、に見える……。

「そうですか、そうですか。それでは明日から数日空けておいていただけますかな？」

「はい、それは構いませんが」

明日からか……。最近は教会以外で仕事をしていないので、特に問題ない。

「ふむ……。それからある程度の装備が必要ですねぇ。明日までに、ある程度の装備を整えることは可能ですか？」

「明日までですか⁉」

ちょっと厳しい。手持ちが5万セペタとちょっとだ。マッスルゴートの装備一式は10万くらい、それからロックアルマジロの盾も3万くらいするんだ。素材があれば多少安くなるが、それでも足りない。

「厳しいですね……。手持ちのお金と素材、両方足りないです」

「そうですか。今買おうとしているのは、どのような装備ですか？」

「マッスルゴート装備を全身一式と、ロックアルマジロの盾です」

「ほぅ、子供たちとの狩りで素材が出るものですね。なるほど、それは効率が良い」

イヴォンさんは、顎に手を当てて考え込んでいる。

「今狭間さんは、［ヒール］の魔石を5つ持っていますね？」

「はい、持っています」

さっきから質問攻めだ。

「その5つの魔石は、ご自身で使用するものではなく、こちらで補充して売買するためのものですね？」

「はい。そのとおりです。補充してこちらで空のものと交換しています」

「わかりました。では、今5つの魔石代を10万セペタほどお渡しします。狭間さんは、カルディの知り合いでもあり、信用ができます。ですので、今持っている5つの魔石はこちらが貸し出しているということにします」

「いいんですか⁉」

「問題ありません。すると装備を買うことができますか？」

「はい、金銭的には問題ないと思います」

「では、装備を整えてください。いや、今すぐ一緒に行きましょう」

「え？　今ですか？」

「はい」

「あの、明日から何をするんですか？」

「単純な狩りですよ。狭間さんのステータスが高いほうが、この教会としてもありがたいですからね。こちらとしても、できる限り協力させていただきますよ」

「おぉ！　それはありがたいです！」

「そのために今日はいくつか行くところがあります。まずは装備を買いに行きましょう」

「わかりました」


僕はイヴォンさんと装備を買いに行く。手持ちの素材を渡し、少し安くなったものを購入した。マッスルゴートの全身装備と、ロックアルマジロの盾だ。

どちらも軽く、動きやすい。

ステータス補正はなにもないが、今の僕にとっては充分だと思う。というより、ステータス補正がつくと値段がバカみたいに高くなる。

そして、小さな片手杖、ステッキも購入した。おかげでまた所持金が2万セペタを切った。

また来月までに5万貯めなければ……。

「では、次は役所に行きますよ」

「はぁ……」

今度は役所だ。しかし何も考えずに、ついて行ってしまってもいいのだろうか。イヴォンさんは信用できる人ってことだけど……。

「あの、役所では何を？」

「ポータルの使用許可をもらいます。領都のアポンミラーノへ常に行き来できるようにしてもらいましょう」

ポータルって転移魔法陣だよな。トリプルヘッドにやられて目覚めたのが領都アポンミラーノ。そこからポータルでこの街アインバウムへ戻ってきたんだ。

それからポータルを使うには許可証が必要で、騎士団長から許可証をもらった。そして、一度ポータルで転移すると、許可証は消えてしまった。

常に行き来できるとはどういうことだろうか。


イヴォンさんは、役所へ行くと手続きをしてくれる。僕のギルドカードに転移先を記録したという。一度転移先を記録すると、ポータルを自由に使って行き来できるようだ。

「これで狭間さんも領都アポンミラーノとここアインバウムの行き来が自由にできます」

「あの、何のアイテムも無しでですか？」

「はい。もうギルドカードには記録できましたので。ただし、許可証なしの場合、転移する度にM

Pを消費しますので、その点は注意してくださいね」

イヴォンさんはニコニコと微笑む。自由にってすごいな。それに、こんなに簡単に申請が済んでいいのだろうか。それとも、教会の権力がすごいのか……。

「では、このまま領都へ行きますよ」

「え？」

イヴォンさんに有無も言わさず連れ出される。さっそくポータルを使って領都へと行く。


MPが少し減った。さっき使い切ってMPがほとんど無かったけど、今までの自然回復量でまかなえるようだ。ポータルの使用にはそれほどMPを使わないんだな。

「では、今度は領都の役所へ行きますよ。さらに転移できる場所を追加しますね」

「あ、ありがとうございます」

とにかくついていく。領都は栄えているが、結局見学などしている暇はない。

領都の役所は大きいな……。領主様も近くに住んでいるのだろうか。

「さぁ、では参りましょう」

「はい」


「おぉ、これはこれはイヴォン司祭ではございませんか。本日はどのようなご用件で？」

「はい。彼の転移先に第三戦線を追加していただきたいのです」

おぉ、どうやらイヴォンさんは有名なようだ。アインバウムならわかるが、領都の役所でもすぐに人が挨拶に来る。

「ほぉ……。彼が第三戦線ですか……。失礼ですが、危険なのでは？」

ん？　何？　危険？

「息子を同行させる予定ですので、問題ないでしょう」

「クラールさんですか。では問題ありませんね。それでは、早速ギルドカードを申請しましょう」

イヴォンさんには息子がいたのか。確かに、年齢的に子供がいてもおかしくない。クラールさんというらしい。

「では、これで失礼します。ありがとうございました」

「ありがとうございました」

僕も挨拶しておく。

「では狭間さん、帰り道は覚えていますか？」

「はい。それほど離れていませんでしたので」

「私は少し用事がありますので、狭間さんは先にお帰りになってください。それから、明日は朝食を早めに用意してもらいますので、それを食べたらすぐに出発できるようにしておいてください」

「わかりました！」

それじゃ、自由行動だな。領都を見て回りたい気持ちもあるが、今はそれ以上にやりたいことがある。日本で習得した［エアスマッシュ］だ。空気の圧縮を繰り返していたら、いつの間にか習得していた魔法だ。

僕はアインバウムへ帰り、街の外へ来た。手頃な岩があったので、［エアスマッシュ］を撃ってみる。

［エアスマッシュ］！

ゴスッ！

岩から打撃音が聞こえる。どうやら［エアスマッシュ］は圧縮した空気をぶつける打撃系の攻撃魔法のようだ。岩には小さなヒビが入っている。

威力はそこまで高くはないが、スキルレベルを上げていけば悪くないかもしれない。なにしろ［風魔法］は肉眼では見えにくい。魔素に注意しなければ、かわすことが難しいんだ。

おそらく、打撃系攻撃魔法だったら［ショットストーン］のほうが威力が上だし、射程も長いだろう。ただし、見えにくいことを考えると使い勝手は［エアスマッシュ］のほうが良いような気もする。

それから［風魔法］は日本で連発できることが強みだ。何も形跡が残らないから、どんどんスキルレベルを上げられる。

しかし、明日からの狩りは何をやるんだろうか。第三戦線とか言ったな。危険という話だったけど……。

狭《はざ》間《ま》圏《けん》
［聖職者：Lv20］
HP：196／196　MP：2／539　聖職者：＋50　SP：0／89＋2
力：22　耐久：56　俊敏：40　聖職者：－1　技：22　器用：21＋1
魔力：40　聖職者：＋40　神聖：66　聖職者：＋50　魔力操作：55　聖職者：＋40
［回復魔法：Lv35］＋1　［ヒール：Lv40］＋1　［毒薬生成：Lv6］＋1
［ポーション生成：Lv5］＋1　etc…38

♻

今日は魔石の補充のあと、［風魔法］で空気圧縮の練習をする。昨日よりは空気を圧縮できている。

しかし、まだまだキーボードを操作できるようにはならない。空気圧縮だけでは、MP成長の効率が良くないので、［エアブレード］を使っていく。それから、昨日習得した［エアスマッシュ］の訓練だ。まだレベルが0だからどんどん上がるだろう。

昨日、［エアスマッシュ］を試したあと教会に帰り、しばらくするとイヴォンさんも帰ってきた。

領都の役所の職員が言っていた、第三戦線が危険ということが気になっていたので、聞いてみた。

そもそも、異世界は人間の生活できる領域と、生活できない領域があるそうだ。生活できない領域というのは、一番身近なところでは狩場だ。魔物が延々と出現し続ける。あんなところで人間が生活できるわけがない。

ところが、その狩場の魔物を倒しまくって浄化し続けると、もうそこには魔物は出現しなくなるようだ。それから場所によっては、狩場のボスを倒すと、狩場とその周辺で魔物が出現しなくなることもある。そして、狩場のボスはたいてい奥深くにいて、強大な力を持っている。アインバウムの近くの森ですら、一番奥には強力な魔物がボスとしているようだ。ただし、素材など生活に必要な狩場はある程度残しておいたほうが良い。

さらに、基本的に異世界は内界と外界に分かれており、人間は内界にしか住んでいない。正確には、外界については未開の地なので誰もわからないのだ。もしかしたら、外界にも人間がいるかもしれない。

そして、内界と外界の境界が戦線らしい。一番内側から第一戦線、第二戦線、第三戦線と数が上がっていく。昔から、内界を広げようと冒険者や騎士団が戦線で魔物を殲滅しているのだ。そして、戦線で魔物を殲滅すると、さらに外界へ戦線を広げ、そこで魔物を殲滅する。

現在は第七戦線が一番外側の戦線らしい。戦線が上がれば、魔物がより強力なものになり、第三戦線でもそれなりに強い魔物が出るとのこと。

そして、戦線でしばらく魔物を狩るとギルドランクが上がる。要請クエストをこなしたときと同じように、冒険者としての信頼度が上がるようだ。人間の生活領域を増やしていくわけだし、確かにギルドに貢献していることになるよな。

そして、外界が人類未知の領域なんてロマンしかない。魔物も強いようだし、ややテンションが上がってしまう。今日からの狩りが楽しみでならない。

兄さんが帰ってきた。話し声もするな。誰かと一緒なのだろうか。

「突然すみません」

「いやいや、ケンも喜ぶだろうし、ありがたいよ」

ガチャ……。

「おい、ケン。ササモトくんが来てくれたぞ」

「イケザキから退院したって聞いてさ。アニメもみたいだろうと思って」

おぉ、それはありがたい。

「お茶くらい入れてくるよ」

「いえ、お構いなく」

「まぁくつろいでいきなよ」

ササモトがアニメを1話見せてくれた。今回も無双チートで羨ましい限りだ。

「もうちょいしたら、塾いくから今日は1話だけな」

残念。塾か……。同じ貴重な勉強時間を割いてアニメを見せてくれるのはありがたいな。ササモトは課外授業が無い日は塾に行っている。

「あのさ、アイザキいるだろ？」

「…………………」

僕は無言でうなずく。僕とササモトとアイザキは、いつも課外授業のあと、学校に残って勉強をしていた。ササモトはこれまで見舞いに来てくれたときも、アイザキの話はしてくれなかった。なんだか、話を避けていたようにも思える。

「あいつ、最近課外に来てないんだよ。ケンのところには来たか？」

「…………………」

僕は無言で首を横に振る。どうしたのだろう。僕たちは欠かさずに課外授業に出ていた。勉強が大事なのはもちろんだが、そのあと学校に残ってグダグダするのが日課だったんだ。一応勉強のために残ってはいたけれど、実際は結構雑談していた。特に、僕とササモトとアイザキはアニメの話ばかりしていて、あまり勉強が進まなかった。しかし、それは2年生までの話だ。3年生になってからは、比較的雑談も減って、まぁまぁ勉強していた。僕たち3人の中では、アイザキは比較的真面目に勉強していたほうだ。

「そうか……」

「…………………」

ササモトは何か言いたそうにしている。一体何なんだろう。ケンカでもしたのかな。

「いや、悪いな。ケンが大変なときに。まぁ、課外に出るように言ってみるよ」

「…………………」

「そういやさ、カミキって分かる？」

カミキってカミキユイさんだよな。理系の生物選択してた人だったと思うけど。

「…………………」

僕はうなずく。

「見舞いに来たいって言ってたけど、家、教えちゃってもいいか？」

「…………」

僕は再びうなずく。特に断る理由はない。ただ、カミキさんとはそれほど親しくはない。何度か日直が一緒になったことがある程度だ。

「じゃあ、そう伝えておくよ」

狭《はざ》間《ま》圏《けん》
［聖職者：Lv20］
HP：196／196　MP：599／549＋10 聖職者：＋50　SP：0／89
力：22　耐久：56　俊敏：40 聖職者：−1　技：22　器用：21　魔力：40 聖職者：＋40
神聖：66 聖職者：＋50　魔力操作：57＋2 聖職者：＋40
［風魔法：Lv52］＋1　［エアブレード：Lv36］＋3　［エアスマッシュ：Lv9］＋9
［回復魔法：Lv36］＋1　［ヒール：Lv41］＋1　［補助魔法：Lv20］＋1
［プロテクト：Lv29］＋1　［バイタルエイド：Lv30］＋1
［マルチタスク：Lv31］＋1　［ストレージ：Lv15］＋1　［毒薬生成：Lv7］＋1
［ポーション生成：Lv6］＋1　etc…30

♻

朝は早めの朝食を食べ、イヴォンさんと街のポータルへ来た。

「これから領都へ向かいます。そちらで狭間さんがパーティを組んでいただく人を紹介しますね」

「はい！　お願いします！」

僕は朝からやる気まんまんだ。

領都はこれで3回目。けれど、きちんと見て回ったことは一度もない。そのうち観光をしたい気持ちもあるが、それよりもステータスを強化したかったりする。


イヴォンさんと一緒に領都のギルドへやってきた。アインバウムのギルドよりも大きい。ただし、大きいだけで基本的な作りは一緒だ。カウンターと掲示板、それから治療所がある。

お？　あれは……。

「よぉ、イヴォンさんが言ってたのはお前だったのか」

「ジーン、久しぶりだね！」

緑髪がツンツンとしたイケメンのジーンだ。ダブルヘッド狩りのときに大活躍をした槍使いである。

「おや、お二人は既に知り合いだったようですね」

「あぁ。イヴォンさんも？」

「えぇ、彼の父親とは友人であり、仲間です。カルディともパーティを組んでいたんですよ。それから、こっちは私の息子です」

「やぁ、僕はクラール。はじめまして」

ジーンの横にいるのは超絶なイケメンだ。クラールさんというらしい。

鮮やかな金髪が肩くらいまであり、やや無造作にはねている。ジーンのキリッとしたイケメンとは違い、中性的なイケメンだ。絵に描いたような王子様。身長はあるが、顔だけを見たら女性に見えるかもしれない。

背中には大きな弓がある。弓がメインの後衛職だろう。

本当にイヴォンさんの息子なのか？　目元が若干似ていないではないが……。

「狭間です。クラールさん、よろしくお願いします」

「狭間くんか。下の名前を教えてくれないかな」

「あぁ、圏です」

「よろしく、ケン。それから、僕はクラールで構わないよ」

「よろしく、クラール」

クラールがニコリと微笑む。

おぉ、なんだ今のは？　イケメンすぎて彼の周りが光ったように見える。

「では、ポータルへ行きましょう」

自己紹介もそこそこに、イヴォンさんがポータルへ促す。

僕たちは、領都のポータルから第三戦線というところへ移動する。

暑い……。なんだここは……。

「さぁ、到着しましたね。ここが第三戦線です。あなたたちには、今日からここで狩りをしてもらいます」

あたりはゴツゴツした岩山が多い。やたらと暑くて、湿気がなく埃っぽい。

それから、ポータルの周りはちょっとした広場になっており、道が伸びている。道の先はキャンプ地のようになっており、テントが多く張ってある。ここで狩りをしている人たちのものだろうか。

さらにその先には、木造の建物がいくつかあった。建物もあるのか。あんまり生活に適した場所では無さそうだけれど……。

「とりあえず、ここのギルドへ行けばいいのか？」

「いえいえ、今はギルドへ行く必要はありません。1日の狩りの終わりに、素材を買い取ってもらえばいいでしょう」

ジーンがイヴォンさんに確認をしている。

「ん？　それじゃ、他のメンバーはどこに？」

「他にメンバーはいません。あなたたちだけで狩りをしていただきます」

「「なっ！」」

ジーンとクラールは驚いた表情をしている。

「おいおい、マジかよ！　3人だけで狩りをしろってか？　ここは戦線だぞ？」

「えぇ、もちろんですよ」

イヴォンさんはニコリと微笑む。

「それから、クラール」

「はい」

「あなたにはこちらを使ってもらいます。弓の使用は禁止です」

イヴォンさんは、レイピアというのだろうか、細身の剣をクラールへと渡す。

「父上、細剣などここ数年使っておりません。これで僕に戦えと？」

「おいおい、正気かよ……」

「えぇ、もちろん正気です。弓も細剣も威力の多くは技のステータスに依存します。問題は耐久面でしょう。ただし、気を抜くと死にますよ？」

イヴォンさんはニコニコしながら、えらいことを言い出す。これから行く第三戦線とはそんなに危険なところなのだろうか。

ジーンは肩をすくめ、クラールは渋々弓を渡している。僕は何もわからずに見ているだけだ。

「父上、急にどうされたのですか？」

「ははは、先日ひさしぶりにダーハルトと会いましてね」

「親父と？」

ダーハルトというのはジーンの父親だろう。

「お互い息子が可愛すぎて、少々過保護になっていたというお話です。今思えば、私達が若い頃は、何度も死にかけました。そして、その度に強くなっていったのです。クラール、ジーン、あなた方は狩りで死を意識したことはありますか？」

「いえ……」

「ハッ！　俺がただの狩りで死にかけるかよ！」

クラールもジーンも死にかけたことは無いようだ。

「だから弱いんです」

え？　弱い？

クラールは知らないけれど、ジーンはめちゃくちゃ強いだろう。

「ジーン、あなたの身近には強者がいるでしょう？　あなたの兄シャールは15歳のときには、ここでソロ狩りをしていましたよ？」

「…………………」

ジーンは眉間にシワを寄せて黙ってしまった。話の流れ的には、ジーンには兄がいて、さらに強いらしい……。少し話の展開についていけてないな。

「それから狭間さん、あなたは死にかけましたね？」

「はい。何故それを？」

「ほほほ、勘ですよ勘。おそらく修羅場を乗り切ったのでしょう。何故かはわかりませんが、あなたにはそういうものを感じます」

イヴォンさん、恐るべし……。

「ったく、わかったよ、わかった！　3人で、しかもクラールは細剣で狩りすりゃいいんだろ？やってやるよ！」

「その意気ですよ。若さで乗り切ってください。では、私の方から課題を出します。まずは3日間、狭間さんのMPが0になるまで第三戦線で戦いきってください」

「それだけ……ですか？」

クラールはホッとした表情をする。

「えぇ、それだけですよ？　ただし、狭間さんは攻撃魔法を使ってはいけません。［補助魔法］と［回復魔法］だけにしてください。いいですね？」

「はい！　わかりました！」

攻撃魔法も若干鍛えたいが、教会としては［聖職者］の能力がほしいのだろう。

「では、私は教会に戻ります。3日後、報告をお待ちしていますね」

そう言うと、イヴォンさんはポータルから帰っていった。

「おいクラール、こいつのMP侮るなよ。めんどくせぇことになるぞ……」

「ははは……」

僕は苦笑いをする。MPが多い分戦ってもらうことになるからだ。

「とりあえずギルドへ行こう。父上は、最初にギルドへ行く必要は無いと言ったけれど、ここの魔物の特徴を調べてから行くべきだ」

「おぅ、いいぜ」

「了解！」

僕たちはクラールの意見で第三戦線のギルドへ行くことにする。

ギルドへ向かう途中には、宿屋や武器屋、それからアインバウムと一緒でギルドの周りには飲食店が多くあった。

ギルドの看板には、第三戦線で出現する魔物の特徴が一覧で書かれている。種類はそれほど多くないな。これらの特徴を踏まえて戦うということだろう。

それから、僕の使える魔法について、クラールに説明しておく。

「なるほど、父上の指示通り攻撃魔法を使わないとしても、[補助魔法]と[回復魔法]ができるね。狩場についたら[プロテクト]と[バイタルエイド]を僕とジーンに頼むよ。それから、そっちには攻撃がいかないようにするつもりだけど、一応自分にも[補助魔法]をかけておいて」

「了解！」

「それからケンのジョブについても教えてほしい」

僕は今習得しているジョブについて、クラールに説明をする。

「うーん……。[聖職者]か[見習い魔法士]がいいだろうな」

「[見習い魔法士]でもいいの？」

ステータス補正としては、現状[聖職者]のほうが圧倒的に高い。

「[見習い魔法士]のジョブを上げておくと、他のジョブが出てくる可能性もあるんだ。回復系のジョブと、攻撃魔法系のジョブを同時に上げておくことで、さらに上位のジョブが出てくることもある」

「なるほど」

「現状は［聖職者］のほうが補正ステータスが高いようだから、狩りに慣れるまでは［聖職者］にしてもらおう」

「わかった」

「それからジーン、僕は細剣しか使えないから、しばらく足手まといになるかもしれない。今のジョブは［フェンサー］だ。とりあえず［フェンサー］を最大レベルにして、上位のジョブを出せるように頑張る。それまで頼むよ」

「任せとけ」

一通り打ち合わせが終わり、狩場へ向かうことにする。

大体の流れはクラールが仕切ってくれたが、妙な安心感があった。イケメン効果だろうか。何らかのイケメンスキルが発動しているのかもしれない。

06　第三戦線

僕たちは第三戦線の狩場へ来た。

「いるな……」

奥にはレッドクロコダイル2頭がいる。燃えるような赤い色をしたワニだ。

ギルドで調べた情報によると、火属性の魔物でジーンの水属性は弱点になる。ここのモンスターは火属性がほとんどだから、ジーンの水属性は相性が良い。

僕は全員に［プロテクト］と［バイタルエイド］をかける。

「いくぞ！」

ダッ！

ジーンが踏み込み、突進と同時に槍を突き出す。

「おららら！」

［濁流槍］だ。

高速の突きと同時に水が吹き出る。

「ハッ！」

クラールも前に出る。ジーンが攻撃しているレッドクロコダイルに華麗に突きをする。まずは集中して1頭を倒す作戦だ。

速いな……。ジーンほどではないが、動きが速い。

「ガァァァ！」

「くるぞ！」

レッドクロコダイルが、口から炎を噴き出す。予備動作が大きいので、2人とも後ろへ跳び、回避する。

「危ない！」

ドガッ！

他の1頭がクラールに突進する。

クラールは吹っ飛ぶが、華麗に受け身を取る。いちいち動きが華麗なのが気になる……。

よし、[ヒール]だ。クラールの動きはかなり速いが、目で追えないほどではない。[マルチタスク]を使い、クラールが動きそうなところに[ヒール]を使っておく。

「[清流槍]!」

ジーンがレッドクロコダイルを突き抜け、淡い光と残像がその後を追う。ダブルヘッドを仕留めた技だ。

ブシュッ!

ドサッ!

1頭仕留めたようだ。

「[トリプルスラスト]!」

おぉ! 今度はクラールの細剣技だ。目にも留まらぬ3連突き。本当にメインの武器は弓なのだろうか。細剣でもかなり強いだろう。

「ギュエエェエ!」

「いくぜ! [清流槍]!」

レッドクロコダイルが怯んだ隙にジーンが追い打ちをかける。

ドサッ!

2頭仕留めるのに、それほど時間はかからなかった。

「よし、あとは任せて。[解体]!」

え?

クラールが手をかざすと、レッドクロコダイルが一瞬で肉と皮になる。何だ今のは。スキルか?

「おぉ！　すごいね！」

「［狩人］のジョブを上げきったときに習得したんだ。ケンはSPを使わないだろうから、素材はケンの［ストレージ］に入れておいてくれ」

「了解！」

「しかし、ケン。僕の動きはそれほど速くないけど、［ヒール］が的確に入るね。助かるよ」

「僕にはこれくらいしかできないからね。もう少し慣れれば、ジーンの動きにも合わせられるかも」

「おぅ、期待してるわ。しかし、レッドクロコダイルってのは弱くはねぇが、強くもねぇな。奥に行けばもっと数が増えるのか？」

「いや……。僕は嫌な予感しかしないよ。父上はどれだけ倒せとか、どこまで行けとは言ってない。ケンのMPを0にしろ。それだけだ。ケン、MPの減りはどう？」

「いや、全然減ってないよ。だって2人ともほとんど攻撃くらってないじゃん」

「だろうね……。それに対して僕らのSPは減ってる。特にジーン、君は大技を2回も使ったよね」

「あぁ、まぁそれなりの敵だったからな。今はまだSPがあるが……」

「このままだとSPが切れる、だろ？」

「そりゃな」

「僕は細剣技は［トリプルスラスト］しか使えない。父上の狙いがわかった気がする……」

「イヴォンさんの狙い？」

「第一の目的は、ケンのジョブレベル上げ。次に僕とジーンのSP上げ。そして、僕の耐久、HP上げ。さらには、僕とジーンに持久力をつける。おそらくはSP消費の少ない技を習得させるのが目的だろう」

「なんだそれ。多すぎじゃねぇか？」

「父上は、お金以上に効率が好きだからね。そうと分かれば、小技を使うしか無い。いずれにしろ僕は［トリプルスラスト］しか使えないけど、ジーンはSP消費が少ない技に切り替えてくれ」

「了解」

「ちょっと待って！　今のだけでジョブが3も上がってるよ！」

僕は驚いて声を出す。聖職者が20から23になっているのだ。

「レッドクロコダイルはダブルヘッドよりちょい弱いくらいだからな。何頭か狩れば、俺も少しは上がるかもしれねぇな」

マジか!?　2人が余裕を持って戦っているので、強さがわからなかった。ジーンはもちろんだが、クラールも相当強いぞ。

「僕の［フェンサー］も結構上がっているよ。よし、どんどん狩ろう！」


SP消費を抑えた狩りに切り替える。

「……ッ！」

「チッ！」

クラールもジーンもダメージを受けながら戦闘をする。

先程に比べ、明らかに殲滅力が下がり、レッドクロコダイルが常に2頭いる状態が続く。

倒す速度と、新しく湧く速度がほとんど同じなんだ。だから、休む暇がない。

「［ヒール］！［プロテクト］！［バイタルエイド］！」

［回復魔法］の他に、［補助魔法］を切らさないようにかけておく。

「ジーン！　一旦殲滅だ！」

「おぅよ！」

ジーンが［濁流槍］を使い始める。

「そらそらそら！」


殲滅後、クラールが［解体］でレッドクロコダイルの素材を集める。ちなみに僕の［ストレージ］はもう一杯だ。

「一旦ギルドへ行こう」

「だな、ＳＰもほとんど切れたぜ」

僕たちはギルドへ行き、レッドクロコダイルの素材を預ける。今日の狩りはまだ続くので、素材の値段を査定してもらっておく。

「おいケン。お前、ＭＰはどれくらい残ってるんだ？」

「７割くらいは残ってるかな」

「なっ！」

「はぁ⁉」

「僕としたことが……ケンのMPを把握できてなかったよ」

「おい、こっからが地獄だぞ……」


もうじき日が暮れる。

だけどまだ僕のMPは4割くらい残っている。

「………………」

「はぁ……はぁ……」

前衛2人に疲労が見られる。それはそうだろう。ずっと動きっぱなしだ。

「おいケン！　そっちに1頭行ったぞ！」

「‼　[ガード]！」

ドガッ！

うぉ！

ゴロゴロ……。

ズザァッ！

僕は吹っ飛び転がる。[ガード]の上からでもダメージを受けるので、すかさず[ヒール]をする。

まずい！　また突進が来る！

いや、反撃だ！

僕は右手に装備したステッキを［ストレージ］に収納し、腰を落とす。

来い！

レッドクロコダイルの突進に合わせて、拳を突き出す。

「［フレアバースト］！」

バゴォォォオオオオン！

「ギュエエエェ！」

レッドクロコダイルが吹っ飛び、悲鳴を上げる。

「なっ！」

ジーンとクラールは驚いているが、すぐに冷静になる。

「ジーン！　一旦殲滅だ！」

「あ、あぁ！」

痛い……。

前回のように大木に撃ったわけではないが、それでも右手は折れており、黒ずんでいる。

［オートヒール］が発動しているな。

レッドクロコダイルは火属性の魔物で、［フレアバースト］も火属性だが、それでも威力があるのだろう。一発で仕留めることができた。

イヴォンさんは攻撃魔法は使うなって言ってたけど、スキルは何も言ってないしありだよな……。

とにかく［ヒール］だ。僕は殲滅が終わるまで、ずっと［ヒール］をしていた。

それから魔物を殲滅し、一旦引く。

「おいケン！　今のはなんだ？」

「［フレアバースト］っていう攻撃スキルだよ。威力は凄いんだけど、使うと自滅しちゃうんだよね」

「もしかして、死にかけたときに習得した……とか？」

「うん。まぁ」

「父上が言っていたのはこういうことか……。ジーン、僕らにはやっぱり経験が足りないってことだ」

「だな……」

ジーンが笑う。

「おいクラール、俄然やる気が出てきたぜ！」

「フッ、気が合うね。僕もだよ」

その後狩りは僕のＭＰが切れるまで、つまり深夜まで続いた。

狭間圏《はざまけん》
［聖職者：Ｌｖ46］＋26
ＨＰ：197／197＋1　ＭＰ：599／549 聖職者：＋76　ＳＰ：0／92＋3
力：22　耐久：57＋1　俊敏：40 聖職者：－0　技：22　器用：21

魔力：42＋2 聖職者：＋66 神聖：72＋6 聖職者：＋76 魔力操作：58＋1 聖職者：＋66
[回復魔法：Ｌｖ38] ＋2 [ヒール：Ｌｖ46] ＋5 [オートヒール：Ｌｖ19] ＋1
[補助魔法：Ｌｖ21] ＋1 [プロテクト：Ｌｖ30] ＋1 [バイタルエイド：Ｌｖ31] ＋1
[炎耐性：Ｌｖ8] ＋1 [ストレージ：Ｌｖ17] ＋2 [フレアバースト：Ｌｖ1] ＋1
ｅｔｃ…33

♻

自室で目を覚ます。時計を見ると8時。いつもの起きる時間だ。

昨日異世界では深夜まで狩りをしていた。にもかかわらず、こっちで起きる時間はいつも通り。身体は共有しているはずだけど、あっちの身体は寝ているってことだよな？　まぁ考えてもわからないが。

昨日は凄まじい勢いで[聖職者]のジョブを上げることができた。一気に26もレベルが上がり、ステータス補正もかなり強力なものになった。この状態で[エリアヒール]の魔石を生成すれば、前回作ったものよりも良いものができるだろう。そして、イヴォンさんの狙いもそこにある。

それから[聖職者]のジョブレベル、[ヒール]のスキルレベルがともに大幅に上がったにもかかわらず、[ハイヒール]の習得ができなかった。[ヒール]は[マイナーヒール]のレベルがカンストしたときに習得できたはず。[ハイヒール]はそろそろ習得できるだろうか。

僕は［風魔法］で空気の圧縮を繰り返しながら、［エアスマッシュ］を撃ち続ける。空気の圧縮と［エアブレード］よりも、空気の圧縮と［エアスマッシュ］のほうが少しやりやすい。スキルレベルは［エアブレード］のほうがずっと高いにもかかわらずだ。おそらく、同じ空気圧縮系統の魔法だからだろう。

そして、空気圧縮も徐々にうまくなる。見えないので感覚的なものになるが、15ｃｍくらいの空気の塊を維持できるようになってきた。

これをさらに小さく維持できれば、キーボードの操作ができそうだ。しかし、こうやってみるとキーボードのキーは小さすぎるな。１ｃｍくらいまで圧縮しないといけないわけだ。先が思いやられる……。

そして、異世界ではまた今日もＭＰが0になるまで狩りをしなければならない。僕のＭＰ回復についてては、完全にバレるだろうが、それは仕方ないな。イヴォンさんもこうなることはわかっていただろうし、2人とも僕のＭＰを悪用しようなんていう人間ではない。むしろ、一番利用しようとしているのはイヴォンさんだったりする……。

夕方、カミキさんが家にやって来た。兄も、僕が退院したばかりということで、早めに帰ってきている。

「……………」

「……………」

カミキさんは、僕の部屋で読書をしている。ただ、本を読んでいるだけだ。

カミキさんとはそれほど親しくはない。同じ理系ではあるが、彼女は生物選択で、僕は物理を選択している。何度か日直が一緒になったことがある程度で、会話もほとんどしたことがない。カミキさんはボブより少し短い真っ黒なショートヘア。大きな瞳の下、右目の下にホクロが2つあるのが特徴的だ。顔立ちが整っていたこともあり、密かに男子には人気だ。密かに、というのは彼女は活発な美少女という王道のタイプではないので、一部男子から人気があるって感じだ。

「…………………」

「…………………」

えっと……。とりあえず、部屋の外に［エアブレード］を撃って魔法の修行だけはしておく。

「…………………」

「あの、また来ても良い？」

僕は無言でうなずく。別にいいんだけど、退屈ではないのだろうか。

カミキさんはそうして帰っていった。

「あの娘とは付き合ってたのか？」

兄さんが聞いてくる。興味本位だろう。

「…………………」

僕は首を横に振る。兄さんとはあまりこういう話はしたくないんだよな。

「ほぉ〜……。お前勉強ばっかりしてたからな。男子とばっかり絡んでると思ってたんだけど」

「…………………」

まぁ実際そうだ。

「明日も誰か来るかもしれないし、早めに帰ってくるか」

それはありがたいけれど、兄さんの仕事は大丈夫なのだろうか。相変わらずシャツのシワが気になるな……。

狭間圏《はざまけん》
［聖職者：Lv46］
HP：197／197　MP：633／557＋8　聖職者：＋76　SP：1／92
力：22　耐久：57　俊敏：40　聖職者：−0　技：22　器用：21　魔力：42　聖職者：＋66
神聖：72　聖職者：＋76　魔力操作：60＋2　聖職者：＋66
［風魔法：Lv53］＋1　［エアブレード：Lv39］＋3　［エアスマッシュ：Lv16］＋7
［補助魔法：Lv22］＋1　［プロテクト：Lv31］＋1　［バイタルエイド：Lv32］＋1
［マルチタスク：Lv32］＋1　etc…：35

♻

今日も朝から第三戦線で狩りだ。クラールの動きが昨日とはまるで違う。

前衛の動きに慣れたというのと、昨日の後半は疲れ切っていたのが大きいだろう。

さらに、俊敏のステータスも上がったのだ。昨日［ヒール］の9割くらいはクラールに使っていたが、その頻度が減ってくる。

「良い動きじゃねぇか」

「まぁね。昨日よりだいぶ慣れたよ。それから［フェンサー］のジョブが上がったのが大きいね。ステータス補正が上がったから」

「狩りの効率が上がって、ダメージも減ったのは嬉しいことなんだけど、それだと今日の狩りが長くなるよね……」

イヴォンさんから言われているのが、毎日僕のMPを0にすること。受けるダメージが減れば、僕の消費MPが減り、狩りが長引くんだ。

「ん？　でも昨日使い切ったんだから、今日は半分以下だろ？」

「いや……。それが、僕は特殊な体質で、毎日MPが全快するんだ」

「は？　そんなわけが……いや、だからか……」

ジーンには以前修行に付き合ってもらったことがある。

だからなんとなく気がついたんだろう。納得したようだ。

「えっと、それは父上も知っていることなのかい？」

クラールが苦笑いしながら聞いてくる。

「そうなんだ。イヴォンさんとカルディさん、それからアインバウムの冒険者のノーツさんの3人は知っているよ。それで、このことは内密にしてほしい」

「なるほど……。わかった。そういうことか。父上も最初に説明してくれればいいのに……」

クラールはため息まじりだ。僕の話が本当なら、今日の狩りも長引くことが確定だからな。そして、クラールもイヴォンさんのことだから、このMP回復は間違いないだろうといった感じだ。

もっと言うと、昨日よりも［聖職者］のジョブが上がってMP補正も大幅に上がっている。

さらに、日本で使った［マナエイド］がまだ効いており、MPが1割ちょっと多くなっている。

トータル昨日の1・2倍はあるぞ。大丈夫かこれ……。


しばらく狩りを続けると、クラールが技を使いだす。

「［ダブルスラスト］！　ハッ！　［ダブルスラスト］！」

連続で技を使い続けている。

カチャリ……。

あ、僕の方も新しいジョブが出たようだ。

クラールが技を連発し、辺りの魔物が殲滅される。

「おい、どうした？　［ダブルスラスト］ってのは新しい技か？」

「うん。そうだね。やっと習得できた。消費SPは1だ」

「なっ！　それでお前連発してたのか⁉」

「そうだね。SP消費を抑えつつ、ひたすら戦い続ければ消費SPの低い技を習得できるのかもしれないね。ジーンはSPも多いし、大技ばかりだろうから習得に時間がかかるのかも」

「クソッ！　先を越されたぜ」

「あ、僕もジョブが出たんだ。確認してみるよ」

きたぁ！

［上級聖職者］だ。さらに［ハイヒール］を習得している。

「［上級聖職者］のジョブと［ハイヒール］だ！」

「おめでとう」

「やったな、おい」

「よし、これからは［ハイヒール］で回復するよ。MP消費が上がるから、昨日みたいに深夜まで時間はかからないと思うよ」

そういえば……。

「あれ？　ていうか、ジョブをMPと神聖の低いものにすれば、早めに切り上げられるけど……」

「おい、それじゃ意味ねぇだろ。それに、なんか卑怯だよな」

「そうだね。僕も父上に嫌味を言われそうだから、やめておくよ」

たしかにそうだな。

「そうだね。やめておこう。今のは忘れて」


それからさらに狩り続ける。

「よし！　きたぜぇ！　［二段突き］！」

おぉ！　今度はジーンだ。ＳＰ消費の低い技を習得したんだろう。にしても、威力が半端ではない。あれで低燃費とかどうなっているんだろう。レッドクロコダイルが吹っ飛ぶ。

狩りの効率が上がり、今日は僕の方には一切攻撃が来ない。

が、疲労は徐々に蓄積されているようだ。僕はまだ回復だけだが、前衛の２人は昨日から動きっぱなしだ。そして、そろそろ［補助魔法］が切れる。

「ちょっと試したいことがあるんだ。一旦いいかな？」

２人はこちらを見てうなずく。一旦魔物を殲滅して集まる。

「なんだい？」

「そろそろ［補助魔法］が切れると思うんだけど、同時に［補助魔法］をかける訓練をしたいんだ」

「それって？」

「もしかしたら、同時に［補助魔法］をかけたら新しいスキルが得られるかもしれない」

思った以上に［ハイヒール］の習得には時間がかかった。しかし、［ハイヒール］よりも上位の［エリアヒール］は既に習得している。あれは［マルチタスク］を使って２箇所以上にあらかじめ［ヒール］を使うことで習得したんだと思う。

ということは、［プロテクト］や［バイタルエイド］なども複数同時に使うことで範囲補助みたいなものを習得できるかもしれない。

「ということなんだ」

「それは試してみる価値は充分にあるよ」

「まぁやってみろよ」

「よし、やってみる！」

僕たちは背中合わせで3人かたまった。

［プロテクト］！

ダメだ……。2人同時にはできるようだが、そうすると僕にはかかっていない。とりあえず時間がずれると面倒なので、自分自身に［プロテクト］をかけておく。

さらに［バイタルエイド］！

これもダメ……。同じく2人までは同時に［補助魔法］をかけることができている。さらに同じように、効果時間がずれると面倒なので、すぐに自分自身に［バイタルエイド］を使っておく。

「どうだ？」

「いや、ダメみたいだね。2人までしか同時にかけられないし、何も習得できていないよ」

「今後は［補助魔法］が切れるタイミングで集まろう。何度も試す価値はあるよ」

その後狩りを続け、［補助魔法］を何度も同時にかけたが、何も習得はできなかった。

そして、本日の狩りは、昨日よりは若干早く終わることができた。

狭間圏《はざまけん》
［上級聖職者：Lv16］ New＋16
HP：197／197 MP：13／558＋1 上級聖職者：＋82 SP：1／95＋3

力：22　耐久：57　俊敏：40　技：22　器用：21　魔力：44＋2　上級聖職者：＋46
神聖：78＋6　上級聖職者：＋82　魔力操作：62＋2　上級聖職者：＋46
［回復魔法：Lv39］＋1　［ヒール：Lv47］＋1　［ハイヒール：Lv6］　New＋6
［補助魔法：Lv23］＋1　［プロテクト：Lv32］＋1　［バイタルエイド：Lv33］＋1
［マルチタスク：Lv33］＋1　［ストレージ：Lv19］＋2　etc…35

♻

今日も朝から［風魔法］で空気の圧縮と［エアスマッシュ］の訓練をする。そして、自分に一通り［補助魔法］をかける。

［ハイヒール］を自分に発動させようとする……が、発動しない。やっぱりダメだ。［ハイヒール］では動けない状態を回復することはできない。やはり部位欠損を治療するレベルの［回復魔法］ではないようだ。そうすると、さらに上位の［回復魔法］が必要になる。ここから先は長そうだ……。

そして、［補助魔法］について考えていたことがある。人間以外にも効果があるのか、ということだ。

［回復魔法］についてはおそらく効くだろう。戦闘中に［エリアヒール］を使うと、その範囲にいる魔物も回復してしまう。このことからも、人間だけではなく動物にも効くだろうと思われる。

それで［補助魔法］はどうかというと、いけそうな気がするわけだ。今僕の部屋は1階だ。この家も、兄さんが公務員になったことで手放さないですんでいる。朝になれば、庭にチュンチュンと鳥がやってくる。そこで、［プロテクト］をやってみようと思う。というのは、さすがに人間相手だと急に身体の調子が良くなり、明らかに怪しまれる。動物ならば問題ないだろうと思う。僕は窓の外の小鳥たちに［プロテクト］をかけてみる。

よし！　いけた！

動物相手にも普通に［補助魔法］がかけられる。これは大きい。

僕は庭の鳥に［プロテクト］［バイタルエイド］［マナエイド］をかけていく。さすがに1回補助をかけると、補助が切れる前にはどこかへ行ってしまう。1羽に何度も使うことはできないが、これからは庭に鳥がきたら［補助魔法］を欠かさずに使おう。

夕方、兄さんが帰ってくる。玄関から話し声が聞こえる。今日も誰か来ているのだろうか。

「ケン、今日も友だちが来てるぞ」

ササモトだ。丁度いい、ちょっと怖いが［マナエイド］をかけてみようと思う。［バイタルエイド］や［プロテクト］は明らかに体感が変わってしまうが、こちらの世界の人はMPを体感することはまずできない。ということは、［マナエイド］を使ってもバレないんじゃないだろうか。

［マナエイド］！

…………………………。

ササモトは、特に変わりない。これはいけるな。そして、最近は魔力操作のステータスが上がってきたので、周囲に魔素がどれくらいあるのかがわかる。今の日本で周囲の魔素を測ったところで、魔素が濃すぎて何もわからない。ところが、日本の生物はそもそも魔力がほとんどない。僕が転移当初、幼児並みの魔力しかなかったように、ほとんどの人や動物はほぼMPが無いのだ。

そうすると、魔力操作で逆に魔素の低いところに集中すれば、おおよそだけど、人や生物がどのへんにいるかわかる。魔力操作が60を超えてようやくだ。

さらに、壁の向こう、上の階の人間もおおよそわかる。勝手に兄さんの位置を把握してしまうのは、やや罪悪感があるが。家の前を人が通ったら、［マナエイド］を使ってみる。

…………。

これもいける。動物相手には一通りの［補助魔法］、人間には［マナエイド］だけをかけていく。

［マナエイド］は効果時間が長すぎてレベルが上がりにくかったが、これで少しは上げていけるだろう。


「アイザキって来てないよな?」

ササモトが真面目な顔で聞いてくる。しまった。［補助魔法］に集中しすぎた。

「…………」

僕は首を縦に振る。

「そうか……。あいつ、とうとう学校休みだしたよ。俺の話もあんまり聞かなくてさ……」

「…………」

マジかよ。あいつ何やってんだ。今勉強しなかったら、取り返しがつかないだろう。

「なんかさ、もう今まで通りってのは無理なのかもな」

「…………………」

ササモトは珍しく弱気だ。

「…………………」

僕は首を横に振る。

「狭間……」

アイザキに何があったのかはわからない。けど、今まで通りが無理なんてことは無いだろう。

狭間圏《はざまけん》
[上級聖職者：Lv16]
HP：197／197　MP：648／566＋8 上級聖職者：＋82　SP：1／96＋1
力：22　耐久：57　俊敏：40　技：22　器用：21　魔力：44 上級聖職者：＋46
神聖：78 上級聖職者：＋82　魔力操作：62 上級聖職者：＋46
[風魔法：Lv54]＋1　[エアブレード：Lv42]＋3　[エアスマッシュ：Lv22]＋6
[補助魔法：Lv24]＋1　[プロテクト：Lv34]＋2　[バイタルエイド：Lv35]＋2
[マナエイド：Lv17]＋1　[マルチタスク：Lv34]＋1　etc…35

この狩場も3日目だ。

そして、わずか3日でここでの狩りが安定している。この狩場のモンスターであるレッドクロコダイルは本来強敵だ。安定して狩りができているのは、ジーンとクラール、特にジーンが強すぎるからだ。SPを温存しながら、充分に戦えている。

「なぁ、そろそろ奥へ行かないか？」

「僕もそう思っていたところだよ」

ジーンの問いにクラールが答える。

「奥は魔物が増えるって感じ？」

「まぁそれもあるだろうね。ただ、それよりも奥から炎狐《えんこ》とよばれる魔物が出るみたいだ。小さな狐の魔物で、［炎魔法］を使ってくる。ジーンとケンは［炎耐性］ある？」

「いや、俺は持ってないな」

「僕は［炎耐性］のスキルレベルは8だよ」

「お、さすが腕燃やしながらパンチ打つヤツは違うよな」

「確かに、あの技で［炎耐性］がついたのかな？」

「きっかけは違うけど、［フレアバースト］で［炎耐性］は結構上がるよ」

「よし、じゃあケンが死ぬことはないね。奥へ行こう」

この中で一番耐久、それからＨＰが低いのは間違いなく僕だろう。その僕が［炎耐性］を持っていれば、遠距離攻撃に耐えることができる。

奥の狩場には、レッドクロコダイルのほかに、40ｃｍくらいの小さな狐がいる。あれが炎狐《えんこ》だろう。尻尾《しっぽ》が3尾あり、耳の先と尻尾の先が赤い。見た目は可愛らしいが、ギルドの情報によると［炎魔法］が強力らしい。

「とりあえず様子を見たい。ジーン、ＳＰのことは考えずにある程度数を減らしてほしい。それから炎狐だけになったらＳＰ消費を抑えた狩りに切り替えよう」

「オーケー！　任せときな！」

そう言うと、ジーンは踏み込みレッドクロコダイルに突っ込む。

「ハッ！」

［清流槍］だ。

レッドクロコダイルを速攻で仕留める。

それからクラールが炎狐に［トリプルスラスト］を使っていく。

ズシャッ！　シャッ！　シャッ！

炎狐が倒れる。

あれ？　クラールの技で一撃だ。耐久力はレッドクロコダイルよりかなり低い。

「ジーン！　炎狐は耐久が低いよ！　僕でも一撃だ！」

しかし……。

ボワッ！

「なっ！　これが［炎魔法］か！」

他の炎狐が［炎魔法］を使ってくる。クラールの腕が燃え上がる。

まずい！　僕は［ハイヒール］をクラールの腕にかけていく。

「くっ！　ジーン！　炎狐がいたら優先的に仕留めてくれ！」

「あぁ！　わかった！」

ボワッ！　ボワッ！

「ちょっ！　待って！」

クラールを回復していると、ジーンの肩も燃え上がる。僕の回復速度よりも、彼らのダメージのほうが大きい。

僕は耐久力の低いクラールを優先して［ハイヒール］を重ねがけしていく。

「クソッ！　［濁流槍］！」

ブシャシャシャッ！

水しぶきとともに、高速の突きが放たれる。炎狐が［濁流槍］で仕留められる。

距離さえ詰めてしまえば、ジーンの実力ならすぐに仕留められる。

しかし、奥からぴょんぴょんと次々に炎狐が現れる。

「待って！　回復が間に合わない！」

「っ！　一旦引こう！」

「おいケン！　お前からさがれ！」

「わかった！」

後衛の僕がさがらないと、前衛はさがることができない。

僕は猛ダッシュで後退しながら［ハイヒール］をかけていく。

ボワッ！

あっつ！

僕の身体も燃え上がる。去り際に一発もらってしまった。

「あちち……」

「あれは厳しいね……」

「はぁ……はぁ……」

僕とジーンは汗とすすにまみれている。

「クソ！　ちょこまかと動き回りやがって！」

「あはは、あれはまいったね」

「ねぇ、クラールはなんで汗一つかいてないの？」

おかしい。僕とジーンは汗とすすにまみれているのに、言葉と裏腹にクラールは涼し気な顔だ。

「昨日から思ってたんだけど、全く汗かいてないし、服も汚れてないよね」

「あぁ、僕は汚れるのが嫌いなんだよ」

ん？　いや、それ回答になってなくないか？

「こいつの服には、そういう魔石が組み込んであるんだよ」

ジーンが説明してくれる。

「そうそう、便利だよ。ＭＰ減るけど」

「え⁉　ＭＰ減っちゃうの？」

「まぁ普通はそういうリアクションするよな。そのせいで死ぬかもしれないんだぜ？」

「あはは、僕は汚れるくらいなら死を選ぶよ」

「マジか……」

「マジだ」

ジーンが呆れたように肩をすくめる。MPを消費して清潔を保っているらしい。

「いや、しかしまいったね。先には進めそうにないよ」

「だなぁ。ケン、MPはどうよ？」

「今ので結構減ったよ。あと3割くらいかな。［ヒール］じゃやばかったかもね」

「ありゃダメだな。残りのMPはレッドクロコダイルで使おうぜ」

「了解」


夕方にはMPが0になる。

これでイヴォンさんから言われた3日間僕のMPを0にするまで戦う、というミッションはクリアできた。

「しかし、すげぇ量だな」

「そうだね」

目の前には、レッドクロコダイルの素材が大量にある。昨日と一昨日は、狩りが深夜まで続いてしまい、素材を売ることができなかった。

「魔石も結構あるし、父上に買い取ってもらおうか」

「それが良さそうだな。肉も教会が喜ぶんじゃねぇか？」

「教会のご飯おいしいからね」

そんな話をしながらギルド近くへ戻る。

おや？　イヴォンさんだ。どうやら待っていたようだ。

「どうでしたか？」

「どうもこうもないよ、ケンのＭＰがバカみたいにあるし、毎日全快するとかありえないだろ。イヴォンさんは知ってたんだろ？」

「もちろんそうですよ。良い修行になったでしょう？」

「まぁそうですね。父上の思惑通りって感じだと思います」

僕たちは習得したスキルや上昇したステータスをイヴォンさんにざっくり説明する。

「そうですか。それは良かった」

「父上、この素材どうします？　教会で使いますか？」

「ほほぉ。それはありがたいですね。全部いただきましょう。それから、レッドクロコダイルの皮は若干ですが［炎魔法］のダメージを軽減します。あなた達の防具をそろえてあげましょう。差し引きして、残った分のお金をお支払いします」

「そりゃいいな。あの［炎魔法］は今のままじゃ無理だ」

「炎狐とも戦ったんですね。では、皆さん、色は何色がいいですか？」

「え？　色を変えることができるんですか？」

「はい。有料ですができますよ。そして、これだけの素材なら、ある程度装飾しないともったいないですね」

「そうなんですか」

正直ちょっとわからないな。性能が良ければ、見た目はどうでも良かったりする。

「僕は白だね。父上、汚れ防止の魔石もお願いします」

「俺は緑かな」

クラールは今の装備と同じく白だ。王子様感が半端ではない。

そして、ジーンは髪色と同じ緑。

「僕は黒でお願いします」

僕は汚れがめだたない黒だな。

「わかりました。では、皆さんお疲れでしょう。今日は教会でゆっくり休んでください」

やった。久しぶりにベッドで寝られる。まぁ日本ではずっと寝たきりなんだが……。

狭間圏《はざまけん》
「上級聖職者：Lv25」＋9
HP：197／197　MP：4／566　上級聖職者：＋100　SP：1／98＋2
力：22　耐久：57　俊敏：40　技：22　器用：21　魔力：46＋2　上級聖職者：＋55
神聖：82＋4　上級聖職者：＋100　魔力操作：63＋1　上級聖職者：＋55

［回復魔法：Ｌｖ40］＋１　［ヒール：Ｌｖ50★］＋３　［ハイヒール：Ｌｖ11］＋５
［補助魔法：Ｌｖ25］＋１　［プロテクト：Ｌｖ35］＋１　［バイタルエイド：Ｌｖ36］＋１
［マルチタスク：Ｌｖ35］＋１　［ストレージ：Ｌｖ21］＋２　ｅｔｃ…35

♻

今日も朝から自分と庭の鳥、通行人に片っ端から［補助魔法］をかけていく。朝は通行人が少しいるので、［マナエイド］のスキル上げがはかどる。

そして［風魔法］による空気の圧縮が５ｃｍ程度になった。一度試してみたいが、この大きさだとＥｎｔｅｒキーでも厳しいだろう。

キーボードは壊れてしまいそうなので、別の場所に試してみる。

ガスッ！

拳くらいの石を投げている感覚。やはりこれでキーボードの操作は無理だな。まだしばらく時間がかかりそうだ。

今度は［風魔法］を使って机の上にあるペン立てからペンをいくつか取り出そうとする。全部いっぺんに取り出すことならできるか？　ただし、１本だけ取り出すのは無理だな。文房具を［ストレージ］に入れることができれば、カルディさんが欲しがっていた文房具を渡すことができる。

ただし、全てのペンが無くなったら、兄さんに気づかれる可能性もある。やめておいたほうがいいだろう。どうせカルディさんに渡すなら、1本だけでなくまとめて渡したいところだし。

さらに今度は本棚の本を［風魔法］を使い取り出そうとする。

あ……これはマズイ。ダメだ。本棚の本がまとめて出てきそう。1冊だけ取り出すのはまだ無理だ。本棚の本は無理だけど、机に積んである教科書類ならできるかもしれない。1冊だけ慎重に浮かせる。

おぉ……いける。なんとかいけるな。

数学の教科書だ。サイズがやや小さいので、一番上に置かれていたんだろう。向きを変えて……。

バラバラバラ！

ダメだ。1ページ1ページめくるなんて繊細な操作はできない。まだまだ魔力操作を上げる必要があるな。


そして、［風魔法］による物体移動の修行は一時中断中だ。カミキさんが来た。しかし、彼女は本を読んでいるだけだったりする。

「…………………」

一体何の本を読んでいるんだろう。文学的な小説なんかだろうか。僕は小説には疎い。アニメ化されたライトノベルなら多少は知っているが、一般的な小説はほとんど読んだことがない。僕に限らず、理系の人は多分あんまり読まないいんじゃないだろうか。

「あの、また来てもいいかな？」

「…………………」

僕は無言でうなずく。まぁ、来てもらえるのはありがたいかな。修行しているとはいえ、全く変化のない部屋よりも、誰かがいてくれたほうが少し気が紛れる。

狭間圏《はざまけん》
[上級聖職者：Lv25]
HP：197／197　MP：673／573＋7　上級聖職者：＋100　SP：1／98
力：22　耐久：57　俊敏：40　技：22　器用：21　魔力：46　上級聖職者：＋55
神聖：82　上級聖職者：＋100　魔力操作：65＋2　上級聖職者：＋55
[風魔法：Lv55]　＋1　[エアブレード：Lv44]　＋2　[エアスマッシュ：Lv27]　＋5
[補助魔法：Lv26]　＋1　[プロテクト：Lv37]　＋2　[バイタルエイド：Lv38]　＋2
[マナエイド：Lv18]　＋1　[マルチタスク：Lv36]　＋1　etc…35

07　炎耐性

久しぶりに教会で朝食をとる。

相変わらず美味い。スープの中には、肉がゴロゴロ入っている。レッドクロコダイルの肉だろうか。あっさりと上品な脂の肉だからか、朝からどんどん食べられてしまう。

「よぉケン」

「おはようジーン」

ジーンも起きて朝食のようだ。ちなみに、クラールはシスターたちに囲まれている。

「あら、クラール様がお帰りになられたのですね」

「まぁ、私もごあいさつにいかなければ」

こっちにいるシスター達も、クラールの話ばかりだ。まぁ、そうなるよね。

「クラールの女性人気はすごいね……」

「まぁな。どこに行っても、いつもあんな感じだぞ」

「でしょうね」

ジーンも人気がありそうだけど、クラールは女性の扱いにも慣れてそうだしな。

朝食後、僕とジーン、クラールは応接室に来ている。

「狭間さんの神聖の成長が素晴らしい。これならば、良質の魔石が生成できます」

「はい。これからもよろしくお願いします」

イヴォンさんは満足そうだ。

「それで父上、ほぼ父上の思惑通りに強化されたと思うのですが……」

「えぇ。教会としては、狭間さんの神聖が強化できたことは大きいですからね。ある程度目的は達成できましたよ。ただし……」

「ただし？」

「あなた方は、炎狐と戦ったのでしょう？　力不足を感じませんでしたか？」

「「「…………」」」

僕たちは黙り込んでしまう。確かに、炎狐と戦ったときには逃げ帰ってきた。

炎狐自体は耐久力が低いが、あの［炎魔法］を連発されるとどうにもならない。

「そうですねぇ……。［炎耐性］を20にしてください。それから、これをクラールに返します」

そう言うと、イヴォンさんは［ストレージ］から大きな弓を取り出す。

「わかりました。弓はもう使ってもいいんですか？」

「えぇ、炎狐と弓は相性が良いでしょう。ただし、先に進む場合は必ず［炎耐性］を20以上にしてください。このまま進めば、ほぼ確実に死にます」

「マジかよ！」

「ジーン、あなたは自信があるようですが、いくら槍で強くても耐性が無いとあっさり死んでしまうものです。［炎耐性］が20、それから［挑発耐性］が10は必要ですね」

［挑発耐性］というものもあるのか。

「ちなみに［炎耐性］を習得する場合、狩りにこだわらないほうがいいですよ。わかっていますね、クラール？」

「はい。大丈夫です」

どういうことだろうか。ジーンもよくわかっていないようだ。

「では、［炎耐性］が20になったら来ると良いでしょう。それから狭間さん」

「はい」

「この3日間で、できるだけ魔石を仕入れておきました。できれば毎朝［エリアヒール］の生成を手伝ってください。以前は6000セペタでしたが、今の神聖でしたら、8000セペタお支払いします」

「おぉ！　ありがとうございます！」

よし！　金欠についてはすぐに解決できそうだ。

魔石販売所の奥、魔石の作成所までやってきた。再びすごく高そうなローブと両手杖を装備している。

「やぁ狭間さん」

「こんにちは、カルディさん」

魔石の作成所で、カルディさんと［エリアヒール］の魔石を作成する。

「ほほぉ、やはり以前よりも良いものができています」

イヴォンさんは満足そうだ。

「すみません。知らない魔法について聞きたいのですが」

「なんでしょう?」

「[補助魔法]も[エリアヒール]のように範囲魔法が存在するんでしょうか?」

「あぁ、[パーティプロテクト]などの魔法ですね。ありますよ。使い手はほとんどいませんが……」

やっぱりあったか。それにしても[エリアプロテクト]ではなく[パーティプロテクト]なんだな。

「おぉ! それは範囲ではなく、任意の対象に使えるんですか?」

「そうみたいですよ。狭間さん、習得したらぜひ魔石を作ってくださいね」

イヴォンさんはニコニコしている。

「はい! 頑張ります!」

それからカルディさんが薬草、毒草、毒の実を仕入れていたようで、ついでに教会へ持ってきてくれた。

僕はその場で[ポーション生成]と[毒薬生成]、それから毒の実の毒抜きをやり、残った素材は部屋へ持ち帰った。

SPが回復したタイミング、夜寝る前にでもやっておこう。

その後教会でジーン、クラールと合流する。

「それで、［炎耐性］の習得はどうするの？　イヴォンさんは、狩りにこだわらないほうが良いって言ってたけど」

「あぁ、それなんだけど、別に魔物から習得する必要は無いってこと。つまり、味方同士で属性攻撃をしても［炎耐性］が上がるってことだよ」

「なるほど、僕がジーンから［水耐性］を習得したときと一緒だね」

「それで、これを使おうと思ってね」

クラールは50ｃｍくらいの小盾を持っている。

「盾？」

「うん。ケンが魔石の作成をしている間に買ってきたよ。ちなみにケンは［炎耐性］が8だったよね？」

「うん」

「僕とジーンは［炎耐性］が無い。これからつけていこうと思う。ただ、その場合ジョブを［盾戦士］や［シールドウォーリアー］にしたほうが効率が良いんだ」

「おぉ。そうなんだ」

なるほど、ジョブによっても習得やスキルの上昇が変わるんだったな。

「それでケンは［盾戦士］のジョブはある？」

「ある。まだレベル0だけどね。ジーンに吹っ飛ばされて習得したんだ」

ジーンは鼻で笑っている。

「僕はまだ［盾戦士］が無くてね。効率を考えると、まずは［盾戦士］のジョブを習得したい。ちなみにジーンは［盾戦士］あるんでしょ？」

「まぁな。今レベルは32だ。ただ、盾を使うのは結構久しぶりだぞ」

「よし、じゃあ悪いけど僕だけ［盾戦士］が無いから付き合ってよ」

「わかった」

「おぅ」


それから第三戦線で夕方まで狩りを続ける。僕のジョブは［盾戦士］だ。もともとレベルが0だったこともあり、すごい勢いで上がっていく。

が……。

「ダメだ。全然出てこないね」

「お前攻撃避けすぎなんだよ。盾で受け止めないと［盾戦士］は出てこないぞ」

ジーンがクラールに言う。確かに盾は装備しているだけで、あんまり使っていないな。

「そっか。でも、反射的に避けちゃうんだよね」

「おし！　一回帰るぞ！　教会で俺がいいのを打ち込んでやるよ！」

「あ！　それ、僕にも頼むよ！」

「おい、ケンは［盾戦士］あるだろうが」

「いや、せっかくだから［水耐性］もうちょっと上げたいし」

「やれやれ……」


僕たちは教会へ帰ってきた。もうじき日が暮れる。

「よし、じゃあいくぜ。しっかり構えろよ！」

「オーケー。いつでもいいよ」

ダッ！

ジーンが踏み込み、強烈な突きを繰り出す。

ガギンッ！

クラールが盾で受け止め、やや後ろへ下がる。

「あ、［盾戦士］出たよ」

「おぉ！　おめでとう！」

「一発かよ。最初っから盾使えよな」

「よしよし、じゃあジーン！　次は僕に［流突《るづ》き］頼むよ」

「また始まったよ」

「いや、ケンには僕がやるよ」

クラールが弓を取り出す。

「父上は［炎耐性］を20まで上げろと言っていたし、［水耐性］もほしいけど今は［炎耐性］を優先したほうがいい」

「おぉ！　クラールは炎属性が使えるの？」

「まあね。炎、氷、風、光が使えるよ。ちなみに一番得意なのは光だね」

「おぉ！　すげぇ！　じゃ、早速頼むよ」

「おいクラール、そいつしつけぇぞ……」

ジーンが苦笑いでクラールに言う。

僕は［ガード］を使っておく。

「じゃ、いくよ。［フレイムアロー］！」

パシュッ！

ズドォォォ！

放たれた矢に、後ろから炎が螺旋《らせん》状についていく。

ガツンッ！

盾に矢が刺さる。

ズザァッ！

矢の威力が強く、僕は後ろへ押される。吹っ飛ばないようにギリギリ耐えるので精一杯だ。

ブワァー！

さらに、盾ごと燃え上がる。

「あっつ！」

矢の威力自体もあるが、炎の威力もすごい。

「おいケン、回復しろよ！」

「いや、［オートヒール］も鍛えたいんだよね」

僕はHPが半分以上減っているが、あえて［ハイヒール］を使わない。すると［オートヒール］が発動する。

熱く、そして痛い……我慢……我慢だ……。

「こいつマジかよ」

「あはは、すごいね。これならケンはすぐに［炎耐性］20いくと思うよ」

「次は俺だな。ケン、あの自爆技使ってこいよ！」

「えぇ！［フレアバースト］はやばいんじゃないの？」

「いいから撃ってこいよ！　お前、さんざん俺に攻撃させただろうが！」

「確かに……」

僕はジーンの正面に立ち、腰を落として、右の拳を後ろへ引く。

「いくよ！［フレアバースト］！」

バゴォォォンッ！

「うぉ！」

さすがのジーンも吹っ飛んでいく。

「後衛でこの威力は反則だろ」

「いてて……」

しかし、僕のほうが重傷だったりする。

「ちょっと待って。［オートヒール］が止まったら、［エリアヒール］で全員回復をしよう」

この際だから、［オートヒール］と［エリアヒール］を鍛えておく。HPが3割くらいになると［オートヒール］が発動する。そして、HPが半分より多くなると勝手に止まってしまう。［オートヒール］が止まった時点で、3人集まり［エリアヒール］をする。

「おいケン！　すげぇな［フレアバースト］。一発で［炎耐性］がついたぜ！」

「まいったな。これで僕だけ［炎耐性］無しか」

「それじゃクラール！　［フレイムアロー］頼むよ」

「よし、わかった。さっさとケンの［炎耐性］を20にしちゃおう」

「もう1回！　もう1回お願いします！」

「いや、僕のSPもう無いよ」

「言ったろ？　コイツしつけぇんだよ……」

「ジーンはまだSPあるの？」

「あるけどさ、晩飯食いにいこうぜ」

「そうだね。晩御飯のあとまた頼むよ」

「お前、それよりクラールに弱めの［炎魔法］撃ってやれよ。クラールだけ［炎耐性］無いんだぞ」

「了解！　じゃあ食べたあと［ファイアボール］を使っていくよ」

「昨日まではケンのMPの多さにまいってたけど、耐性をつけるにはうってつけだね。頼りになるよ」

その後僕のMPを使い切るまで［炎耐性］の修行が続いた。

狭間圏《はざまけん》
［盾戦士：Lv29］＋29
HP：308／200＋3 盾戦士：＋108 MP：2／573 盾戦士：－35
SP：1／100＋2
力：23＋1 耐久：58＋1 盾戦士：＋59 俊敏：40 盾戦士：－15 技：22
器用：22＋1 盾戦士：－15 魔力：47＋1 盾戦士：－15 神聖：84＋2 盾戦士：－5
魔力操作：66＋1 盾戦士：－15
［ファイアボール：Lv3］＋1 ［回復魔法：Lv41］＋1 ［ハイヒール：Lv12］＋1
［エリアヒール：Lv6］＋1 ［オートヒール：Lv20］＋1
［状態異常回復魔法：Lv10］＋1 ［アンチポイズン：Lv17］＋1 ［盾：Lv18］＋1
［ガード：Lv11］＋1 ［炎耐性：Lv12］＋4 ［毒薬生成：Lv8］＋1
［ポーション生成：Lv7］＋1 ［フレアバースト：Lv2］＋1 etc…30

♻

昨日は結局夜遅くまで［炎耐性］の修行をして、最終的にクラールが［炎耐性］を習得することができた。どうやらジョブが［盾戦士］であれば、レベルが低くても習得しやすくなるようだ。

ただし、今後［炎耐性］のスキルレベルを上げるために、やはり［盾戦士］のジョブも上げておいたほうが良いようだ。

第三戦線で安定して狩りができていたが、全員のジョブを［盾戦士］にするとかなり戦力が下がる。

さすがに全員［盾戦士］にしてしまうのはマズイんじゃないかと思っていたけれど、クラールが弓を使うようになれば、おそらく問題ないとのことだ。確かに、昨日クラールの矢を受けたが、あれがジーンの前衛と一緒に殲滅に加わるとなればかなり頼もしい。

そして、今日も庭の鳥には一通りの［補助魔法］をかけ、通行人には［マナエイド］をかけていく。これも魔力操作が上がれば、もっと広範囲に使用できるようになるだろう。もう少しで隣の家にも届きそうな感覚だ。

それから、空気の圧縮が３ｃｍ程度になった。これなら押し方によってはＥｎｔｅｒキーを押すことができる。だけど、その押し方が問題だ。今の感覚だと、キーボードを破壊してしまいそうだ。どうも圧縮した空気の塊をぶつけるようなことしかできない。できれば、やさしく押し込むような操作が必要だ。

そこで、［風魔法］の訓練を若干変えてみる。使うのは数学の教科書だ。［風魔法］を使って教科書をゆっくりと持ち上げる。これが、少しでも気を抜くと吹っ飛んでしまう。そして、持ち上げた教科書をゆっくりと上下に動かす。これだな。これをもう少し続けて繊細な［風魔法］の操作をマスターしたい。


「おいケン、今日も友だちが来てくれたぞ」

「遅くにすみません。すぐ帰りますんで」

「いや、うちは構わないぞ。まぁ家の人が心配しないくらいの時間には帰るといい」

「はい……」

アイザキだ……。アイザキは坊主頭でやや目つきが悪い。見た目で勘違いされやすいけど、優しいし、人見知りするヤツだ。時刻は午後8時を過ぎている。兄はアイザキを僕の部屋に通すと、自室へ戻っていく。

「…………………」

「…………………」

アイザキは椅子に座ると、無言で下を向いたままだ。

「ササモト、来た？」

「…………………」

僕は無言でうなずく。

「そうか、なんか言ってた？」

「…………………………」

僕は再びうなずく。アイザキが学校を休んでいると聞いている。一体何があったのか。

「俺さ、もうダメかもしんねぇ」

「…………………………」

アイザキは椅子にもたれかかり、上を向く。

「去年の夏、キャンプ行っただろ？　俺の父さんが連れてってくれたヤツ」

「…………………………」

僕は小さくうなずく。アイザキの父さんが、課外授業ばかりの僕たちを気遣って、連れて行ってくれたんだ。

「あれさ、楽しかったよな。焼きそばはクソ不味かったけど」

「…………………………」

バーベキューのシメに焼きそばを作ったんだけど、見事なまでに焦げたんだ。

「もうああいうのは無理だろうな……」

「…………………………」

アイザキに何があったんだろうか。

「愚痴っぽくなって悪かったな。そろそろ行くわ。また来てもいいか？」

「…………………………」

僕はうなずく。僕の家よりも、学校に行ってほしいけど……。

狭間圏《はざまけん》
「上級聖職者：Lv25」
HP：200／200　MP：680／580＋7　上級聖職者：＋100
SP：4／100
力：23　耐久：58　俊敏：40　技：22　器用：22　魔力：47　上級聖職者：＋55
神聖：84　上級聖職者：＋100　魔力操作：68＋2　上級聖職者：＋55
「風魔法：Lv57」＋2　「エアブレード：Lv45」＋1　「エアスマッシュ：Lv32」＋5
「補助魔法：Lv27」＋1　「プロテクト：Lv38」＋1　「バイタルエイド：Lv39」＋1
「マナエイド：Lv20」＋2　「自己強化：Lv18」＋1　etc…35

♻

今日も朝から魔石の作成をし、カルディさんにポーション、毒薬、毒抜きの毒の実を渡す。

これで1万セペタ稼げてしまうわけだから、やろうと思えばニートができる。僕はステータスを上げたいので、そんなことはしないが。

そして、午前中はジーン、クラールと第三戦線に行きジョブレベルを上げる。今「盾戦士」は29だ。昨日0から29まで一気に上がった。今日は自分自身の「盾戦士」もそうだが、クラールの「盾戦士」を上げていく。全員のジョブが［盾戦士］だ。

「今日の予定は午前中狩り、午後は［炎耐性］上げだ。全員［盾戦士］でジョブの補正が少ないけど、僕が弓を使うからなんとかなると思う。とりあえず様子見で、浅いところから狩りをしていこう」

「オーケー」

「了解」

僕は2人に［プロテクト］と［バイタルエイド］をかけておく。

「じゃ、いくよ。ジーン、頼んだ」

「おぅ！」

ジーンが踏み込み、レッドクロコダイルに突きを放つ。そして、クラールは淡く光る矢を放つ。特殊な矢かな？

「ギュエエェッ！」

レッドクロコダイルに刺さった矢は消滅し、そのまわりが凍っていく。

「おぉ、あれが氷属性の矢？」

「まぁね。僕のメインのジョブは［魔弓士］。遠距離から高威力の属性矢を放つことができる。［魔弓士］はSP消費で矢を放つから、実際の矢は消費しない。補給の必要が無いんだ。ただ、SPをかなり消費するけどね。正直、燃費は全然良くない」

「てか、すごい威力だけど今［盾戦士］なんだよね？」

「そうだよ。［魔弓士］にすれば、もっと威力が上がるし、SP補正も大きいからたくさん撃てるんだ」

すごいな。これより威力が上がるわけか。

動きの鈍ったレッドクロコダイルをジーンが仕留めていく。

「[二段突き]！」

「よし、[解体]！　一通り片付けたね。これならもっと奥に行けそうだ。炎狐が出る直前まで進もう」

「だな」

「了解」


時刻はお昼ちょっと前だ。最初にクラールのSPが切れ、そこからジーンが消費SPの高い技に切り替える。すると、まだお昼前だが2人ともSPが切れる。

「ちょっと早いけど、切り上げよう。今日は狩りがメインじゃないからね」

ちなみに僕のMPはまだまだある。


それから教会の中庭にやってくる。

「おい、さっさと始めようぜ」

「そうだね。僕も早く[炎耐性]を上げたいよ」

「あぁ。ちょっと待って……。ごめんね、僕は訓練しなくちゃいけないんだ」

クラールがシスターたちに囲まれている。彼が教会にいると、すぐに女性たちが集まってくる。

教会で昼食を食べていたのがよくなかったのかもしれない。

「おいケン、先にやっちまおう。昨日のやつをくれ」

そう言うと、ジーンが盾を構える。

「じゃ、いくよ！　［フレアバースト］！」

バゴォォォォン!!

ジーンが盾ごと燃え上がり、２ｍくらい吹っ飛ぶ。

「「「きゃぁ！」」」

シスターたちが悲鳴を上げる。

やりづらいな……。

そして、昨日と同じようにジーンよりも僕の腕のほうが重傷だった。

「「「…………………」」」

シスターたちがこちらを見て引いている。

うん、場所を変えたい。

「じゃあ僕も行ってくるよ」

クラールが苦笑いをしながら、こちらへ向かってくる。

「なんか、すごい引いてるよね」

「あはは、まぁそうなるよね。教会なんて重傷者がたくさんくるところなのにね」

「ったく、やりづらくてしょうがねぇよ」

「どこか他にいい場所無い？」

「まぁ街の外まで行けばいいんじゃねぇか？」

「ちょっと時間はロスするよね。往復で1時間くらいかかるし。騎士団の訓練所でも借りる？」

「そんなことできるの？」

「まぁね。有料だけど」

「てか、お前腕痛くねぇの？」

「あぁ、痛いよ。でも「オートヒール」だけで頑張るよ」

「そのまましゃべってるからアイツらが引いてるんだろ……」

「あはは……」

街の騎士訓練所に来た。

といっても、領都の騎士訓練所に比べて小さい。騎士の宿舎も兼ねており、治安維持の施設だ。警察署のようなものだろう。

「すみません。訓練所をお借りします」

「おぉ、クラールくんか。久しぶりだな。いいぞ、使ってくれ」

クラールは騎士の人と知り合いのようだった。

「僕は小さい頃、こっちでも訓練していたんだ。ほら、弓の訓練所もあるだろう。弓矢も借りられるよ」

「おぉ、すごいな」

なるほど、狩りに出られるようになるまでここで鍛えるわけだな。弓専用の訓練所のようなところもあり、的が並んでいる。ギルドに依頼して、魔物を捕まえてもらえば、ここで弓を使い、技のステータスを上げることもできるらしい。

「じゃあ、今日は僕に［ファイアボール］を頼むよ」

「了解」

僕は［ファイアボール］をクラールに撃ち込む。クラールの場合、後衛ということもありさすがに［フレアバースト］は危ない。それに僕のSPが少ないので、数発しか使うことができない。その数発は全てジーンに使うわけだ。

「っ！」

クラールは盾を構え、［ファイアボール］を受け続ける。ある程度HPが減ってきたら、［エリアヒール］で3人まとめて回復をする。それから昨日と同じように、僕のMPが尽きるまで修行を続ける。


回復と攻撃魔法をひっきりなしに続けるため、さすがに夕方にはMPが切れる。

「MPが切れたよ」

「今日は日が暮れる前に終わったね。ちょっと睡眠不足だから丁度良いかも」

「あぁ、たしかに眠い……」

そういえば、毎日のようにMPが切れるまで狩りや修行をし、やや睡眠不足だ。今日は晩御飯を食べたらすぐに寝たほうがいいかもしれない。

「教会でご飯を食べて、明日また訓練をしよう」

「しかし、教会に行くとお前とまともに話できねぇよな」

「確かに、いつもシスターたちに囲まれてるもんね」

「よくそんなに話が続くよな」

「そうだね。女性の話は特に勉強になるよ」

「え？　そうなの？」

「そうそう。特に美容に関しては、どの女性もかなりの知識を持っている。それなりにお金があるシスターなら尚更だよ」

「なんだそりゃ……。どうでもいい知識だな」

「いつも美容とかの話をしてるのか」

「あ、そうそう。２人とも結構人気みたいだよ？」

「は？」

「ジーンはクールで素敵だって何人か話していたよ。だけど、ちょっと声はかけづらいってさ。今度声をかけてあげなよ」

「嫌だよ面倒くせぇ」

まぁやはりジーンも人気なんだろうな。

「それからケンもミステリアスで素敵だってさ。可愛いのにどこか陰があるって」

「え？　可愛い？　よくわからないな……。僕あんまり女の人得意じゃないし」

「やめとけやめとけ、買い物に何時間もかける生き物なんざ、ケンとはわかり合えねぇよ」

確かに……。

「そうだね。［フレアバースト］でかなり引いてたからね」

「あはは……」

クラールは苦笑いだ。女性の冒険者なら少しはわかり合えるのだろうか……。

狭間圏《はざまけん》
［盾戦士：Lv41］＋12
HP：335／203＋3 盾戦士：＋132　MP：4／580 盾戦士：－32
SP：4／102＋2
力：23　耐久：58 盾戦士：＋71　俊敏：40 盾戦士：－12　技：23＋1
器用：23＋1 盾戦士：－12　魔力：48＋1 盾戦士：－12　神聖：85＋1 盾戦士：－2
魔力操作：68 盾戦士：－12
［炎魔法：Lv36］＋1 ［ファイアボール：Lv7］＋4 ［回復魔法：Lv42］＋1
［エリアヒール：Lv7］＋1 ［オートヒール：Lv21］＋1
［状態異常回復魔法：Lv11］＋1 ［アンチポイズン：Lv18］＋1
［補助魔法：Lv28］＋1 ［プロテクト：Lv39］＋1 ［バイタルエイド：Lv40］＋1
［炎耐性：Lv16］＋4 ［盾：Lv19］＋1 ［ガード：Lv12］＋1
［ストレージ：Lv22］＋1 ［毒薬生成：Lv9］＋1 ［ポーション生成：Lv8］＋1

［フレアバースト：Ｌｖ３］＋１　ｅｔｃ…26

今日は日本で目覚めることがなかった。魔石の補充や、ＭＰ、［風魔法］の強化ができていない。

異世界では、朝から教会の魔石作成所……ではなく騎士の訓練所に来ている。朝食後、イヴォンさんにここに来るように言われた。

訓練所にはイヴォンさんとカルディさん、それからジーンとクラールもいる。イヴォンさんはいつもより更に笑顔、超絶笑顔である。

なんだかちょっと怖い……。

「朝からありがとうございます。狭間さん」

「いえ。それより魔石作成所に行かなくていいんですか？」

ここ最近、朝は魔石を作成する日程だった。

「はい。今日はこの場所で魔石を作成していただきます」

「はぁ……」

装備も借り物で、神聖、魔力を補正するものだ。わざわざ着替えも持ってきて、ここで魔石を作成するらしい。

「聞きましたよ、狭間さん。どうやら日々［オートヒール］も鍛えているようですね」

「はい。狩りで［オートヒール］のスキルレベルを上げようとすると危険ですので、できるだけ安全にスキルレベルを上げたいと思いまして」

「素晴らしい！　素晴らしいですよぉ！」

イヴォンさんは目をカッと見開く。いやいや……本当に怖いんですが。

「イヴォン、狭間さんが引いていますよ」

カルディさんが注意してくれる。

「おほほ、これは失礼しました。今日こちらへ来ていただいたのは、［オートヒール］の魔石作成をお願いしたいと思いまして。［オートヒール］は使い手自体が少ないことと、魔法の補充が難しいこともあり、大変高値になっております」

「そうなんですか」

「えぇ、［オートヒール］は自分の意志で発動できませんからね。作成、補充ともに困難なのです」

「なるほど」

「それでどうでしょう。今から魔石の作成をしていただけますか？」

「はい。それはもちろん構いません」

ここまで準備されては断れないだろう。

「ではカルディ、お願いします」

カルディさんは小さくうなずくと、10cmくらいの魔石に手をかざす。

［魔導命令］で魔石に魔法の特性を与えている。魔石が淡く光りだす。

「では狭間さん、魔石を身体につけて、［オートヒール］をいつものように発動させてください」

「はい」

いつものようにってことは……。

「よし、じゃあケン。あれを撃ってこいよ！」

ジーンが防御の構えをする。

「あぁ、そういうことね」

僕は魔石を左手に握り、右手を構える。

「［フレアバースト］！」

バゴォォォォン!!

ジーンが吹っ飛び、僕の右腕が負傷する。毎度のことだが、ジーンよりも僕のほうが重傷だ。そして、いつもならここで［オートヒール］が発動し、回復する。

が、今日は［オートヒール］が機能していない。正確には、魔石に［オートヒール］が発動しているため、僕は負傷したままだ。

痛い……。

「おぉ！　これですよ！　素晴らしいですよぉ！」

イヴォンさんがハッスルしている。

［オートヒール］が10回分くらい魔石に入っただろうか。その後やっと僕の右腕の回復が始まる。

痛いけど、これなら［オートヒール］のスキルレベルもいつもより上がるな。

魔石の作成や補充は、ステータスこそ上がらないものの、スキルレベルは上げることができる。

［オートヒール］は常に鍛えられるわけではないので、丁度良いかもしれない。

「では狭間さん、報酬は2万セペタになります」

「えぇ！　そんなに貰えるんですか!?」

「えぇ、先程も話したとおり、［オートヒール］の作成は困難ですからね。さらに、貴族のお守りとしても非常に人気が高いのです」

確かに、お守りとして優れている。身につけていれば、勝手に回復してくれるわけだし。

「あの、でしたら僕らの分も作成したいです。また第三戦線に行くことを考えると、1人1個ずつくらいは持っておきたいので」

「なるほど、でしたら明日は多めに魔石を持ってきます。報酬の一部を引いて、それでお渡ししますね」

「ありがとうございます」

「では、明日から毎朝訓練場で魔石の作成をしましょう。カルディもそれでいいですね？」

「構いません」

明日からの朝の日程が決まり解散になる。

「僕たちにも［オートヒール］の魔石を作ってくれるのか。ケン、ありがとう」

「助かるぜ」

「炎狐がいるからね。少しでも回復できるようにしておきたいし」

「よし、じゃあ今日も第三戦線に行こう」

魔石作成のあと、午前中は第三戦線でジョブレベル上げだ。今僕は［盾戦士］が41だから、今日で50になるだろう。そうすると［上級盾戦士］のジョブを習得することができそうだ。

ジーンもクラールも本来メインのジョブではないが、それでも効率よく狩りができている。レッドクロコダイルには全く苦戦をしていない。

「［アイスアロー］！」

ピシッ！

クラールの［アイスアロー］が弱点のようで、次々にレッドクロコダイルが仕留められる。

しかし、そろそろのはずなんだが……。

新しいジョブが出る気配がない。僕はステータスを確認する。

［盾戦士：Ｌｖ50★］

あれ？　カンストしている。

ということは、［盾戦士］がカンストしても［上級盾戦士］が出なかったということだ。残念……。

なにかステータスが足りないのだろうか。もしくは、他のスキルやジョブが足りていないのかもしれない。

「ダメだ。［盾戦士］がカンストしたのに［上級盾戦士］は出てこないよ」

「じゃあ好きなジョブに変えるといいよ。経験値がもったいない」

そうしよう。僕は［見習い魔法士］のジョブに変えておく。ちなみに［見習い魔法士］は今13レベルだ。

すごい……。

見習い職はレベルが上がりやすいこともあり、あっという間にカンストしてしまった。そして、出てきたのは［魔法士］だ。［聖職者］のときと同じように、見習いが取れる。午前中の狩りが終わると［魔法士］のレベルが6になった。

ちなみに今習得しているジョブはこのようなものだ。

［上級聖職者：Ｌｖ25］［聖職者：Ｌｖ50★］［見習い聖職者：Ｌｖ30★］
［見習い魔法士：Ｌｖ30★］［魔法士：Ｌｖ6］［盗賊：Ｌｖ26］
［斥候：Ｌｖ17］［盾戦士：Ｌｖ50★］［薬師：Ｌｖ13］

やはり前衛のジョブが少ないから［上級盾戦士］が出てこないのかもしれない。

その後再び訓練所に戻る。ここからは［炎耐性］上げだ。

昨日と同じように［フレアバースト］を撃ち込み、できるだけ［オートヒール］と［エリアヒール］で回復をする。

そして、クラールには［フレイムアロー］を撃ち込んでもらい、こっちからは［ファイアボール］と［ファイアアロー］を撃ち込む。

「おいケン、お前そろそろ［炎耐性］が20になったんじゃないか？」

「そうだね。今20だよ。一応［炎耐性］の目標はクリアだね。ジーンとクラールは？」

「僕はやっと12だよ」

「俺は16だ」

「みんな順調に上がってるね。僕は20になったから、他の耐性も上げたいな。ねぇ、ジーン」

「ん？　あぁ、わかったよ。［水耐性］だろ？」

「おぉ、わかってくれたか。お願いします！」

「じゃ、こっからは［流《る》突《づ》き］でいくぜ」

それから夜まで耐性上げの修行が続いた。

狭間圏《はざまけん》
［盾戦士：Lv50★］＋9
HP：356／206＋3　盾戦士：＋150　MP：3／580　盾戦士：－30
SP：1／104＋2
力：24＋1　耐久：59＋1　盾戦士：＋80　俊敏：40　盾戦士：－10　技：24＋1
器用：24＋1　盾戦士：－10　魔力：49＋1　盾戦士：－10　神聖：86＋1　盾戦士：－0
魔力操作：68　盾戦士：－10
［炎魔法：Lv37］＋1　［ファイアボール：Lv9］＋2　［ファイアアロー：Lv3］＋1
［回復魔法：Lv43］＋1　［ハイヒール：Lv13］＋1　［エリアヒール：Lv8］＋1
［オートヒール：Lv22］＋1　［状態異常回復魔法：Lv12］＋1
［アンチポイズン：Lv19］＋1　［プロテクト：Lv40］＋1

［バイタルエイド：Ｌｖ41］＋１　［炎耐性：Ｌｖ20］＋４　［水耐性：Ｌｖ２］＋２
［盾：Ｌｖ20］＋１　［ガード：Ｌｖ13］＋１　［痛覚耐性：Ｌｖ４］＋１
［ストレージ：Ｌｖ23］＋１　［毒薬生成：Ｌｖ10］＋１　［ポーション生成：Ｌｖ９］＋１
［フレアバースト：Ｌｖ４］＋１　ｅｔｃ…23

08　殺意の抑制

昨日の修行では、［盾戦士］がカンストし、［炎耐性］が20になった。修行によってどんどんレベルが上がるのは楽しい。楽しいのだが、僕よりもジーンやクラールのほうがやや上がりが速くないだろうか……。才能の差というやつだろうか。いや、誤差の範囲だ。気のせいだろう……と思いたい。

そして、［風魔法］による教科書の上下運動が安定してきた。もう少しで圧縮した空気をやわらかく当てられそうだ。さらに空気圧縮も３ｃｍくらいまで小さくなった。

しかしまだまだパソコン操作はできそうもない。テレビのリモコンなら、できるだろうか。僕はテレビのリモコンを［風魔法］で机の上に置く。そして、圧縮した空気でリモコンの電源ボタンを押そうとしてみる。

ガタッ！

ダメだ。うまくいかない。リモコンの先端全体が押し込まれ、おしりのほうが浮いてしまう。空気の塊が3cm程度では大きすぎるのだろう。

本のページをめくるのはさらに難しい。まだまだ無理な感覚がある。パソコンのほうができそうか？　パソコンが使えるようになれば、調べ物もできるな。今はそれほど困ってはいないが。

ん？

なんだか魔力操作に違和感がある。いつもは自分の魔力を広げ、魔素の薄いところに生物がいるという感覚で、それははっきりとわかるわけではない。なんというか、辺りに霧がたちこめていて、一部霧の薄いところがあるような感覚だ。

しかし、今ははっきりとわかる。そこに人がいるのだ。さすがに体格まではわからないが、おおよその大きさがわかる。そして、生物がそこにいることがはっきりとわかるのだ。

おかしい……。

僕は、スキルを確認する。

［空間魔法：Lv0］New
［空間認知：Lv0］New

おぉ！　これは！

［空間認知］が探知系の魔法だな。［空間魔法］に属する魔法ということだ。これは自室で使い続

けるしか無いぞ！

お！　誰か来たぞ！

さっそく［空間認知］を使っているので、家の前に誰かが来たことがわかる。ササモトだ。

「…………………」

僕は昨日アイザキが来たことを伝えようとする。

「なんだ？　アニメの続きか？」

「…………………」

僕は首を横に振る。

「もしかして、アイザキ来た？」

「…………………」

僕は小さくうなずく。

「そうか。何か言ってた？」

「…………………」

それはなんとも言えないな。特に何か言っていたわけではない。

「あいつ、様子おかしくなかった？」

「…………………」

僕はうなずく。明らかに落ち込んでいた。きっと何かはあったのだろう。しかし、それはわからない。

「俺さ、もうアイツのことよくわかんねぇよ。昨日、俺もアイザキに会ったよ」

そうなのか。僕の家に来る前か？

「参考書買う前に、アイザキの家に寄ったんだよな。学校来いって。そしたら、ほっとけって」

「…………………」

僕はササモトの話を黙って聞くしかない。

「ほっとけるわけねぇだろって、今受験の一番大事な時期だから、さっさと勉強再開しろって言ったんだよ」

「…………………」

「そしたら、ブチ切れやがった」

「…………………」

「逆ギレだよ、逆ギレ。心配してやってんのによ」

それで、アイザキも落ち込んでいたのか。しかし、そのあとうちに来たってことは、このままじゃ良くないと思ってるということだろう。

「もう放っておくことにしたよ」

ササモトは悲しそうに言う。

確か、本棚の奥にアルバムがあったはずだ。僕は［空間魔法］を使って、アルバムの置いてある位置を確認する。あった。

ゴトッ！

僕は［風魔法］を使ってアルバムを本棚から落とす。

「ん？」

ササモトは物音に気づくと、アルバムを見る。

バラバラバラ……。

僕はさらに［風魔法］を使って僕たちの写真のページをめくる。アルバムは教科書よりも1ページが重いので、なんとか目的のページを開くことができる。

「これ……」

ササモトはアルバムを見て驚く。

「ぶっ……」

思わず噴き出したようだ。ふざけた写真だからな。

「偶然か？」

ササモトは僕の方を見て言う。

「………………」

僕は肯定も否定もしない。

「狭間……。わかった。もう一度アイツと話してみるよ」

狭間圏《はざまけん》
［上級聖職者：Lv25］

HP：206／206　MP：687／587＋7 上級聖職者：＋100
SP：2／104
力：24　耐久：59　俊敏：40　技：24　器用：24　魔力：49 上級聖職者：＋55
神聖：86 上級聖職者：＋100　魔力操作：70＋2 上級聖職者：＋55
［風魔法：Lv59］＋2　［エアスマッシュ：Lv36］＋4　［補助魔法：Lv29］＋1
［プロテクト：Lv41］＋1　［バイタルエイド：Lv42］＋1　［マナエイド：Lv22］＋2
［空間魔法：Lv2］New＋2　［空間認知：Lv3］New＋3
［マルチタスク：Lv37］＋1　etc…36

♻

朝から騎士の訓練所で［オートヒール］の魔石を作成する。今日は3つほど［オートヒール］の魔石を作成し、1つを納品、2つをジーンとクラールにそれぞれ渡しておく。

「ありがとな、助かるよ」

「ありがとう。僕も死なないですみそうだ」

［オートヒール］の魔石に鎖をつけて、腰に下げておく。これで、HPが一定以上減った場合、自動的に［オートヒール］が発動する。

「けど、［炎耐性］の修行中は外したほうがいいかもしれないね。僕普通に回復できるし」

「そうだね。［オートヒール］の補充も大変そうだからね」

「では、このあとも修行に励んでくださいね」

イヴォンさんは魔石を回収すると、教会へ戻ろうとする。

「あ、そうだ。僕は［炎耐性］が20になったんですが、このあとは［挑発耐性］を鍛えればいいんですか？」

「おぉ、それは素晴らしいですね。そうです。以前言った［挑発耐性］を10にすることを覚えていたんですね。それでしたら、今説明をしてしまいましょう」

イヴォンさんは、こちらへ向き直る。

「これから第三戦線の奥へ進む場合、［炎耐性］が20あれば、ボスまでは死ぬことはないでしょう。しかし、［挑発］をしてくる敵が出てくるのです。爆弾小僧という魔物なのですが、こちらを［挑発］し、攻撃をさせようとします。［挑発耐性］がなければ、十中八九こちらは反射的に攻撃をしてしまいます」

マジか。そんな敵がいるのか。後衛の場合でも攻撃をしてしまうのだろうか。

「それで、爆弾小僧は攻撃を受けると爆発をします。爆発のダメージは炎狐《えんこ》の比ではありません。何も耐性が無ければ、瀕死まで追い込まれる可能性があります」

それは初見殺しではないか。知らないで進んでいたら、大変なことになっていたな。

「ですから、［炎耐性］と［挑発耐性］の両方が必要になります。最悪［炎耐性］が20あれば死ぬことはありませんが、今後［挑発耐性］は必ず必要になります」

「なるほど、勉強になります」

「それで皆さん、［盾戦士］を鍛えているかと思うのですが、盾のスキルをいくつか習得しませんでしたか？」

え？　僕は［盾戦士］がカンストしたけど、もともと習得していた［ガード］しかない。

「俺は、［ガード］［シールドバッシュ］［挑発］［受け流し］があるな」

おぉ、ジーンは盾スキルが4つもあるのか。

「僕は、［ガード］［アピール］［受け流し］だね」

「えぇ！　2人ともすごいな。僕は［ガード］しか持っていないよ」

マジですか。クラールも3つも盾スキルがある。しかも、クラールに関しては、まだ［盾戦士］がカンストしていない。

「それはステータスが後衛寄りだからだろ」

「あとは、ジョブの偏りもあるだろうね。戦士系のジョブが低いとそうなるよ。それに一気にジョブレベルを上げたことも原因の1つだと思う」

ジーンとクラールがフォローしてくれる。なるほど、後衛が前衛職で一気にジョブレベルを上げてもスキルは習得しにくいのか。

「では、挑発系スキルはジーンの［挑発］、クラールの［アピール］ですね？　それを使うんですよ。耐性が無いうちは、強制的に注意がいってしまいますが、できるだけ我慢してください。そうすれば［挑発耐性］が習得できるでしょう」

「はい！　頑張ります！」

「では皆さん、引き続き頑張ってくださいね」

そう言うと、イヴォンさんは去っていった。

「よし、じゃあ試しにやってみるか？」

「うん、頼むよ」

ジーンの身体が淡く光りだす。

おぉ！　ダメだ！　目が離せない。

「すごいね。視線をそらすこともできないよ。これって対象を選べるの？」

「だな。戦闘中に味方の意識まで全部ひきつけてたら使い物にならないからな。んで、ＳＰ消費はかなり低いぞ。耐性つくまでひたすらできると思うぜ」

なるほど、地味な訓練ではあるけれど、ひたすらできるのはありがたい。

「よし、午前中はとりあえず狩りだな。午後からまたここで耐性の修行をしよう」

「そうだね」


午前中は第三戦線でひたすら狩りをした。［魔法士］がレベル26になった。それから耐性の修業に入る。

「［フレアバースト］！」

バゴオォォォン！

「ってぇ……。相変わらずすげぇ威力だな。［炎耐性］が上がってんのに、あんまりダメージが減ってねぇぞ」

「僕も［炎耐性］、耐久とＨＰが上がってるはずなんだけど、この怪我、最初よりひどくない？」

薄々気づいていたが、［フレアバースト］の威力が上がっている。それでジーンの［炎耐性］が上がっているのに、ダメージが減らないんだ。それだけならいい。だけど、その分僕自身のダメージも増えているんだ。せっかく［炎耐性］と耐久、ＨＰが上がっているのに、その成長スピードよりも、自滅ダメージの上昇スピードのほうが速い。使えば使うほどに、使いにくくなっていないだろうか。

「僕にはその技は厳しいね。ケン、今日も［ファイアボール］と［ファイアアロー］を頼むよ」

「了解」

その後もしばらく耐性修行が続いた。

狭間圏《はざまけん》
［盾戦士：Ｌｖ50★］
ＨＰ：357／207＋1　盾戦士：＋150　ＭＰ：5／587　盾戦士：－30
ＳＰ：2／106＋2
力：25＋1　耐久：60＋1　盾戦士：＋80　俊敏：40　盾戦士：－10　技：25＋1
器用：25＋1　盾戦士：－10　魔力：50＋1　盾戦士：－10　神聖：88＋2　盾戦士：－0
魔力操作：70　盾戦士：－10
［炎魔法：Ｌｖ38］＋1　［ファイアボール：Ｌｖ11］＋2　［ファイアアロー：Ｌｖ4］＋1

［回復魔法：Lv44］＋1　［ハイヒール：Lv14］＋1　［エリアヒール：Lv9］＋1
［オートヒール：Lv23］＋1　［状態異常回復魔法：Lv13］＋1
［アンチポイズン：Lv20］＋1　［炎耐性：Lv21］＋1
［挑発耐性：Lv3］New＋3　［盾：Lv21］＋1　［ストレージ：Lv24］＋1
［毒薬生成：Lv11］＋1　［ポーション生成：Lv10］＋1
［フレアバースト：Lv5］＋1　etc…30

♻

今日から今までの［補助魔法］に加えて、［空間魔法］のスキル上げをする。この2つは相性が良いようで、［マルチタスク］を使って同時に発動できる。［空間認知］で辺りの様子を確認し、動物がいれば［プロテクト］［バイタルエイド］［マナエイド］をかけていく。人がいれば［マナエイド］だけをかけていく。

そして、［空間認知］で確認できる範囲と、［補助魔法］が使える範囲が大きく異なる。［空間魔法］の1つである［空間認知］で周りの様子が確認できる。生物がいれば、おおよその大きさがわかるし、生物以外の物体もおおよその大きさや形がわかる。

例えば、キッチンはテーブルや冷蔵庫の位置や大きさがわかる。ただし、冷蔵庫の中身まではわからない。どうせビールがたくさん入っているのだろうが。

そして、兄の部屋になると、テーブルっぽいものくらいの認識しかできなくなる。はっきりとした形がわからずに、ぼやけてしまうのだ。距離があり、さらに壁を通すとどんどん曖昧な認識になる。

生物も同様に距離が離れ、壁を通すとおぼろげになっていく。ただし、テーブルや冷蔵庫よりも、生物のほうが認識しやすい。動いているもののほうが認識しやすいようだ。

そして、［空間認知］で認識できる範囲全てに［補助魔法］が使えるわけではない。だいたい［空間認知］で認識できる距離の半分くらいだろうか。そこまでなら［補助魔法］を使うことができる。

［空間魔法］も［補助魔法］もスキルレベルと魔力操作のステータスに依存するのだろう。［空間魔法］は覚えたばかりで、スキルレベルがどんどん上がり、認識できる範囲が広がっていくのがわかる。

そして、それらを一通り使ったあとは［颪魔法］の修行だ。空気の塊はだいたい３ｃｍくらいになってそのままだ。それよりも［颪魔法］でものを上下にゆっくりと動かす修行をしている。日に日に繊細な［颪魔法］ができている気がする。

カチャリ

おぉ⁉　新しいジョブが出たか？

［風使い：Lv０］New
［辻風：Lv０］New

［風使い］のジョブと［風魔法］の［辻風］だ。日本で新しいジョブを立て続けに習得している。もしかしたら、異世界で［見習い魔法士］のジョブをカンストさせたことが関係あるのかもしれない。

［風使い］のジョブは魔法系のステータスが上がるのと、俊敏もプラスの補正が入る。魔法系のジョブで俊敏の補正が上がるのはありがたい。

今はまだジョブレベルが低いので、ジョブを［上級聖職者］に戻しておく。［上級聖職者］のほうが魔力、魔力操作ともに補正が高く、MP成長に有利だからだ。異世界では、午前中ジョブレベル上げをしているが、［魔法士］と［風使い］を上げていくほうが良いかもしれない。

時刻は夜10時。雨だ。家の前に誰かいる。僕は［空間認知］を使い続けているので、玄関の前に誰かが来たことに気づく。ササモトだ。こんな遅くにどうしたんだろう。アイザキのことだろうか……。

ササモトは玄関の前でためらっているように見える。僕の部屋の方を向くと、玄関のチャイムは鳴らさずに帰ろうとする。

ちょっと待て。怪我をしているな。今は［空間認知］のレベルがそこまで高くはないので、確証は持てないが、おそらく怪我をしている。異世界に比べれば、かすり傷のようなものだ。しかし、日本で生活をしていて、怪我をするなんてことはあまりない。

「ハイヒール」！

何があったのか気になるが、とりあえず回復しておく。僕が魔法を使えることがバレるのは良くないだろう。しかし、雨の中、怪我をしたままの友人をそのまま帰宅させるわけにはいかない。

狭間圏《はざまけん》
〔上級聖職者：Lv25〕
HP：207／207　MP：694／594＋7 上級聖職者：＋100
SP：1／106
力：25　耐久：60　俊敏：40　技：25　器用：25　魔力：50 上級聖職者：＋55
神聖：88 上級聖職者：＋100　魔力操作：72＋2 上級聖職者：＋55
〔風魔法：Lv61〕＋2　〔エアブレード：Lv47〕＋2　〔エアスマッシュ：Lv39〕＋3
〔辻風：Lv0〕New　〔補助魔法：Lv30〕＋1　〔プロテクト：Lv42〕＋1
〔バイタルエイド：Lv43〕＋1　〔マナエイド：Lv24〕＋2　〔空間魔法：Lv4〕＋2
〔空間認知：Lv6〕＋3　〔マルチタスク：Lv38〕＋1　etc…36

♻

今日も朝から訓練所で魔石の作成だ。［オートヒール］の魔石を3つほど作成し、1つは僕が装備する。

回復職が［オートヒール］の魔石を装備することで、パーティ全体の生存率が大きく上がる。さらに僕の場合、自分自身の［オートヒール］と魔石の［オートヒール］が発動する。［盾戦士］のジョブもカンストしたことで、狩場が第三戦線のようなところではなく、易しいところならばタンクもいけそうだ。教会での子供たちへの同行も、今なら僕一人でいけるかもしれない。

ちなみに魔石の作成と並行して、ポーションと毒薬の生成もしている。地味にではあるが、生産系のステータス、スキルが上がり、お金ももらえている。そうなると、そろそろ［薬師］のジョブも上げておきたい。

そして、午前中から第三戦線で狩りだ。今日は［薬師］［風使い］［魔法士］を上げておこう。

午前中の狩りだけで、ジョブレベルが結構上がった。相変わらずここの狩りは効率がかなり良い。［薬師］が13から21、［風使い］が0から12、［魔法士］が26から32になった。

それから昨日自室で習得した［辻風］という［風魔法］を使ってみた。半径1m、高さ3mくらいの旋風ができ、スライドして動かすことができる。旋風が敵を切り刻む魔法で、初めて習得した範囲攻撃魔法だ。

ただし、威力はまだまだ微妙だ。少なくとも、レッドクロコダイルにはそれほど効いていない。

さらに、消費MPも結構ある。おそらく、ある程度まではスキルレベルを上げないと使い物にならないだろう。

そして、クラールは［盾戦士］がカンストしたらしい。その後は少し休憩し、訓練所で耐性の修行だ。

「それじゃケン、今日も頼むよ」

「了解。［ファイアアロー］！」

僕はクラールに［ファイアアロー］を撃ち込む。

「もうすぐ僕も［炎耐性］が20だ。並行して［挑発耐性］もつけてしまおう」


クラールの［炎耐性］が20になり、僕は［炎魔法］を撃つ必要が無くなった。［挑発耐性］のほうはというと、［炎耐性］に比べてスキルが上げやすい。

［炎耐性］は、僕かクラールが炎属性の攻撃をし、それを受ける。その後回復をしなければならない。MP消費もあるし、痛みがあるのでひたすら続けるのは精神的にきつい。僕としては、この精神的にきつい、というのが修行をしているという感覚がありいいのだが。

それに対して［挑発耐性］は回復の必要もなければ、消費SPも低い。何度も繰り返しできる。

3人ともあっという間に［挑発耐性］が10になってしまった。

ただし、修行としては圧倒的に地味だった。注意がいかないように、ひたすら我慢するだけだ。

そして、［挑発耐性］は10を境に上がらなくなった。どうやら［挑発］や［アピール］ではこれ以上上げるのが難しいらしい」

「ふぅ……。やっと終わったね」

「あぁ、俺はあんまりこういうの向いてねぇな。がっつり攻撃してぇよ」

「お！　それなら僕の［水耐性］上げてよ！　みんな［炎耐性］も20になったし今日はMPが残ってるんだ！」

「おぅ、いいぜ！　おいクラール！　どうせならお前の属性攻撃で［光耐性］とかもつけちまおうぜ」

「そうだね。ケンのMPが切れるまで、ここでできることはやっておこう」

ジーンが僕とクラールに水属性攻撃、クラールが僕とジーンに光属性攻撃、僕が全員に［回復魔法］という役割だ。

「じゃあ僕はジョブを［魔弓士］にするよ」

「おい、ケン。［魔弓士］のアイツはやばいぞ。ちゃんと防御しないと死ぬかもしれないからよく見ておけ」

「それは怖いな……」

「お前さ、そういうこと言うとき嬉しそうだよな……」

「え？　そうかな……？」

そういえば、［魔弓士］状態のクラールの攻撃を見たことがない。［盾戦士］は技に補正がついていなかったと思う。

「おいクラール、まずは俺からやる。撃ってくれ！」

「それじゃいくよ。［ホーリーアロー］！」

バシュッ！

まばゆい光の矢が放たれ、光の線が螺旋状に矢を追いかける。ジーンは盾で受け止めると、身体が白く発光する。

「いってぇ〜……。これが光属性か。盾で受けてんのに、身体の中から攻撃されてるみてぇだな」

「そうなんだね。僕は自分で受けたこと無いから知らなかったよ」

「おぉ！　僕にも！　僕にもお願いします！」

「大丈夫だよ、ケン。まだSPはあるから」

「なんでお前敬語になるわけ？」

その後しばらく耐性修行が続いた。

狭間圏《はざまけん》
［盾戦士：Lv50★］
HP：362／212＋5 盾戦士：＋150　MP：694／594 盾戦士：－30
SP：3／108＋2
力：25　耐久：60 盾戦士：＋80　俊敏：40 盾戦士：－10　技：25
器用：26＋1 盾戦士：－10　魔力：51＋1 盾戦士：－10　神聖：90＋2 盾戦士：－0

魔力操作：72　盾戦士：―10
［炎魔法：Ｌｖ39］＋１　［ファイアボール：Ｌｖ12］＋１　［ファイアアロー：Ｌｖ５］＋１
［回復魔法：Ｌｖ45］＋１　［ハイヒール：Ｌｖ15］＋１　［エリアヒール：Ｌｖ10］＋１
［オートヒール：Ｌｖ24］＋１　［盾：Ｌｖ22］＋１　［ガード：Ｌｖ14］＋１
［水耐性：Ｌｖ４］＋２　［光耐性：Ｌｖ１］Ｎｅｗ＋１　［挑発耐性：Ｌｖ10］＋７
［痛覚耐性：Ｌｖ５］＋１　［毒薬生成：Ｌｖ12］＋１　［ポーション生成：Ｌｖ11］＋１
ｅｔｃ…33

♻

今日もいつものように魔石補充のあと、［空間魔法］と［補助魔法］を一通り使っていく。それらが終わるとジョブを［風使い］にしておく。昨日異世界では、［風使い］と［魔法士］のジョブを中心に上げておいた。魔力、神聖は［上級聖職者］のほうが補正が高いのでＭＰ成長を考えると［上級聖職者］にしておいたほうがいい。しかし、気になることがある。

［上級聖職者］よりも［風使い］のほうが［風魔法］を使いやすいのではないかということだ。昨日はジョブを［風使い］にしても、結局やることは変わらず、［回復魔法］と［補助魔法］だった。それで少し気になったので、［エアブレード］を使ってみたのだが、若干調整できそうな感覚があった。

ということで、ジョブを［風使い］にした状態で、空気圧縮や、教科書の上下運動をしてみる。

間違いない……。やはり昨日の感覚は正しかった。

これまでよりも、［風魔法］による空気圧縮も、教科書の上下運動もやりやすいのだ。今ならキーボード操作もできそうな気がする。

僕は1cmくらいの空気の塊を［風魔法］で作り出し、それを慎重にEnterキーへと押し付ける。

カタッ！

できた。

兄が朝勉強の動画をつけてくれるわけだが、Enterキーが押せたところで何も反応は無い。

タッチパッドが反応しなければ操作できない……。こんな基本的なことが抜けているとは……。

狭間圏《はざまけん》
［風使い：Lv12］＋12
HP：184／212 風使い：－28 MP：674／600＋6 風使い：＋74
SP：3／108
力：25 風使い：－18 耐久：60 風使い：－18 俊敏：40 風使い：＋22 技：25
器用：26 魔力：51 風使い：＋42 神聖：90 魔力操作：75＋3 風使い：＋62
［風魔法：Lv63］＋2 ［エアブレード：Lv49］＋2 ［エアスマッシュ：Lv42］＋3

［補助魔法：Ｌｖ31］＋１　［プロテクト：Ｌｖ43］＋１　［バイタルエイド：Ｌｖ44］＋１
［マナエイド：Ｌｖ26］＋２　［空間魔法：Ｌｖ６］＋２　［空間認知：Ｌｖ９］＋３
［マルチタスク：Ｌｖ39］＋１　［自己強化：Ｌｖ19］＋１　ｅｔｃ…37

♻

今日は朝から［オートヒール］の魔石を生成し、今は第三戦線にいる。全員がノルマである［炎耐性］20、［挑発耐性］10になったので、奥へ進むことにする。

「よし、炎狐《えんこ》にリベンジだな」

「そうだね。今回僕は［魔弓士］でいくから、炎狐の殲滅は任せてよ」

「了解」

浅い狩場は、レッドクロコダイルのみの出現だ。これまでのように、SP消費を抑えながら進んでいく。といっても、クラールが［魔弓士］にジョブを変えているので、殲滅が以前よりもはるかに速い。

「この先から炎狐が出る。SPの消費は考えずに［アイスアロー］を使っていくよ」

クラールに僕とジーンがうなずく。奥の狩場には既に炎狐が数頭、レッドクロコダイルもちらほらいる。ジーンの突進と同時に、クラールが［アイスアロー］を放つ。僕も近くにいる炎狐に［氷結］を使っていく。

ボワッ！

ジーンに火がつく。炎狐の［炎魔法］だ。僕はすかさず［ハイヒール］で対応。その間にも、クラールが［アイスアロー］でどんどん炎狐を仕留める。

「よし！　いけるぜ！」

最後の炎狐にジーンが［濁流槍］を使っていく。そして、狩場の魔物がレッドクロコダイルのみになる。

「ジーン！　SP消費を抑えた狩りに切り替えよう」

「おぅ！」

僕も［回復魔法］と［補助魔法］のみに専念する。

「おい！　またきたぞ！」

すぐに炎狐が出現する。炎狐一頭一頭はそれほど強くないが、数が多く、すぐに出現する。

「大丈夫！　任せて！」

クラールがすぐに［アイスアロー］で仕留める。仕留めるまでが速いので、まだそれほどのダメージは無い。だけど、きりがないな。出現が速い分、ジョブレベルはおいしいがジーンとクラールのSPは大丈夫だろうか。

ボワッ！

やばい！　僕やクラールにも［炎魔法］がくる。

が、大丈夫。［炎耐性］があるので、僕の回復のほうが全然速い。さらに、殲滅力も以前より高いので、安定して狩りができている。

しばらく狩り続けると、炎狐の出現が止まる。

「これで終わりか？」

ジーンがレッドクロコダイルを仕留める。

「ふぅ……。結構SPが減ったね。ケンのMPはどう？」

「僕のMPはまだ結構あるよ。殲滅が速かったし、［炎耐性］があるからかなりダメージを抑えられたんじゃない？」

一通り素材を回収して、奥へ進む。狩場と狩場の間には、基本的に敵が出現しにくい場所がある。そこで休憩だ。

「炎狐には充分対応できるようになったね」

「だな。さっきの狩場は余裕だろ」

「僕も間隔を空けて回復ができたよ」

「だけど、SPがちょっとヤバいな」

「そうだね。それに奥では爆弾小僧っていう魔物が出るらしいし、ちょっとここで休憩しよう」

ちなみに狩りでは僕のSP消費がほとんどないので、素材はできるだけ僕の［ストレージ］に入れている。［ストレージ］のレベルが上がってはいるが、もう少し容量がほしいところだ。

「あれが爆弾小僧か？」

休憩後、奥の狩場へ来た。

狩場には、30cmくらいの丸く、赤い岩があった。細い手足が生えており、目、鼻、口がある。頭の先からは小さな炎が揺らめいている。

つぶらな瞳。大きな鼻の穴。そしてたらこ唇《くちびる》だ。

なんだろう……。見ていると、すごくイライラする。ぶちのめしたい気分だ。

あれ……？　この感覚……。

爆弾小僧が、大きな鼻の穴に指を突っ込み、ホジホジし始めた。指を取り出すと、鼻くそのようなものがついており、それをピッと指で弾く。

「［ファイアアロー］！」

「なっ！」

「おい！」

あれ？　僕は気がつくと爆弾小僧に［ファイアアロー］を撃っていた。

爆弾小僧がピカッと光る。

ドゴオォォォン！

「うぉ！」

「ぐはっ！」

マズイ！　ここまで爆風がきた。すぐに回復だ。

「気づかれた！」

「ごめん！」

「殲滅いくぜ！」

他の魔物もこちらに気がついたようで、ぞろぞろとやってくる。

「おい！　他にも爆弾小僧がいるぞ！」

「まずい！　［アイスアロー］！」

爆弾小僧が近づく前に、クラールが［アイスアロー］で対応する。

が……。

ドゴォォォン！

「がはっ！」

前衛のジーンが吹き飛ぶ。近づいてしまったようだ。

僕はすぐに［ハイヒール］を重ねがけしていく。あのダメージはヤバい！

「ジーン！　ケン！　［水属性］、［氷属性］で仕留めるんだ！　さっきの［アイスアロー］では爆発が弱かった！」

「了解！」

僕も爆弾小僧には［氷結］を使っていく。だけど、気を抜くと何故か［ファイアアロー］を使いたくなる。これが挑発ってやつだろうか。

［火属性］での攻撃を我慢しながら［氷結］を使い続ける。ジーンやクラールも同様だ。

この感覚……どこかで……。

しばらくすると、殲滅が終わる。

「はぁ……。はぁ……」

「ふぅ……。あれが挑発か」

「本当にごめん、最初の一発が無ければもう少し楽に戦えたよね」

「いや、ケンが魔法を使っていなかったら、俺が突っ込んで槍を撃ち込んでた。逆に助かったかもな」

「僕もあと一歩遅かったら［フレイムアロー］を使っていたよ」

「何故か［火属性］を使いたくなるよね」

「そうだね。多分［挑発耐性］が10無かったら［氷属性］や［水属性］の攻撃に切り替えるのも難しかったと思う」

「おっそろしい敵だな」

「なんかこう、見てるとイライラするよね。ぶちのめしたい気分が抑えられないというか。でもこの感覚、初めてじゃない気がするんだよね……」

「そうか？　でもお前、［挑発耐性］持ってなかったんだろ？」

「そうだね。みんなの盾スキルで初めて［挑発耐性］がついたよ」

「ってことは、［挑発］をされたけど、耐性まではつかなかった、ということかな？」

そうか。クラールの言った考えなら、筋が通る。だけど、［挑発］をくらったことなんてあるだろうか。［盾戦士］とパーティを組んだときに［挑発］の対象にされたとか？　いや、それは意味が無いな。

「しばらくはここの狩場で［挑発耐性］を上げる必要があるね。盾スキルだと［挑発耐性］を10より上げるのに時間がかかりすぎるだろうし」

「だな。イライラを抑えながら戦えば、［挑発耐性］が上がるだろ。1つ上がってるぜ？」

「あ、ホントだ」

「僕も上がってるね。決まりだ。殺意を抑えて戦おう」

「殺意……？」

そうだ！　殺意だ！　イライラじゃない！

「おいケン。どうした？」

「いや、なんでもないよ。ちょっと考え事」

この殺意は［狂戦士］のときの感覚に近い。［挑発耐性］を鍛えれば、［狂戦士］が使いこなせるようになるかもしれない……。


食事のあと、教会の自室へ戻る。狩りでは、［挑発耐性］を上げることができた。爆弾小僧の［挑発］はジーンやクラールの［挑発］［アピール］とは質が違った。

こちらの殺意を掻き立てるのだ。［狂戦士］のときの異常な感覚に近い。ならば［挑発耐性］を鍛えることで、［狂戦士］を使いこなせるようになるかもしれない。ただし、今ジョブを［狂戦士］に切り替えることはできない。

［狂戦士］のジョブが発動したのは、何度も瀕死に追い込まれたときだった。もし［狂戦士］の発動条件が、何度も瀕死に追い込まれる、というものならば使い物にならないよな。あの状態で生きていられたのは、トリプルヘッドが僕を弄《もてあそ》んだからだ。普通に戦っていた場合、間違いなく発動す

る前に死んでいる。

それから、［狂戦士］状態と爆弾小僧の［挑発］は全く同じというわけではない。殺意としては同じだけれど、［狂戦士］はさらに異様な高揚感もあった。楽しくてたまらないのだ。

しかし、謎の多いジョブだが安易に人に聞くこともできない。危険なジョブであることは間違いないわけだ。

それから、［狂戦士］のジョブに頼らずとも、普通に強くなりたい。後衛職としては、どんどん強くなっているけど、前衛としても戦いたい。

クレスと戦ったときのように……。

そういえば、あのときの高揚感は［狂戦士］のときにやや近いか……。

狭間圏《はざまけん》
［上級聖職者：Lv32］＋7
HP：215／215＋3　MP：16／600 上級聖職者：＋114
SP：4／111＋3
力：25　耐久：61＋1　俊敏：40　技：25　器用：26　魔力：52＋1 上級聖職者：＋62
神聖：92＋2 上級聖職者：＋114　魔力操作：75 上級聖職者：＋62
［氷結：Lv5］＋1　［回復魔法：Lv46］＋1　［ハイヒール：Lv18］＋3
［オートヒール：Lv25］＋1　［プロテクト：Lv44］＋1　［炎耐性：Lv22］＋1

［挑発耐性：Lv14］＋4　［ストレージ：Lv25］＋1　etc…40

♻

今日も自室での修行に励む。［空間魔法］を使いながら一通りの［補助魔法］を使っていく。さらに、動画では数学の学習中だ。

そのあとはジョブを［風使い］にし、［風魔法］の修行だ。

パソコン操作については、タッチパッドが使えないので、ひとまず保留。テレビのリモコン操作をしてみようと思う。リモコンのボタンはEnterキーよりやや小さいな。できるだろうか……。

ガタッ！

1cm程度に圧縮した空気の塊は、電源ボタンに当たっている。しかし、リモコンの先端が押され、おしりの方が浮き上がり、ボタンを操作できない。この前と一緒だな。それならば、リモコンの下半分くらいに重りを乗せればいい。教科書だな。

ドサ……。

僕は数学の教科書を［風魔法］で持ち上げ、リモコンの下端に乗せる。これでできるだろうか。

再び［風魔法］を使って、1cm程度の空気の塊を電源ボタンに押し当てる。

ブン……。

おぉ！　できたぞ！　訓練の賜物《たまもの》だ！

しかし、画面は真っ暗のまま何も映っていない。テレビの右上にはＨＤＭＩ１と表示されている。

あ……。

ゲームを終了して、そのままの画面になっている。くそ～……。

しかし、昼間の地上波なんて見る番組も無いしな。いや、もう一つのリモコンが操作できれば、深夜帯のアニメが録画できる。しかし、ＨＤＤレコーダーのボタンは細かく、そして小さい。

僕がアニメを見るためには、［風魔法］の修行が必要だということだ……。

狭間圏《はざまけん》
［風使い：Lv12］
HP：187／215 風使い：－28 MP：677／603＋3 風使い：＋74
SP：3／111
力：25 風使い：－18 耐久：61 風使い：－18 俊敏：40 風使い：＋22 技：25
器用：26 魔力：52 風使い：＋42 神聖：92 魔力操作：78＋3 風使い：＋62
［風魔法：Lv65］＋2 ［エアブレード：Lv51］＋2 ［エアスマッシュ：Lv45］＋3
［補助魔法：Lv32］＋1 ［プロテクト：Lv45］＋1 ［バイタルエイド：Lv45］＋1
［マナエイド：Lv28］＋2 ［空間魔法：Lv8］＋2 ［空間認知：Lv12］＋3
［マルチタスク：Lv40］＋1 etc…38

♻

「ほほぉ、では爆弾小僧がいても狩りができたようですね」

「いやぁ……。ありゃ狩りができたって言えるか？　一応戦えたってくらいだろ」

「そうだね……」

朝は騎士訓練所で［オートヒール］の魔石作成をしている。イヴォンさん、カルディさん、ジーンにクラールがいる。最近は騎士訓練所に集合し、魔石を作成して、カルディさんからポーションと毒薬の素材をもらい、そのまま第三戦線へ狩りに行くことが多い。

「もうちょっと［挑発耐性］を上げないと、安定した狩りはできないね」

「だよなぁ、たいして強くはないんだけどな」

「僕も［水属性］の攻撃魔法はあんまり育ってないからなぁ」

僕の場合、ほとんど攻撃には参加できていない。［回復魔法］と［補助魔法］がメインだ。

「まあケンは回復と補助でいいだろ」

「最近ケンの［補助魔法］の効きが良いね」

「そうそう、僕最近［補助魔法］を鍛えてるんだ」

フフフ……。日本で［補助魔法］を使う機会が増え、着実にレベルが上がっているのだ。

「確かに、ケンの［補助魔法］で守備は安定してるな。［補助魔法］無しで爆弾小僧の爆発に巻き込まれたら、相当なダメージをもらってるだろ」

「ほほぉ、みなさん順調にレベルアップしているようですね。ある程度［オートヒール］の魔石ができたら、今度は［補助魔法］の魔石も作っていただきましょうか」

イヴォンさんがニコニコと微笑む。

「イヴォン、それはずるいですよ。私の道具屋でもポーションは必要です。狭間さん、そろそろ［薬師］のレベルを上げてみてはいかがでしょう？」

「そうですね。まだ［薬師］はレベル21です。第三戦線ならすぐに上がると思います」

「しかしカルディ、狭間さんはそれほどSPは多くないでしょう？　豊富なMPを活かして魔石を作成するほうが良いと思います」

「イヴォン、この街には［錬金術師］は私しかいません。長い目で見れば、狭間さんに［錬金術師］のジョブを習得してもらったほうが良いのでは？」

「ほぉ、たしかにそうですねぇ……」

「おいおい、金の話ばっかりじゃねぇか。俺たちは狩りに行くんだ。ケンだって街で生産職やってるタイプじゃねぇだろ？」

「そうだね。でも、生産職のスキルやステータスが上がるのも楽しいよ」

実際そうなんだよな。戦うのも楽しいが、戦わなくてもステータスが上がるってだけでも結構楽しい。今のステータスは回復特化だが、前衛のステータスやスキルにも興味がある。生産職にも興味が無いわけではない。

「まぁ今日のメインは［挑発耐性］を上げることだね。ケンは好きなジョブにすると良いよ」

「好きなジョブか……」

どれがいいかな。カルディさんにお世話になっているし、［薬師］を上げておいたほうが良いか。

「そうそう、［挑発耐性］がある程度鍛えられたら第三戦線のボスと戦ってみるといいでしょう。ただし、ボスに挑む前には必ず私に教えてください。最悪死ぬかもしれませんので」

「おいおい、マジかよ」

「わかりました父上。ボスに行くときには、お伝えしますよ」

きちんと準備しないと死ぬって意味だよな……？


爆弾小僧の処理にも少しずつ慣れてきた。

ジーンにはレッドクロコダイルと炎狐を処理してもらい、僕とクラールが［氷結］と［アイスアロー］を爆弾小僧に使っていく。ある程度距離を保ったまま、氷属性の攻撃を連発することでノーダメージで処理することができる。ただし、他の魔物からはダメージをもらう。爆弾小僧がいた場合、最優先で爆弾小僧に氷属性の攻撃をする。

「ジーン！　炎狐とレッドクロコダイルは頼む！」

「おぅ！　任せとけ！」

炎狐が出現しても無視。ジーンに仕留めてもらっている。

レッドクロコダイルは距離さえ取っていれば、ダメージをもらうことがない。しかし、炎狐が結構出現し、さらに［炎魔法］をこちらに連発してくる。

ボワッ！

「っ！」

炎狐の［炎魔法］のダメージをもらいながら、爆弾小僧の処理をする。すぐにでも回復したいが、［炎耐性］のおかげで耐えられないことはない。とにかく先に爆弾小僧の処理だ。

ジーンとクラールのSPが減ってきたので、休憩を入れる。僕はこの休憩の間に［ポーション生成］と［毒薬生成］をしておく。


「それにしても、クラールは冷静だよね。爆弾小僧の処理が的確だよ」

「だよなぁ。お前、俺達と［挑発耐性］のレベルもそんなにかわらないだろ?」

「そうだね。もしかしたら、［挑発耐性］以外にも個人の性質も関係あるのかもしれないね」

「確かに、お前が怒ってるとこなんて見たことねぇな」

「僕も自分が怒った記憶なんて無いなぁ」

確かに、クラールが感情的になることが想像できない。

「ケンは一見温厚そうなのに、一番耐性がねぇな」

「む……」

言い返せない。少しでも気を抜くと［ファイアアロー］をやってしまうのだ。

「確かに……。ある程度［挑発耐性］が上がってきたんだけど、未だに爆弾小僧を見るとイライラするんだよね。みんなが慣れても、もう少しここで［挑発耐性］を上げたいよ」

「［狂戦士］のこともあるしな。できるだけこの狩場で［挑発耐性］を上げておきたい。

「あぁ、構わないよ」

「飽きるまではいいぜ」
その後も狩りは続いた。

狭間圏《はざまけん》
［薬師：Lv39］＋18
HP：216／216＋1　MP：16／603　SP：2／114＋3　薬師：＋128
力：25　薬師：－13　耐久：61　薬師：－13　俊敏：40　薬師：－13　技：25　薬師：－13
器用：27＋1　薬師：＋78　魔力：53＋1　神聖：94＋2　魔力操作：78
［水魔法：Lv31］＋1　［氷結：Lv7］＋2　［回復魔法：Lv47］＋1
［ハイヒール：Lv21］＋3　［オートヒール：Lv26］＋1　［炎耐性：Lv23］＋1
［挑発耐性：Lv18］＋4　［ストレージ：Lv26］＋1　［毒薬生成：Lv13］＋1
［ポーション生成：Lv12］＋1　［毒消しポーション生成：Lv0］New
［毒草生成：Lv0］New　［フレアバースト：Lv6］＋1　etc…37

09　三尾

「お待たせしました。レッドクロコダイルの装備が完成しました」

イヴォンさんがレッドクロコダイル装備を持ってきてくれた。

おぉ、きちんと三色揃っている。僕が黒、ジーンが緑、クラールが白だ。ワニ革で作った装備ということで、ややゴツい。

「ありがとうございます！」

「おぉ！　思ったより軽いな！」

「これなら蒸れないですみそうだね」

僕たちは、早速装備してみる。革製なので、金属製に比べるとかなり動きやすいだろう。

「若干の［炎耐性］があります。自分自身の［炎耐性］と合わせて、第三戦線ではかなり有効でしょう」

「耐性もありがたいけど、これ結構硬いな。防御力自体も相当上がってそうだ」

「そうだね。ジーンもクラールもこんなに硬い魔物を倒しまくってたんだね」

「まぁ水属性で攻撃していたからね。だからといってこの装備の弱点が水属性ってわけではないよ」

「そうなの？」

「［水耐性］はまったくないけど、別に弱点になるわけじゃない。ですよね、父上？」

「そうですねぇ。基本的に弱点属性は、その魔物固有のものですから、装備には影響しません」

なるほど。それは助かる。他の狩場でもこの装備のままいけるということだ。そして、いつものように魔石を作成する。

「そうだ。カルディさん」

「なんでしょう？」

「昨日［薬師］のレベルを上げたんですが、［毒消しポーション生成］と［毒草生成］のスキルを習得しました」

「おぉ、それは素晴らしいですね。しかし、やはり薬草関係よりも、毒関係のスキルを習得していくんですね……」

「そうなんです。最近は、毒を食ったりしていないんですが……」

「では、明日から毒消し草も持ってきますので、［毒消しポーション生成］もやっていただきましょう。あとは、［毒草生成］でSPを消費してしまうのはもったいないので、できるだけ［ポーション生成］と［毒薬生成］でSPを消費するようにしてください」

「了解です」

やはり、安物の毒草を作るのにSPを消費するのはもったいないようだ。まぁ日本では［自己強化］でしかSPを使っていないので、自室で頑張ろう。

僕たちの［挑発耐性］が上がってきた。爆弾小僧に対し、［炎属性］で攻撃することや、ジーンが直接攻撃をしてしまうことは、ほぼ無くなった。結果、ジーンとクラールのSP消費はそのままで、僕のMP消費が減る。

「爆弾小僧にもだいぶ慣れたな」

「そうだね。［挑発耐性］が上がってきたし、［炎耐性］もまだ上がってるよ。あとはSP消費がちょっとキツいかな」

「僕はまだイライラするなぁ……。未だに我慢しないと、すぐに［ファイアアロー］で攻撃しそうだよ」

「おいおい、前衛の俺が耐えてるんだから、なんとかしろよ」

「爆風が届かない位置から、［ファイアアロー］でどんどん爆発させたら気持ちがいいんだろうなぁ……」

「それは困るかな」

「おい、マジでやめろよ……」

クラールが苦笑いし、ジーンが僕をにらみつける。

「いや、やらないよ」

この狩場に1人で来られるくらいに強くなったらやってみよう。

その後日が暮れるまで狩りを続け、［薬師］がレベル52になった。そして、なんとMPが余った。

残ったMPはどうしようか。

　魔石の補充だろうか。金銭的には一番効率が良いだろうけど、現状お金に困っていない。装備もできたし、お金も毎日たまっていく。残りMPを魔石の補充に使うのも悪くはないが……。

　いや、日本の自室で強化しにくいスキルのレベル上げをするのが理想的だろう。

［土魔法］の［形成］で食器を作れば、［土魔法］のスキル上げができるが、時間がかかりすぎる。

残りMPを使い切ったら深夜になってしまうだろう。

「ということで、頼むよクラール」

　とりあえず、僕たちは騎士の訓練所までやってきた。既に日が暮れているが、訓練をしている人間もいるようだ。そして、ジーンとクラールとともに、騎士訓練所の弓道場にやってきた。いくつも的が置いてある。そして、僕も的と同じく並んでいる。

「じゃあいくよ！　［アイスアロー］！」

「くっ！」

　クラールが遠方から氷の矢を放つ。

　ドスッ！

　僕は盾でクラールの［アイスアロー］を受け止める。

「次！　お願いします！」

「回復しないの？」

「うん！　まだいける！　［オートヒール］が発動するまでやろう！」

「わかった」

クラールのＳＰが切れるまで［アイスアロー］を受けきった。

「しかし、すげぇＭＰだな……」

「そうだね。狩りのあとでＳＰが残り少ないとはいえ、あんなに耐えられるとは思わなかったよ」

「よし！　じゃあ次！　ジーン、お願いします！」

「え？　あぁ、まだやるのか？」

「お願いします！」

「まぁ僕たちも今は水属性のスキルを上げておきたいから丁度いいんじゃない？」

「まぁな。確かに、少しでもスキルは上げておいたほうがいいな。じゃ、いくか！［流突《るづ》き］！」

ドガッ！

近距離からの水属性攻撃で僕は吹っ飛ぶ。

「もう一回お願いします！」

「まるでゾンビだな……」

２人には僕のＭＰが無くなるまで訓練に付き合ってもらった。

狭間圏《はざまけん》
［盾戦士：Ｌｖ50★］

HP：372／222＋6 盾戦士：＋150 MP：8／603 盾戦士：－30
SP：3／118＋4
力：25 耐久：63＋2 盾戦士：＋80 俊敏：40 盾戦士：－10 技：25
器用：28＋1 盾戦士：－10 魔力：54＋1 盾戦士：－10 神聖：96＋2 盾戦士：－0
魔力操作：78 盾戦士：－10
［回復魔法：Lv48］＋1 ［ハイヒール：Lv22］＋1 ［オートヒール：Lv27］＋1
［盾：Lv23］＋1 ［ガード：Lv15］＋1 ［炎耐性：Lv24］＋1
［水耐性：Lv6］＋2 ［毒薬生成：Lv14］＋1 ［ポーション生成：Lv13］＋1
［薬草生成：Lv0］New ［挑発耐性：Lv22］＋4 ［ストレージ：Lv27］＋1
etc…39

♻

一昨日の狩りで［毒草生成］、昨日の狩りでは［薬草生成］のスキルを習得した。これまでは、カルディさんから毒草をもらい［毒薬生成］を使っていたが、自ら毒草、薬草を生成できるようになった。そういうわけで、以前のように異世界で毒を摂取し、MP使い放題の日本での自室で回復をすればHPと［毒耐性］を強化できる。もうすこし［毒耐性］のレベルが上がれば、毒草ではなく毒薬を摂取したほうが効率が良くなるだろう。ただし、痛いしクソ不味い。

しかし、昨日異世界で［薬草生成］のスキルを習得したことによって迷いが生じている。薬草とポーションは、毒草と毒薬よりも需要が高い。［毒草生成］、［毒薬生成］を使って毒薬を作るよりも、異世界の金銭面を考えると［薬草生成］をしたほうが良いだろう。

うーん……。だけど、今はお金よりもスキルやステータスのほうがほしい。［薬草生成］をしてお金を稼ぐよりも、自分で摂取できるように［毒草生成］を使っていったほうが良いだろう。

僕は結局［薬草生成］は使わずに［毒草生成］のほうを使っていく。

次に［風魔法］でテレビリモコンの操作だ。今日も何度か挑戦すると、電源を入れることができた。

よし！　あとは入力切替だ。

このボタンは電源ボタンよりもやや小さいが、電源ボタンと同じく、リモコンの端にある。チャンネルの操作と違って、頑張ればできそうだ。

ゴトッ！

僕は何度も失敗し、リモコンをひっくり返す。

ブン……。

おぉ！　ついにできた。入力切替を押すことができた。

もうじき昼で、テレビショッピングがやっている。布団セットの紹介。寝たきりではあるが、それほど興味がない。ちなみに、テレビを見ている間も［エアスマッシュ］と［エアブレード］を止めることはない。

昼を過ぎるとワイドショーになる。それほど興味は無いが、今どんなことが起きているのかわかるので、一応見ておこう。番組内容はタレントの不倫だ。

ん～……。これなら動画で勉強をしていたほうが良いだろう。このまま空気圧縮を頑張れば、いずれHDDレコーダーの操作もできるようになるし、キーボード操作もできるようになる。しかし、タッチパッドの操作は無理だな。

ペン立てには、タッチペンがある。しかし、リモコンのボタンを押すのにもまだまだ苦労しているのに、［風魔法］でタッチペンの操作なんて不可能なんじゃないだろうか。


「アイザキ、あれから来てないよな？」

今日はササモトがやってきた。この前夜遅くにやって来て以来だ。あの夜、ササモトは怪我をしていた。一体何があったのだろうか。

「………………」

僕はササモトの問いに首を横に振る。

「そっか……」

ササモトは何かをためらっているように見える。何があったのか知りたい。僕はササモトの目をじっと見つめる。

「そういや、もう最終回近いぜ？　話も山場ってわけよ。けど、受験もあるからな。アニメも厳選して見ないと」

ササモトは僕にイヤホンをつけようとしてくる。

ポトッ……。

僕は首を振り、イヤホンを拒否する。

「狭間、お前……」

「………………」

僕は再びササモトの目をじっと見つめる。

「やっぱあれか。気になるってことか？」

「………………」

僕はうなずく。これで伝わっただろう。

「あ〜……。アイザキさ、学校休んで変な連中と絡んでるみたいなんだよな。俺もクラスのヤツに聞いた話なんだけど。受験で運動不足だから、スポーツ公園あるだろ？　あそこ走ってたら、変な連中と一緒にアイザキがいるのを見たって」

「………………」

スポーツ公園か。確かにあそこは、夜中でも人がいる。かなり広い公園で、夜でもウォーキングしている人やスケボーをしている人がいるって聞いたことがある。

「俺、一応様子見に行ってしばらく探したんだけど、見当たらなくてさ。帰り道のコンビニにアイツのチャリっぽいの置いてあったから、中入ったんだわ。そしたら、あいつ、アイザキ、いたよ……」

「………………」

「………………」

ササモトは黙ってしまう。やはり何かをためらっているのだろう。

「万引きしてたんだよな……」

ウソだろ⁉　アイザキが？　そんな馬鹿なことするわけないだろう。

「まぁ正確には、万引きしようとしてたっていうか……。もちろん、止めたよ」

「…………」

「万引き自体は未遂だったけど、外で言い合いになってな。そのうち、お互いカッとなって殴り合いってわけ」

「…………」

あの怪我は、アイザキが原因だったのか。

「…………」

「…………」

「俺も、今は落ち着いたんだけどさ。やっぱあれだな。狭間。こんなこと言ったら悪いかもだけど、お前見てると落ち着くよ」

「…………」

「冷静になってみれば、アイザキに何かあったってことだよな。感情的にならずに、それをちゃんと聞いてればよかったよ」

「…………」

「今度は話し合いしてみるよ。応じてくれるかわからないけど」

「…………」

「まぁ仮に殴られても、冷静になるようにするよ。どうやら俺って回復力すごいみたいだからな」
それは僕の「ヒール」だ。

狭間圏《はざまけん》
「風使い：Lv12」
HP：194／222 風使い：－28 MP：683／609＋6 風使い：＋74
SP：1／121＋3
力：25 風使い：－18 耐久：63 風使い：－18 俊敏：40 風使い：＋22 技：25
器用：29＋1 魔力：54 風使い：＋42 神聖：96 魔力操作：80＋2 風使い：＋62
「風魔法：Lv67」＋2 「エアブレード：Lv53」＋2 「エアスマッシュ：Lv48」＋3
「補助魔法：Lv33」＋1 「プロテクト：Lv46」＋1 「バイタルエイド：Lv46」＋1
「マナエイド：Lv30」＋2 「空間魔法：Lv10」＋2 「空間認知：Lv15」＋3
「マルチタスク：Lv41」＋1 「ストレージ：Lv28」＋1 「毒草生成：Lv4」＋4
etc…39

いつものように騎士訓練所で魔石を作成する。

「そろそろ第三戦線のボスと戦おうと思うのですが、父上はどのように思われます?」

「なるほど。まぁもう少し［炎耐性］がないと危ないかもしれませんね。ですが、一度行ってくるのが良いかもしれません」

「一度行ってくるって、危なくなったら逃げるってことですか?」

「おい、そんなに簡単に逃げられるのか? 囲まれたらアウトだろ」

「えぇ、ですからこちらをお渡ししておきましょう」

イヴォンさんが10cmくらいの魔石を出す。魔石の色は青だ。確か［回復魔法］が緑、［攻撃魔法］が赤、［補助魔法］が黄色だったよな。青はなんだろうか。

「こちらは［空間魔法］の［転移］の魔石です」

なるほど。［空間魔法］は青か。［空間魔法］ということは、僕も鍛えれば［転移］を習得できる可能性はあるな。

「危なくなったら、こちらを使って逃げてください。この魔石の場合、転移先は200mくらい離れた任意の場所です。クラールに渡しておきましょう」

「ありがとうございます。父上」

「命がけの戦いは得るものも多いでしょう。しかし、死んでしまっては意味がありません。クラール、冷静に判断しなさい」

「わかりました」

「ちなみに、［転移］は補充だけで200万セペタほどお金がかかります。ちょっと様子だけ見て戻ってくる、という使い方は避けてくださいね」

「はい。承知していますよ」

え？　そんなに高いの？　補充ではなく買ったとしたらもっと高いんだろうな。しかし、用途を考えればそれくらいはするのか。

「そうだ。ボスに行くなら、あと1個ずつくらい［オートヒール］がほしいです。今作ることはできますか？」

「えぇ。魔石の原料ならありますよ。MPは大丈夫ですか？　もしボスと戦うなら、今日ある程度狩りを進める必要がありますよね？」

「ギルドの情報では、ボスの前に野営をする場所があるようです。そこで一泊野営をします」

「ふむ。最低限は調べてあるようですね。では、今日は野営をすると良いでしょう」

あ、やばい。野営装備をまた揃える必要がある。トリプルヘッドに襲われたときに、野営装備は全て無くなってしまったんだ。

「カルディさん、また野営装備を買いに行きます」

カルディさんはニコリと微笑むとうなずく。

最近やっとお金に余裕が出てきたわけだが、また金欠になりそうだ。レッドクロコダイルの素材が高いので、前回よりも良い野営装備を整えよう。［ストレージ］のレベルも上がっているし、そこそこの量の荷物も運べるだろう。

その後第三戦線で狩りをする。今日は狩場の魔物を一掃すると、先に進んでいく。

「いつもの狩場と魔物は変わらないね」

「そうだな」

「場所によって若干魔物の出現する速さがちがっているくらいかな」

「ボスまでは問題なく進めそうだね」

「あぁ。楽勝だな」

「ケン、MPはどう？」

「まだ全然あるよ。[炎耐性]が大きいね。それから装備も変わったし、[回復魔法]はそこまで頻繁に使ってない」

「わかった。SP回復の休憩を入れつつ、このまま進もう」

ちなみに今のジョブは[風使い]だ。現状[上級聖職者]と同じく一番魔力操作のステータスが上がる。

日本でできるだけ早くパソコン操作をできるようになりたい。そのため、今は魔力操作の成長を優先している。[風使い]のレベルを上げて、魔力操作の補正を上げつつ、少しでも[風魔法]の扱いに慣れておきたいところだ。ただし、ボス戦では[上級聖職者]にしておくべきだろう。

しばらく進むと、狩場に赤みがかった植物が現れる。あれは、魔物ではなく素材だな。

「あれって素材だよね？」

「そうだね。おそらく火炎草だろう。採っておいたほうがいい。使い道がいろいろあるから、割と高く売れるよ」

「そうなんだ」

「ちなみにケン、［耐火ポーション生成］のスキルは持ってる？」

「いや、持ってないね。火炎草の使いみちは［耐火ポーション生成］？」

「そうだね。［耐火ポーション生成］と［鍛冶師］が武器や防具に［火属性］をつけることができるんだ」

「なるほど」

「てことは、ケンが［耐火ポーション生成］を習得できれば、ボス戦が戦いやすくなるってことだよな？　この狩場で粘って、火炎草を集めながらケンが［薬師］のジョブを上げればいいんじゃないか？」

「う〜ん……［耐火ポーション生成］は［薬師］を上げれば必ず習得できるわけじゃないからね」

「習得にも個人差があるって聞いてるよ」

「そうそう。［薬師］のジョブレベルが上がって習得する人もいれば［ポーション生成］のスキルを上げて習得する人もいる。もしケンがスキルを上げて習得するタイプだったら、［薬師］のジョブを上げるよりも、街で［ポーション生成］のスキルを上げたほうが効率が良い」

「てか、街で売ってれば買っていったのにな」

「すごい高いんじゃないの？」

「だね。素材の火炎草が高値で売れるんだ。［耐火ポーション］は高いし、そもそも市場に出回らないよ」

「消耗品の［耐火ポーション］に使うなら、武具に［火属性］をつけちまったほうが安上がりってことだな。オーケー、じゃあこのまま進もう」


「ふぅ……。ギルドの情報だと、ここがボス手前最後の拠点だ」

「結構時間がかかったね」

「まぁ普通は3人で来るような場所じゃねぇからな」

そうなんだ。まぁダブルヘッドを狩ったときは大人数だったからな。

火炎草などの素材も手に入り、既に日が暮れている。

「ここの狩場は、人数が多ければ良いってわけじゃないからね。［挑発耐性］を持っていない人が来ても、足手まといになるだけだよ」

「確かに、そこらじゅうで爆発されたらどうしようもないね」

「それじゃ、ここで野営だな」

「そうだね。準備しよう」

僕は［ストレージ］から野営装備を取り出す。教会での狩りへの同行、それから魔石の補充、生成、そして第三戦線での素材。それらを全て換金し、そしてほぼ全てを野営装備に使ってやった。今度こそ野営装備は長く使うつもりだし、今のMPを考えるとまだまだ稼ぐことができる。そう、無駄遣いではないのだ。

一人用のテントを組み立てる。なんと、全面シングルヘッドの革でできている。一人で寝るには十分な広さで、ゴツゴツした地面でも、テントの中は快適だ。

外に出ると、ジーンもクラールもテントを張り終えていた。

「あの大きいのは、一応テントなんだよね？」

「あぁ、デカイよな。俺も初めて見たときは驚いたよ」

クラールのテントの大きさに驚く。

どこぞの遊牧民が家族で生活をするようなテントだ。日本で言うところのグランピングというやつだろうか。いろいろと言いたいことはあるけど、そもそもどうやって持ってきたのだろうか。

「あのさ、クラールって［ストレージ］のレベルがすごい高い？」

「うん。僕は昔から他の冒険者よりも荷物が多くてね。今は［魔弓士］だけど、その前に［弓使い］や［狩人］のジョブも経ている。矢を持ち運ぶ必要があったし、SP消費も他の人より多かったんだ」

「なるほど、それでSP強化と同時に［ストレージ］も強化されまくったってことだね」

「なぁ、これ前に見たときよりも豪華になってねぇか？」

「そうだね。中にはベッドもあるよ。調理器具もある程度あるから、今日はレッドクロコダイルの肉でも焼こう」

クラールはそう言うと、［ストレージ］からバーベキューセットのようなものを出す。［解体］で加工しやすくなったレッドクロコダイルの肉を厚切りに切っていく。

「調味料もある程度あるから、適当に使っていいよ。野菜も持ってきたから、自分の好きなものを焼いてね」

「クラールとの野営はこれがあるからいいぜ」

いやいや、マジでただのキャンプだな。

「あ、そうだ。僕はまだＭＰが残っているからお皿を作るよ。それから串も作れるかな」

「それは良いね、頼むよ」

そうなると、僕も少しは役に立つ。［土魔法］の［形成］で食器を作り、使ったらそのままここに捨てていけばいい。原料は土だし。

僕はレッドクロコダイルの肉を焼いて、塩を振る。玉ねぎやピーマン、ナスなども一緒に焼いておく。

めちゃめちゃ美味い。レッドクロコダイルの肉は高級品だ。ワニの肉なんて食ったことは無いが、おそらくこれは別物だろう。

「にしても、すごい野営装備だね。いくらくらいしたの？」

「全部揃えるまでにかかった金額は覚えてないなぁ。お金よりも［ストレージ］のレベルを上げるほうが大変だったよ。今も［ストレージ］のレベル上げは欠かせないし」

「なぁ、明日その野営装備しまったら、ＳＰ結構消費するんじゃねぇか？」

「そうだね。だから僕は早めに起きて［ストレージ］に収納しておくよ。それからケン、ＭＰに余裕はある？」

「まだ少し残ってるかな。何かに使う？」

「さすがにお風呂を沸かすＭＰは残っていないよね？」

「どうだろう。魔法でお風呂はまだやったことないなぁ」

「おい、野営で風呂に入る気かよ」

「浴槽ってどうするの？　［土魔法］？」

「そうみたいだよ。以前父上が［土魔法］で作った浴槽に［水魔法］で水を入れて［炎魔法］でお湯にしていたんだ」

なるほど。それにしてもイヴォンさんは司祭だけど、回復以外の魔法も使えるんだな。

「それだと残りのＭＰでは無理かな。［土魔法］の［形成］がそこまでレベルが高くないから、ＭＰ効率がそんなに良くないんだ。今のＭＰだと浴槽作って終わりだと思う」

「この狩りが終わったら、ケンの［土魔法］を強化するのはどうかな？」

「おいおい……。お前の風呂のために強化方針決めんのかよ」

狭間圏《はざまけん》
［風使い：Ｌｖ38］＋26
ＨＰ：２０３／２２６＋４　風使い：－23　ＭＰ：２２３／６１０＋１　風使い：＋１２６
ＳＰ：２／１２３＋２
力：25　風使い：－13　耐久：65＋２　風使い：－13　俊敏：40　風使い：＋27　技：25
器用：30＋１　魔力：55＋１　風使い：＋68　神聖：97＋１
魔力操作：81＋１　風使い：＋88

［形成：Lv17］＋1　［回復魔法：Lv49］＋1　［ハイヒール：Lv23］＋1
［オートヒール：Lv28］＋1　［盾：Lv24］＋1　［ガード：Lv16］＋1
［炎耐性：Lv25］＋1　［ストレージ：Lv29］＋1　［フレアバースト：Lv7］＋1
［毒薬生成：Lv15］＋1　［ポーション生成：Lv14］＋1
［毒消しポーション生成：Lv1］＋1　etc…39

♻

今日も一通りの［補助魔法］と［空間魔法］を使っておく。［バイタルエイド］、［プロテクト］、［マナエイド］のレベルが上がるため、使い込んでいく。

その後は、空気圧縮の練習だ。昨日よりも［風魔法］が使いやすい。なにしろ昨日の狩りだけで［風使い］のジョブが26も上がっている。魔力操作のステータス補正も大幅に上がった。

テレビのリモコンなら以前よりもうまく操作できそうだ。いけるだろうか。

ガタッ！

リモコンが傾く。もう少しだな。

空気圧縮も1cmくらいを保ったまま操作できる。さらにリモコンのボタンのない部分を［風魔法］で空気を圧縮しながら押さえつける。その上からさらに1cmの空気の塊を押し付ける。

よし！　できた！

んー……。ワイドショーのチャンネルを変えたところで、それほど新しい情報もない。

やはりパソコン操作だな。しかし、パソコン操作には圧倒的に高いハードルがある。タッチパッドだ。まずはペン立ての中にあるタッチペンを取り出さなければならない。そして、やっかいなことに、ペン立てのタッチペンがこの位置からだと見えない。パソコンのキーボードについても、Ｅｎｔｅｒキーは大きいので押し込むことができたが、他の文字についてはこの位置からだと、予想で空気の塊を当てなければならないし。

そこで［空間認知］がある。［空間認知］は［空間魔法］の一つで、周りの状況を確認できる。［風魔法］と同じく距離が離れると扱いにくくなり、ぼやけてしまう。

しかし、この部屋の中ならば、精度はかなり高い。スキルを上げていけば、さらに細部まで認識できるようになるだろう。そして、既に習得したときよりも精度は上がっている。

この［空間認知］を使いながら［マルチタスク］で［風魔法］を同時に使うことでパソコンを操作する。これが当面の目標だな。

そして、ＳＰ消費も怠ってはいけない。明日のことを考えると、［毒草生成］よりも［薬草生成］を使っておくべきだろう。僕は［薬草生成］で薬草を生成し、［ストレージ］に入れておく。

今日は異世界でボスに挑む予定だ。日本で鍛えられるものは全て鍛えておくべきだろう。

狭間圏《はざまけん》
［風使い：Ｌｖ38］

HP：204／227＋1 風使い：－23 MP：742／616＋6 風使い：＋126
SP：2／125＋2
力：25 風使い：－13 耐久：65 風使い：－13 俊敏：40 風使い：＋27 技：25
器用：31＋1 魔力：55 風使い：＋68 神聖：97 魔力操作：83＋2 風使い：＋88
[風魔法：Lv69]＋2 [エアブレード：Lv55]＋2 [エアスマッシュ：Lv51]＋3
[補助魔法：Lv34]＋1 [プロテクト：Lv47]＋1 [バイタルエイド：Lv47]＋1
[マナエイド：Lv32]＋2 [空間魔法：Lv12]＋2 [空間認知：Lv18]＋3
[毒耐性：Lv16]＋1 [マルチタスク：Lv42]＋1 [ストレージ：Lv30]＋1
[薬草生成：Lv2]＋2 etc…38

♻

「いるね、明らかに大きいのが一体」

「おそらく三尾ってやつだろう」

僕たちは第三戦線奥の狩場に来ている。これ以上近づくのは危険なので、こっそり僕の[空間認知]で様子を見る。大きな反応が1つ。これが三尾、この狩場のボスだろう。尻尾が3本生えている大きな炎狐だ。

「しかしケン、いつの間に[空間魔法]なんて習得したんだよ」

「最近だよ。まだ［空間認知］しか使えないんだ」

「いや、十分だよ。それで、他にもいる？」

「うん、おそらくだけど大きさ的に全て炎狐だね。1、2、3、……全部で11頭だ」

「やっかいだな。いや、爆弾小僧がいないだけマシか。クラール、さばけるか？」

「いけるよ。時間はかかるけどね。ボスはジーンに任せる」

単純な作戦だ。ジーンは三尾と1対1。クラールが雑魚を殲滅し、僕が回復と補助。危なくなったらクラールが［転移］の魔石を使って200m後退、その後全速力で逃げる。

ちなみに朝［ポーション生成］をしておいた。各自ポーションを持っている。とはいっても、ポーションは戦闘中には使えない。気休めだ。それから、1人2個ずつ［オートヒール］の魔石を持っている。準備万端だ。

「よし、行こう。ケン、補助を頼む」

僕はクラールにうなずき、［プロテクト］［バイタルエイド］をかけていく。


「行くぜ！［清流槍］！」

ジーンが1頭だけいる大きな炎狐に突っ込み、いきなり大技を使う。

バシュッ！

不意打ちだったこともあり、完全に1発入る。

「［アイスアロー］！」

クラールもそのタイミングで［アイスアロー］を周りの炎狐に撃ち込む。奴らがこちらに気づき、一斉に攻撃を始める。［炎魔法］だ。

ボワッ！　ボワッ！　ボワッ！

1頭倒したところで、残りの炎狐は10頭もいる。次々に［炎魔法］を撃ってくる。

「［ハイヒール］！　［ハイヒール］！　［ハイヒール］！」

僕は［マルチタスク］で［ハイヒール］を連発する。こちらの回復速度を上回る勢いで［炎魔法］がくる。

「クソッ！　こいつ素早いぞ！」

ジーンが三尾に槍を放つが、直撃はしていない。さらに、ジーンの攻撃をかわしながら、鋭い爪で攻撃してくる。通常の炎狐とは違い、物理攻撃もガンガンやってくるようだ。

「［ハイヒール］！　［ハイヒール］！　［ハイヒール］！」

バックン！

バックン！

心臓の鼓動が激しい。これが強敵との戦い……。

僕の回復速度を上回る炎狐の［炎魔法］と三尾の斬撃。徐々にＨＰが減ってしまう。

しかし……。

「［アイスアロー］！」

クラールが確実に炎狐を仕留めていく。ジーンと三尾が一進一退の攻防を繰り返している間に確実に数を減らす。

「［ハイヒール］！　［ハイヒール］！　［ハイヒール］！」

僕の回復が間に合わず、同時に［オートヒール］が発動する。そのタイミングで、敵の攻撃速度を僕の回復速度が上回る。

炎狐が残り5頭になった。

「よし！　いけるよ！　僕の回復のほうが速い！」

「［アイスアロー］！　あと4頭！」

「いいぜ！　こっちもタイミングがつかめてきた！　［濁流槍］！」

バシュシュシュシュッ！

ジーンが水しぶきとともに三尾に［濁流槍］を繰り出す。

よし！　このままいけば押し切れる！


ダッ！

その瞬間、三尾が後退し、距離をとる。

「コォォォオオオン！」

三尾の雄叫びとともに、周りに40ｃｍくらいの炎がいくつも浮かび上がる。

「おい！　なにか来るぞ！」

ジーンも一旦距離をとる。僕は構わず回復、クラールは炎狐の殲滅をしながら警戒をする。

「まずい！　最悪だ！」

浮かび上がった炎が渦を巻きながら、炎狐に変わっていく。せっかく減らした炎狐がまた8頭ほど出現する。

「おいクラール！　どうする⁉」

「まだいける！　戦おう！」

まだ［オートヒール］の魔石も残っている。このままいくとジリ貧だが、その前に仕留めることができるかもしれない。

「［ハイヒール］！　［ハイヒール］！　［ハイヒール］！」

僕はとにかく回復を連発する。

クソ……。気を抜くと集中が途切れ、回復が遅れそうになる。集中だ！　一瞬でも回復が遅れたら、もう戦えないだろう。

「［アイスアロー］！」

再びクラールが炎狐を仕留め、数を減らしていく。その間、［オートヒール］の魔石が消費され続ける。そろそろ1つ分は消費されるだろうか。

「コォォォオオオン！」

「やべぇ！　まただ！」

かなりまずい！　さらに炎が浮かび上がり、8頭の炎狐が出現する。

「［ハイヒール］！　［ハイヒール］！　［ハイヒール］！」

頭が痛くなってくる。明らかにキャパオーバーだ。回復が追いつかないぞ！

「すまない！　もう少し、もう少しなんだ！」

クラールが叫ぶ。［転移］の魔石は使わないのだろうか。何がもう少しなんだ？

「わかった！　おいケン！　踏ん張れぇ！」

「［ハイヒール］！　［ハイヒール］！　［ハイヒール］！」

炎狐の数は15頭くらいいる。

「まずいよクラール！　限界が近い！」

頭がさらに痛くなってくる。思考が鈍るが、回復の優先順位を間違えられない。

「きたよ！　新スキルの習得だ！」

新スキル？

「すぅー……」

クラールは目を閉じ、大きく深呼吸をする。

ちょっと待ってくれ！　そんなことをやっている余裕は無いぞ！

大きな弓を真上に構える。

彼が矢を引くと同時に、弓と矢が青白く光る。


……なんだ？

とても美しい光だ。

時間がゆっくりと進むような錯覚に陥る。


くる！

なにかくるぞ！


「［アイスレイン］！」

クラールがそう言うと、矢を放つ。弓からは青白い矢が無数に天空へ向かって伸びていく。

天空に伸びた矢は、放射状に散っていき、全ての炎狐めがけて飛んでいく。

ヒューン！

タタタタッ！

ピキピキッ！


全ての炎狐に矢が刺さり、凍っていく。

一瞬で全ての炎狐が殲滅される。

凄まじい技だ。


「［ハイヒール］！［ハイヒール］！［ハイヒール］！」

僕はすかさず回復をする。雑魚がいなくなったことで、一気に回復が進む。

「っしゃ！　一気にいくぜ！」

雑魚がいなくなり、ジーンが水属性の槍技を連続で繰り出す。

「［流突き］［濁流槍］！」

三尾の動きは速い。［清流槍］のような大技はおそらく当たらないのだろう。しかし、［流突き］のような単発や、［濁流槍］のような連撃は確実に三尾の体力を削っていく。

ダッ！

三尾が再び後退し、距離をとる。

「コォォオオン！」

三尾の周りにまた8つほど炎の塊が渦を巻く。炎狐が再び8頭ほど現れる。

「無駄だよ。［アイスレイン］！」

ヒューン！

タタタタッ！

ピキピキッ！

すぐに全ての炎狐が殲滅される。

すごい！　もはや炎狐は敵ではない。

「おらおらおらぁ！」

ジーンの連撃が炸裂する。

三尾はジーンの攻撃を避けながら、爪で攻撃を繰り出す。1対1の戦いはほぼ互角だが、こちらはひたすら回復ができる。さらに、クラールが［アイスアロー］を後方から撃つ。

それでも僕が一瞬気を抜けば、回復速度が遅れ危険な状態になる。先程よりはマシだが、緊迫した時間が流れ続ける。

「コォォオオン！」

またか!!　クラールのＳＰは大丈夫か!?

三尾の周りに再び炎の渦が発生する。

⁉

「おい！　さっきと様子が違うぞ！　気をつけろ！」

発生した炎の渦は、全て三尾に集まりだす。

「なんだ⁉」

炎は三尾に吸収され、三尾は一回り大きく、真っ赤になる。


ザッ！


‼

動きがさっきよりも速い！

「なっ！」

ドガッ！

ジーンが吹っ飛び、受け身を取る。

まずいな。とにかく回復だ。［ハイヒール］！

僕は［ハイヒール］を連発する。

どうやら三尾は先程よりスピード、攻撃力が上がっているようだ。僕の回復速度よりも、ジーンのダメージの方が大きい。

クラールが［転移］の魔石を握りしめる。

「待てクラール！　俺もなんかつかめそうだ！」

ジーンが叫ぶ。

ズシャッ！

ジーンは三尾の連撃に対して、なんとか槍でしのいでいる。かなり厳しい状況だ。

「［ハイヒール］！［ハイヒール］！［ハイヒール］！」

再び僕を頭痛が襲う。

クソ！　またキャパオーバーだ。


ダッ！

三尾が後退し、再び距離をとる。

マジかよ⁉　まだ何かやるのか⁉

「コォォォオオオン！」

炎の渦がいくつも発生し、三尾に集まる。

「勘弁してくれ！　回復が追いつかない！」

「ジーン！　まだか⁉」

「クソッ！　もう少し耐えてくれ！」

「［ハイヒール］！［ハイヒール］！［ハイヒール］！」

ダメだ。回復が間に合わない。

もっと！

もっと速く！


頭が割れるように痛い。

ボタボタと鼻血が落ちる。

シュー！

全ての炎が三尾に集まる。

……………………。

一瞬、無音になる。

バゴォォォオオオン！

三尾を中心に炎が広がる。
爆音とともに全身が焼かれる。

「ぐあぁぁぁ！」

やばい！

死ぬ！

僕は自分に［ハイヒール］を連発する。すでに［オートヒール］の魔石は空だが、僕自身の［オートヒール］が発動している。

「おいケン！　生きてるか⁉」

槍を構えたジーンが叫ぶ。全身血だらけだ。

「使うよ！」

クラールも全身に傷を負っている。もう限界だと判断したんだろう。手には［転移］の魔石を握りしめている。

「待って！　いける！」

そう叫んだのは僕だ。さっきまでの頭痛が嘘みたいに無い。

「［クイックヒール］！」

僕はそう叫ぶと、自分に［クイックヒール］を連発する。1回叫ぶ間に［クイックヒール］は5、6回発動しただろうか。

僕の身体が高速で発光し、あっという間に傷が治る。新スキルの習得だ。

クラール、ジーンにも［クイックヒール］を使い、傷を治していく。

「ケン！　でかした！」

クラールは魔石の使用をキャンセルし、再び攻撃態勢をとる。

ダッ！

同時に三尾も距離をとる。

「またくるぞ！」

「ケン！　クラール！　俺の後ろへ来い！」

バッ！

僕はジーンのもとへと走る。

「ハッ！　お前らだけが成長すると思うなよ！」

ジーンは自信に満ちた表情をする。

「コォォォオオオン！」

再びいくつもの炎の渦が三尾へと集まる。

「爆発がくるぞ！」

「いや、こねぇよ！」

ジーンがそう言うと、槍を突き立てて両手を添える。

バゴォォォオオオオオン！

バシャーッ！

爆発の炎が迫る瞬間に、地面から水が噴き上がる。

!?

痛くないぞ！

なんてこった。あの爆発を防いだのか？

「［流槍・守備の型］！　おい、いまので勝ち確定だ！　いくぜ！」

ジーンはそう言うと猛烈な勢いで三尾に突進していく。

三尾の全ての斬撃に対して、水属性のカウンターが入る。さっきまでの苦戦がウソのようだ。

「そこだ！　［清流槍］！」

ブシャッ！

「コォォォオオオン！」

ドサッ！


三尾が倒れ込む。

倒した……のか？

僕はヨロヨロになりながら、ジーンに近づく。

「待って！［解体］！」

クラールが三尾に［解体］を使うと、三尾が肉と毛皮になる。

勝った……。

勝ったんだ……。

「よし、完全に仕留めたみたいだね」

「ふぅ……。死ぬかと思ったよ」

「あぁ、何回か死にかけたな」

僕たちは全員その場にへたりこんだ。

狭間圏《はざまけん》
［上級聖職者：Lv38］＋6
HP：223／233＋6　MP：55／616　上級聖職者：＋126
SP：2／126＋1
力：25　耐久：65　俊敏：40　技：25　器用：31　魔力：60＋5　上級聖職者：＋66
神聖：103＋6　上級聖職者：＋126　魔力操作：85＋2　上級聖職者：＋66
［回復魔法：Lv51］＋2　［ハイヒール：Lv26］＋3　［オートヒール：Lv30］＋2
［クイックヒール：Lv4］New＋4　［リヒール：Lv0］New
［炎耐性：Lv29］＋4　［ポーション生成：Lv15］＋1　［痛覚耐性：Lv6］＋1
［マルチタスク：Lv44］＋2　etc…44

10　魔パーティ

昨日は第三戦線のボス、三尾を倒すことができた。ギリギリの戦いだったが、なんとか［転移］の魔石を使わずにすんだ。

やはりイヴォンさんが言っていたとおり、死にかけるほど苦戦する戦いというものは得られるものが大きい。クラールは［アイスレイン］、僕は［クイックヒール］、ジーンは［流槍・守備の型］を習得することができた。更に僕は戦闘後、［リヒール］も習得できた。

今思い出しても高揚感がある。地道に安全に修行をしても強くなれるだろうが、死と隣り合わせの戦いでなければ得られないものもあるだろう。しかし得られるものは多いが、あんな戦いを繰返していては、そのうち死んでしまうかもしれない。

僕が［転移］の魔法を習得できれば、生存率が格段に上がりそうだ。日本にいる間は、［風魔法］［空間魔法］［補助魔法］の修行だな。

それから確か［リヒール］は対象のＨＰが減っていなくても使えるはずだ。効果は徐々にＨＰが回復するというもの。ＨＰが減っていなくても使うことができる。［回復魔法］に分類されているが、［補助魔法］に近い気がする。

やってみよう。

［リヒール］！

よし、発動している。魔法は発動したが、HPが減っているわけではないので、何も変わらないな。これは自室でもスキルを上げることができる。庭に来た鳥には一通り［補助魔法］と［リヒール］をかけておこう。

そして、［風魔法］と［空間魔法］を使って、ペン立てからタッチペンを取り出そうとしてみる。

ブワッ！

ガシャンッ！

やっぱりダメだ。

ペン立てが倒れ、中のペンがバラバラになる。よし、ここからペン立てをもとに戻そう。［風魔法］については、かなり慣れてきた。ペン立てくらいの大きさのものなら、立てることができる。

ゴトッ！

ここまでは全く問題ない。しかし、この散らばったペンを1本ずつ戻す操作が難しい。

フワッ……コト。

やはりダメだ。少し持ち上がって、落ちてしまう。かなり繊細な魔力操作が必要だ。風を起こし、ペンを持ち上げ、それを維持する。それから［風魔法］の出力を少しずつ上げ、ペン立てまで持っていく。手順はわかっているが、ペンを持ち上げ、それを維持するところまでいかない。

クソ……。すごい集中力を使うな。寝たきりで、かつＭＰも全快なのに疲労が溜まる感覚がある。

とりあえず今はヘルパーさんが来るまでに、ペンを全て戻そう。


「………………」

アイザキが家にやってきたが、しばらく無言だ。

「…………」

「ササモト来た？」

僕はうなずく。

「そうか……」

「…………」

「あいつ、怒ってたろ？」

「…………」

僕は首を横に振る。殴り合ったときは怒っていたようだが、ここに来たときは怒ってはいなかった。むしろ何があったのか心配していた。そして、心配しているのは僕も同じだ。

「ウソつけ、ふつう怒るだろ」

「…………」

僕は、アイザキをじっと見つめ、再び首を横に振る。

「なんだよそれ……」

僕は［空間認知］で本棚のアルバムの位置を正確に把握する。

ゴトッ！

「ん？」

バラバラ……。この前と同じように［風魔法］を使ってアルバムを落とし、僕とササモトが写っている写真のページを開く。

「おい……これ」

先程まで真顔だったアイザキだが、写真を見て笑ってしまったようだ。ちなみにこの写真を撮ったのがアイザキだ。

「なつかしいな……」

「……………」

「うちの親、離婚すんだよね」

マジか。アイザキのお父さんには、一度キャンプに連れて行ってもらったことがある。

「父さんさ、浮気してたみたいで、その女とどっか行っちまったよ」

「……………」

「バカみてぇだろ？　小学生じゃあるまいし……高校生にもなって、親の気を引こうとしたんだよ」

「……………」

アイザキは、ボロボロと泣き出す。

「俺、父さんに一度も怒られたことないんだよ。いつも、俺が間違ったことやってもニコニコしてさ。ガラス割ったときも、車にボールぶつけたときも、俺の心配ばっかりして……」

「…………」

「それが、他の女のところに行ってやがんのよ……」

「…………」

僕は何も言えないし、言葉が話せたとしても、何も言えない。キャンプに行ったときも、優しいお父さんだった。

「…………」

「悪かったな、変な話しちまって」

僕は首を横に振る。

「…………」

「ササモトにも悪いことしちゃったよな」

「…………」

「あいつ、許してくれるかな?」

「…………」

僕はアイザキの目を見てうなずく。ササモトは、もう怒っていない。

「そうか……」

狭間圏《はざまけん》
【風使い：Lv38】
HP：201/234+1 風使い：−23 MP：747/621+5 風使い：+126

SP：3／129＋3
力：25 風使い：－13 耐久：65 風使い：－13 俊敏：40 風使い：＋27 技：25
器用：32＋1 魔力：60 風使い：＋68 神聖：103 魔力操作：87＋2 風使い：＋88
[風魔法：Lv70] ＋1 [エアブレード：Lv57] ＋2 [エアスマッシュ：Lv53] ＋2
[風刃：Lv0] New [回復魔法：Lv52] ＋1 [リヒール：Lv4] ＋4
[補助魔法：Lv35] ＋1 [プロテクト：Lv48] ＋1 [バイタルエイド：Lv48] ＋1
[マナエイド：Lv34] ＋2 [空間魔法：Lv14] ＋2 [空間認知：Lv21] ＋3
[毒耐性：Lv17] ＋1 [マルチタスク：Lv45] ＋1 [ストレージ：Lv31] ＋1
[毒草生成：Lv7] ＋3 etc…38

♻

「武闘大会ですか？」

「えぇ、今月王都で開かれる予定です。うちの教会からも1人出しておこうと思いまして」

今日は朝からイヴォンさんに呼び出され、応接室へ来ている。武闘大会ってジーンが優勝したやつだよな。毎月開かれるのか。

「えっと、教会から1人出場させるということですか？」

「いえいえ、大会に選手として出場するわけではありません。回復要員です」

「なるほど。そういうことでしたか」

てっきり出場するのかと思ってしまった。まぁ少し出てみたい気はするけれど、前衛のステータスはほとんど育っていないからな。出場してもすぐにやられてしまいそうだ。

「毎月行われる武闘大会では、いくつかの教会から回復要員が出向します。教会は基本的に街から優遇されていますからね。その分、領主へ魔石を優先的に売ったり、武闘大会など回復要員が必要な場合は人員を派遣しなければなりません」

「そうなんですね」

「それからギルド貢献度も合わせて上がります。今狭間さんの貢献度はいくつですか？」

「4ですね」

ギルド貢献度とは、ギルドカードの裏に記載されているものだ。ランクのような意味合いもあり、どれだけギルドや街に貢献したかが数値でわかる。

ちなみに今の僕の貢献度は4。ダブルヘッド討伐の要請クエストで1、第三戦線での狩りで1、ボスの三尾を倒したことで2上がった。

各戦線では、魔物を一定以上倒し、それを素材とともにギルドに報告するだけで貢献度が上がる。戦線で魔物が殲滅できれば、人間の生活領域が広がるため、ボスを倒さなくても狩りをするだけで上がるんだ。

「武闘大会は4日間あります。予選が2日間と本戦が2日間ですね。報酬は通常通りですが、4日間で貢献度が1上がるのはなかなか効率が良いと思いますよ。新人には割の良い仕事ですし、狭間さんならＭＰが途中で尽きることはないでしょう」

「そうですね。第三戦線での修行も一区切りつきましたし、ぜひ参加させていただきたいです」

「それはよかった。予選は明後日からですので、それまでは今まで通り［オートヒール］の魔石作成と補充を中心にお願いします」

「あの、ちなみにですが、回復要員として仕事をしつつ、選手として出場することは可能なのでしょうか」

「そうですね。今までそういったお話は聞いたことがありませんが、禁止はされていませんので可能だと思います。参加するんですか？」

「どうでしょう。参加はしてみたいですが、前衛のステータスは育っていないのですぐに負けてしまいそうですよね」

もし参加するとすれば、俊敏が圧倒的に足りないよな。まぁ優勝者のジーンに話を聞いてみよう。


その後いつも通り騎士訓練所で［オートヒール］の魔石を作成する。

「［ホーリーアロー］！」

「グッ！」

ついでに［光耐性］も上げておきたいので、クラールに［ホーリーアロー］でＨＰを削ってもらう。僕は魔石を握りしめ、痛みに耐える。

「はぁ、はぁ……。なんだかこの前よりも威力が上がってるよね？　こっちも［光耐性］が上がってるのに、ダメージが増えてるよ」

「そうだね。昨日三尾を倒したことで、ステータスが結構上がったから」

「なぁ、お前本気で武闘大会に出る気か？」

「やっぱり無理かな？」

武闘大会について、ジーンに意見を聞いてみた。

「まあなぁ……。お前の自爆技あるだろ？［フレアバースト］だっけ？　あれがあれば、力の低さはカバーできるだろうが、俊敏はどうにもならないぞ。攻撃が当たらないんじゃないか？」

「やっぱりそうだよね」

対人戦はやはり俊敏が重要なのだろう。ジョブを一番俊敏が上がる［斥候］にしたところで僕の俊敏はたかが知れている。

「あ、そうだ。そういえば昨日［風刃］っていう［風魔法］を習得したんだ。試してみるか」

新しく習得した技はなんとなくだが、どんなものかわかる。特に三尾戦では、何故かはっきりと認識できた。ジーンやクラールもいきなり使いこなしていたしな。［風刃］についてはおそらく［エアブレード］の上位技だと思う。

「［風刃］！」

シャッ！

やっぱり［エアブレード］と同じだ。ただし、効果範囲がやたらと広い。［エアブレード］は1mくらいの幅だが、［風刃］は3mくらいの幅がある。奥行きも［風刃］のほうが［エアブレード］よりもあるな。魔物が密集していれば、範囲攻撃として使えるだろう。便利は便利そうだけど、幅と奥行きがあると、自室で強化するのが難しいな。外に向かって連発すればなんとかなるか？

あ！

これ、いけるかも。


対人戦でも工夫をして戦えば、低い俊敏をカバーできるかもしれない。

「ちょっと考えたんだけど、試していいかな？」

「ん？　あぁ、なんかわかんねぇけどやってみろよ」


「どうかな？」

「おぉ～……。ケン、考えたね」

「確かに勝てるかもしれねぇけど、ちょっと卑怯じゃないか？」

「いや、戦略的だよ。僕はこういう戦い方は好きだな」

「なんだかなぁ。武闘大会ってのは、もっとこう……技と技ってのか？　そういうのを競い合うんだよ」

「それは前衛の戦い方だろう？　ケンは自分のスキルとステータスを活かした戦い方をしただけだ。少なくとも、ギルド関係者や冒険者からは評価されると思うよ」

「まぁな。んで、どうすんだ？　出場すんのか？」

「そうだね。これでどこまでいけるか試してみたいよ」

「予選は明後日からだろ？」

「そうみたい」

「まずいね。時間がほとんどない。すぐに狩場で仕上げたほうが良いよ。今日も第三戦線へ行こうか」

「おぉ、ありがとう。付き合ってくれるの？」

「もちろんだ」

「今はやることねぇしな」


その後僕たちは第三戦線で狩りをした。どうやら、ボスを倒したことで、雑魚の出現が減ってしまったようだ。

第三戦線での狩りは、ギルド貢献度を上げることができる。その理由の一つは、魔物の数が減ることだ。狩場では基本的に魔物が出現し続ける。けれど、無限ではない。狩りを続ければ徐々に減っていくし、ボスを倒すことで明らかに出現が減る。それを繰り返すことで、魔物が出現しなくなり、人間が生活できる領域が広がるんだ。だから、第三戦線での狩り、特にボスを倒すとギルド貢献度が上がる。

だけど、今回は微妙だ。魔物が少ないので、［斥候］のジョブの上がりが悪い。

「やっぱり魔物が少ないね」

「昨日三尾を倒したばかりだからな」

「第四戦線ってどうなんだろう？」

「どうだかな。聞いた話だと、魔物自体はそこまで強くないらしいぞ」

「そうだね。ただ、多人数でいかないとどうにもならないらしいよ。３人パーティでは厳しいと思う。かといって、第五戦線以降は、特別な許可が必要だからね。第四戦線の様子だけ見てみる？」

「そうだね。どんな場所なのか知りたいし」

「じゃ、行ってみるか」


第四戦線は草原だった。見晴らしがよく、気持ちがいい。第三戦線は乾燥しており、暑苦しかった。埃っぽかったし。それに対し、第四戦線はとても気持ちがいい。魔物さえ出てこなければ、人間が生活するのに適しているだろう。

「おぉ、いいところだね」

「そうだな」

ジーンもクラールも第四戦線は初めてのようだった。僕と同じく周りをキョロキョロと見回している。ポータルの近くにはテントがいくつかある。ここには建物が無いのだろうか。

「あの一番大きいのがギルドじゃないかな？」

「しかし、見晴らしが良いな。魔物が来たら一発でわかるんじゃないか？」

「そうだよね。魔物が大量にいるって話だったけど、今は平和っぽいね」

冒険者らしき人たちも何人かいる。

「とりあえずギルドで情報を集めよう」

僕たちは一番大きなテントへ向かう。ギルドの看板が出ているので、このテントがギルドで間違いないようだ。

中には20人くらいの冒険者たちがいた。第四戦線にいるということは、全員がかなりの手練れだろう。

「どうするんだ?」

「どうするって、今回は無理じゃないの?」

「MPは全快なのに……残念ねぇ」

なんだか揉めているようだ。

「なにかあったのかな?」

「さぁな。あそこで聞いてみればいいんじゃねぇか?」

ジーンが親指でクイッとカウンターを示す。

「そうだね。行ってみよう」

受付にはキレイな女性がいた。ギルドなんて男ばっかりだと思っていたのに珍しいな。というより、よく見ると周りの冒険者も女性が多い。こんなのは初めてだ。

「なにかあったんですか?」

「今から狩りに行く予定だったみたいよ?」

「釣り役の［斥候］が負傷しちゃったってわけ。［回復魔法］である程度治ったみたいだけど、あそこまで酷いとしばらくは安静って感じよね」

「なるほど、そうだったんですね」

釣り役？　狩場で釣りってどういうことだ？　ジーンとクラールはわかっているようだけれど、よくわからないな。

「あなたたち、ちょっとギルドカード見せてもらえる？」

「あぁ、構わないぜ」

僕たちは受付の女性にギルドカードを渡す。

「あぁ、三尾を倒したルーキーね」

僕は新人だが、ジーンやクラールもここだと新人にあたるのだろうか。

「前衛と中衛、後衛の3人ね。バランス良さそうじゃない。どう？　あっちに参加してみる？」

「今参加できれば効率は良いね。ジーン、釣り役ってやったことある？」

「あぁ、何度かあるけど、大した狩場じゃなかったぞ」

えっと、釣り役ってなんだろう。僕だけ置いてけぼりだ……。

「あんたたち！　ここのルーキーが三尾討伐した奴らだよ！」

受付の女性が、こちらの許可なしに冒険者たちに大きな声で言う。

「おい！」

ジーンが慌てる。

「だった？」

「なんだって!?」

「あら、可愛い坊やたちね……」

冒険者達がざわつく。

「やぁ、それは本当か？」

体格の大きな盾戦士と思われる男性が声をかけてくる。30代だろう。重厚な装備にいくつも傷がついている。歴戦の戦士っぽい感じが出ているな。

「えぇ。つい先日討伐をしました」

「それはすごいな。どうだろう。我々のパーティに参加してみないか？」

彼がリーダーだろうか。女性ばかりのパーティだと思っていたが、前衛の戦士は全員男性だな。

「こちらとしてはありがたいのですが、釣り役が不足しているんですよね？」

「そうだ。負傷してしまってな。既に傷は回復しているのだが、しばらくは起きないだろう」

「なぁ、本格的な釣り役って［盗賊］とか［斥候］の役割だろ？　おれは［流水槍術士］だぞ」

「［挑発］系のスキルはあるか？」

「あぁ、［挑発］なら持ってるぜ」

「そうか。軽い狩場から試せば問題ないだろう。どうだ？」

僕たちは顔を見合わせると、クラールがうなずく。

「わかりました。参加させていただきます」

「そうか。よかった。では説明させてもらおう。俺はリーダーのガインだ。よろしくな。おい！

今日の狩りができそうだ！　少々の変更はあるが、柔軟に対応してもらいたい！」

テント内がざわつく。

「金髪の坊やが可愛いわぁ……」

「あら、あのツンツン坊やも悪くないわよ」

「あんな坊やたちで大丈夫かしら」

「あぁ、すまんな。狩りの特性上、魔法がメインになるからな。女性が多いんだ。若い君達には刺激が強いかもしれん」

「いえ、問題ありません」

クラールが爽やかに答える。

「…………」

問題が無いのはクラールだけだ。僕とジーンは正直やりにくい。

「こっちに来てくれ」

「はい」

僕たちはガインさんについていく。

「ここ第四戦線は見ればわかるとおり平野《へいや》だ。北へ行けば第三戦線。西、東、南の順に魔物が強くなる。今日は初めてだし、西の狩場へ行く」

見渡す限りの平野で、よく方角がわからないな。以前ノーツさんが使っていた［方位］のスキルがあればわかるんだろうか。

「それから君たちの魔法やスキルについて教えてくれ」

僕たちはそれぞれの魔法やスキルについてガインさんに説明をする。

「なるほど。戦力としてはありがたいな。キミのメインは槍のようだが、ステータスとしては釣り役でも問題はないだろう」

「あぁ、やってみるよ」

「それから［魔弓士］のキミは全体攻撃をメインに使ってくれ」

「はい、わかりました」

「キミは［エリアヒール］がメインだな」

「了解です」

「では、陣形について説明しよう。ここは安全地帯でな。西へ行けば、徐々に魔物が増えてくる。ある程度魔物が出る場所まで行ったら、陣形を組む。陣形は単純だ。俺たち盾戦士が前面に出て、後ろで弓などの中衛、魔法メインの後衛が一箇所に固まる。そして、釣り役が周辺を走り回って［挑発］を使い倒す。ある程度魔物を引っ張ってきたら、陣形の前面、盾戦士のところへ来てもらう。あとは［盾戦士］も［挑発］系のスキルを使い続け、魔法で集中砲火。釣ってきた魔物を一掃するわけだ」

「なるほど」

「確かに効率は良さそうだな」

マジかよ。それって釣り役かなり危なくないか？

「それで、回復役のキミは前衛にひたすら［エリアヒール］と［補助魔法］を頼む。余裕があれば、攻撃魔法を撃っても構わない。単体よりも範囲攻撃魔法が有効だ」

「わかりました」

「それから万が一だが、前線が崩れたら全力で逃げろ。［転移］の魔石をいくつか所持しているから大丈夫だとは思うがな」

「わかりました」


僕たちは第四戦線の西へ向かう。

「…………………」

僕は無言だ。というのも、このパーティは僕たち以外だと、前衛の盾戦士3人と魔法職の3人が男性で、残りの魔法職の人達は全員女性だ。クラールはにこやかに女性たちと会話をしながら進んでいる。

僕は年上の女性に慣れていない。同級生とだって、女子とはそれほど積極的に話したりしなかったしな。そもそも男女に関わらず、年上は先生と親くらいしか話したことが無い。

異世界に来て、カルディさんやドグバさん、ノーツさんたち年上の人達と話すようにはなったが、女性が多い場は慣れないな……。

「ったく緊張感がねぇよな。ピクニックじゃねぇんだぞ」

「いや、僕は悪い意味で緊張感があるよ……」

やっぱり居心地が良くない。さすがに狩りが始まってしまえば大丈夫だと思うけど。

「腕爆発させながら攻撃するやつが言うことかよ。シャキッとしとけ！」

バンッ！　とジーンに背中を叩かれる。

「あなた、範囲攻撃魔法は［辻風］と［風刃］が使えるんですって？」

魔法使いの女性に話しかけられる。スカートと胸元にスリットが入っており、目のやり場に困る。魔法使いって攻撃はあまり受けないと思うけど、その服装は防御力どうなっているんだろうか。

「はい、範囲攻撃は［辻風］と［風刃］しか使えません」

「なら地面から少し浮かせて使いなさい。土埃が舞うと、他の前衛や魔法使いに迷惑がかかるからね」

「なるほど、ありがとうございます！」

「ふふ……。素直な坊やも悪くないわね……。今度魔法を教えてあげようかしら」

「よろしくお願いします！」

なんだろう、ドキッとしてしまうな。

「おいこら、悪い意味での緊張感はどうしたんだよ」

「たった今、良い意味での緊張感に変わったのかも……」

「やれやれ、いい気なもんだぜ」


徐々に魔物が現れ始める。ここは草原だけあって、野獣の魔物だ。虎やサイ、カンガルーのような魔物が出てくる。全て明るい黄色をしているので目立つ。盾戦士が［挑発］をし、後ろから魔法部隊が殲滅する。

「黄色は大して強くないぞ。ある程度群れを引っ張ってきても殲滅できる。この狩場だとたまに赤いやつがいるんだが、そいつは少しやっかいだ。全てのステータスが黄色より上だ。釣ってくるのは2頭までにしてくれ。赤が3頭以上くると少しキツイ」

ガインさんが説明してくれる。

「了解。色が違うのはわかりやすいな」

「あと、黒いのは更に強い。今日の狩場では出ないと思うが、出たら逃げてくれ」

「そんなにやばいのか？」

「まぁな。単体ではそこまで脅威じゃないが、大量の魔物に2頭以上黒が出ると、前線が崩れる可能性がある。今日はやめておいたほうが良いだろう」

「わかった」

「よし、この辺りでいいだろう。陣形を組め！」

全部で何人いるんだろうか。これで1つのパーティだとすると、ダブルヘッドのときよりも大規模になるか？

前衛に盾戦士が3人。その後ろにクラールたち弓部隊。僕たちはそのさらに後ろ、魔法部隊だ。

「よし、最初は10頭くらいでいいぞ」

「オーケー！」

ジーンが颯爽と駆けていく。

10頭って結構多いな。

…………。

全員が無言のまま構える。

「来たぞ！」

数分後、ジーンが戻ってくる。


ドドドッ！


10？　いや20くらいいないか？

「すまん！　思ったより固まってた！」

ズザァッ！

ジーンは盾戦士たちの位置で止まり、振り返る。

「「「うぉぉぉ!!」」」

盾戦士たちが［挑発］系のスキルを発動する。

「［サンダーレイン］！」「［ファイアストーム］！」「［アイスレイン］！」「［トルネード］！」

「［辻風］！」

魔法部隊が一気に魔法を発動させる。


ゴオオオォォォッ!!

バチバチッ!!

ガガガッ!!


爆音とともに、炎や風、雷などが鳴り響く。僕も［辻風］を数発撃っておいた。

すごいな……。これが魔法部隊か。

20頭くらいいた魔物が一掃される。前衛のダメージもほとんどない。おそらくだが、ここの魔法使いの一人ひとりがかなりの実力なのだろう。

「全部黄色だったな。あれくらいの数なら全く問題ない。次はもっと連れてきてもいいぞ」

「わかった」

僕たちは素材を一通り回収する。魔法で滅多打ちにされているため、素材の状態はあまり良くない。魔石だけはきちんと集めておくのが一般的なようだ。

「よし、今度は向こうへ行ってみる」

再びジーンが魔物を引き連れてくる。

「赤がいたぞ！」

「了解！」

また20頭くらいいだ。確かに1頭赤いのがいる。

「［サンダーレイン］！」「［ファイアストーム］！」「［アイスレイン］！」「［トルネード］！」

「［辻風］！」

凄まじい爆音とともに、魔物が殲滅される。今度は1頭赤い虎の魔物が生き残っている。

「ウガァッ！」

ガギンッ！

前衛が盾で攻撃を受ける。

「［濁流槍］！」

バシュシュシュッ！

ジーンの［濁流槍］でも倒れない。

が……。

「［ファイアアロー］！」「［アイシクルランス］！」「［エアブレード］！」

今度は魔法部隊が、単体攻撃魔法を連発する。


ドサッ！


赤色の虎をあっという間に仕留めた。

「これなら赤が数頭いても大丈夫だな。ここの狩場なら全く問題ないだろう」

やはり数人高レベルの魔法使いがいるな。数発桁違いの威力の魔法が入る。魔法の範囲が一回り大きいんだ。

うーん……。僕の範囲攻撃魔法は逆に一回り小さいな。

武闘大会のために、ちゃっかりジョブを［斥候］にしている。おそらくそのせいで、この中では魔力がダントツに低いんだろうな。


10回くらい繰り返しただろうか。

「MPが減ってきたわ！」

「私もそろそろよ」

「よし、十分だ。切り上げよう！」

僕たちは来た道を帰る。

「おい、キミはジーンと言ったな。良い動きだった。おかげで効率の良い狩りができたぞ。またどうだ？」

「あぁ、こっちもお願いしたいよ」

「ジョブの上がりがすごかったよね」

「それから［魔弓士］のキミもかなりの火力だ」

「ありがとうございます」

正直僕は火力不足だったと思う。2人ほど役に立っていないだろう。

「それから、今回の狩場は俺たちがほとんどダメージをもらわなかったが、東や南の狩場ではそうもいかないだろう。そっちに行くときは、キミの［エリアヒール］が頼りになるだろう」

「了解です。そのときはまたよろしくお願いします」

ガインさんにフォローされてしまった。実際このレベルのパーティになると、回復以外ではあまり役に立てないだろう。

「また明日も狩りをするんですか？」

また今度と言わずに、明日狩りがあるならば参加したい。

「いや、通常は４日に１回くらいだ。この狩りは抜群に効率が良いが、ＭＰを大量に消費するだろ？　だから４日に１回、ＭＰを全快にしてくるわけだな」

「なるほど」

そうだったのか。また是非参加したい。

狭《はざ》間《ま》圏《けん》
［斥候：Ｌｖ48］＋31
ＨＰ：226／236＋2　ＭＰ：31／621　ＳＰ：3／132＋3　斥候：＋102
力：25　耐久：65　俊敏：40　斥候：＋46　技：25　斥候：＋46　器用：33＋1
魔力：63＋3　神聖：104＋1　斥候：－7　魔力操作：88＋1
［辻風：Ｌｖ４］＋4　［風刃：Ｌｖ４］＋4　［回復魔法：Ｌｖ53］＋1
［エリアヒール：Ｌｖ11］＋1　［オートヒール：Ｌｖ31］＋1　［光耐性：Ｌｖ４］＋3
［ポーション生成：Ｌｖ16］＋1　［毒消しポーション生成：Ｌｖ２］＋1　etc…46

11　武闘大会

昨日の狩りでは、［斥候］のジョブレベルが一気に31も上がった。魔法中心のパーティは殲滅力が桁違いだから、効率が良い。だけど、MP回復に時間がかかるから次に参加できるのは3日後だ。

そして、［斥候］が31上がったにもかかわらず、スキルを何一つ習得できなかった。まぁジョブだけ［斥候］にしても、結局魔法を撃っていただけだからな。［斥候］のジョブのまま、前衛をこなさないとスキルは習得しにくいんだろう。前衛スキルはまだ全然習得していないのでできれば習得したいところだ。

そして、現在は毒状態だ。最近は異世界で就寝前に毒草を食べていた。［毒耐性］やHPも徐々にではあるが上がっている。

明日武闘大会に参加するため、少しでもHPを上げておきたい。毒草ではやや毒が弱くなってきたため、昨日は就寝前に毒薬を少し舐めてみた。少し舐めただけで、全身に痛みが走ったが、そのまま寝ることができた。異世界ではどんなに悪い状態でも寝ることができるな……。

どうやらHPがどんどん減っているらしい。［オートヒール］が発動している。毒薬はかなり強力だな。毒草や毒の実を［毒薬生成］のスキルを使って何倍にも濃縮している。通常は矢などに塗って、傷口からダメージを与えるのだ。それを直に舐めたわけだから、相当なものだろう。

この寝たきりの状態では、外傷に痛みはない。火傷をしたときも、異世界で痛めつけられたときも、日本に戻ってくると感覚がないため痛みが無いのだ。しかし、毒薬の痛みは伝わってくる。

身体に感覚がなく、動かせないのに毒の痛みだけはあるのか。痛み無しでＨＰを鍛えることができるのも一つの利点だったんだけど、少し厄介だな。

そしてさらに、今日は［ストレージ］に残りの毒薬が入っている。この毒薬は日本では飲むことができない。身体が動かないし、点滴で生活しているので上位の［回復魔法］を覚えるまでは無理だ。

けれど、今日は実験したいことがある。

僕は［ストレージ］から毒薬を出す。

［アンチポイズン］！

僕は毒薬に［アンチポイズン］をかけまくる。

毒の実のときは、［アンチポイズン］をすることで、甘く美味しい実になった。毒薬に［アンチポイズン］をするとどうなるのか気になっていたので、ＭＰ消費のない日本で［アンチポイズン］をかけまくってみる。

すると、毒々しい黒紫色が、徐々に透明になっていく。

［アンチポイズン］！　［アンチポイズン］！　［アンチポイズン］！

完全に透明になった。

［アンチポイズン］！

お、まだ発動している。

［アンチポイズン］！　［アンチポイズン］！　［アンチポイズン］！

終わったか？

鮮やかな青緑色になった。これって、毒消しポーションと同じ色だよな。ただの毒消しポーションになったってことか？　いや、毒の効果が消えただけで、毒消しになったとは限らないよな。

仮に毒消しポーションになったとしたら、毒薬よりも、毒消しポーションのほうが高価だから、若干のお小遣い稼ぎにはなる。だけど、ただの毒消しポーションを作るだけなら相当効率が悪い。毒消し草から［毒消しポーション生成］で毒消しポーションを作ったほうが早い。まぁ、日本でやるとＭＰ消費がないから［アンチポイズン］のスキル上げにはなるな。

そして、今日から［エアブレード］の修行ではなく［風刃］の修行になる。［風刃］は効果範囲が広いので、部屋の中では発動させることができないが、外には連発させることができる。ＭＰ消費も激しいので、ＭＰ成長の効率化になるだろう。

鳥にぶつけないようにやらないとな。


「狭間、アイザキ、学校来たよ」

ササモトがやってきた。それは、仲直りできたということだろうか。

「なんか、悪かったな。いろいろ愚痴っちゃって」

「…………………」

「ほんとは今日、アイザキも誘ったんだけどさ、なんかまだちょっと気まずいらしくて。そうだ。アニメ見る？」

「…………」

僕はうなずく。

「狭間も治ったらさ、また3人でグダグダしようぜ？」

「…………」

そうだな。まぁ受験が終わったらできるかな。

狭間圏《はざまけん》
[風使い：Lv38]
HP：205／238+2 風使い：−23 MP：758／632+11 風使い：+126
SP：2／132
力：25 風使い：−13 耐久：65 風使い：−13 俊敏：40 風使い：+27 技：25
器用：34+1 魔力：63 風使い：+68 神聖：105+1
魔力操作：89+1 風使い：+88
[風魔法：Lv71]+1 [風刃：Lv13]+9 [回復魔法：Lv54]+1
[オートヒール：Lv32]+1 [リヒール：Lv7]+3
[状態異常回復魔法：Lv14]+1 [アンチポイズン：Lv24]+4
[補助魔法：Lv36]+1 [プロテクト：Lv49]+1 [バイタルエイド：Lv49]+1
[マナエイド：Lv36]+2 [空間魔法：Lv15]+1 [空間認知：Lv23]+2

［毒耐性：Ｌｖ18］＋1　［マルチタスク：Ｌｖ46］＋1　［ストレージ：Ｌｖ32］＋1
［毒草生成：Ｌｖ9］＋2　ｅｔｃ…37

♻

今日も朝から訓練場に来ている。

そして今日日本で［アンチポイズン］を使いまくった毒薬をカルディさんに見てもらう。

「そんなことが……」

「これです」

「確かに見た目は毒消しポーションですね。狭間さん、今日も毒の実をお持ちしましたので、食べてもらえますか？」

「はい、わかりました」

僕は毒の実をむしゃむしゃと食べる。ちなみにカルディさんは慣れているが、みんな引いている。

特にクラールは明らかに引いているな。

そして不味い……。

最近も［毒耐性］は上がっているので、少しはマシに感じるようになったが、それでも不味い。

［アンチポイズン］を使って毒を抜くと、あれほど美味しくなるのには驚きだ。

「これで毒状態になったと思います」

身体が内側から痛い。毒特有の痛みだ。

「では、これを飲んでみましょう」

「はい」

僕は自分で毒を抜いた毒薬を飲んでみる。

!!

美味い！　なんだこれは！

はちみつ？　いや、ミントのような清涼感もある。

「美味い！　美味いです！」

「やっぱりですか。それで、毒はどうです？」

そうだった。身体の痛みは無いな。

「アンチポイズン」！

……発動しない。

「毒は完全に治っていますね。「アンチポイズン」が発動しません」

「なるほど、もの自体は毒消しポーションということですね」

「はい、ただ味がかなり美味しいです」

「ほぉ……それは実に興味深いですね。明日また生成していただくことはできますか？」

「はい、もちろんです。今日生成した毒薬でやってみます」

「私も味が気になりますね……」

「俺はどんなに美味しくても、毒の実が原料ならいらねぇな……」

「同感だ……」

ジーンとクラールは引いていた。毒を抜いた毒の実を食べてみれば、わかってくれると思うんだけどな。


それから、一通りの魔石とポーション生成をこなす。

「昨日の狩りは凄かったね」

「だな、俺のジョブも上がったぜ」

「魔法部隊っていうのは多数相手には絶対的だね」

「んで、今日はどうする？」

「第四戦線の狩りは４日に１回みたいだからね。残念だな……。それでケン、明日からの武闘大会は本気で参加する気？」

「そうだね。昨日のやつを試してみたいよ」

「だったら俊敏を少しでも上げておいたほうが良いね。今日は僕が手伝ってあげようか？」

「おぉ！　お願いします！」

「じゃあ離れた位置から弱めの矢を撃つよ。頑張って避けてね」

「お、んじゃクラール。俺の方には強めのやつくれよ」

「了解。ジーンには本気で行くよ！」

「上等だ」

僕はクラールから30ｍくらい、ジーンは10ｍくらいの位置に移動する。

パシュッ！

「ぐっ！」

肩に痛みが走る。クラールの魔弓から光る矢が刺さり、消えていく。あんなに離れていてもほとんど反応できない。

それに比べてジーンは避けたり槍でさばいたりしている。あの位置だと、僕なら軌道すら追うことができないだろう。クラールの的確な矢が飛んでくる。

「いたっ！」

今度は脚か。肩はそのままでもいいが、脚は回復しておこう。とりあえず、避ける前に最低限盾で受けられるようにしたい。

「ケン！　もうちょっと離れて！」

「了解！」

僕はさらに10ｍくらい後退する。

「いくよ！」

ガギンッ！

なんとか盾に当てることができた。しばらくこの位置で慣れる必要があるな。

「ジーンが優勝したときって強い人いた？」

「まぁそれなりだな。苦戦はしなかったけど、弱くはなかったぞ。今のケンだとどうだろうな。［フレアバースト］が当たれば、そこそこいけるんじゃねぇか？」

「楽しみだね、ワクワクするよ」

「お前って、気質は前衛だよな。まぁ負けても死にはしねぇよ。お前もそうだけど、回復要員が何人も準備してるからな」

「それにしてもケン、なんでまた武闘大会に出たいの？」

「なんでって言われても、大会があるなら出たいよ」

「もう一回言うけど、お前気質は前衛だよな」

「一応賞金も出るみたいだけど、それには興味ないの？」

「え！　賞金出るの？」

「あたりめぇだろ。何のために参加すんだよ」

「まぁ少ないけどね。毎月行われてる大会だから、5万セペタだけだよ。教会で稼げばすぐじゃない？」

「おぉ、それでも充分だよ」

「あとは、優勝者は1年に1回の大会にも出られるよ。そっちは結構大掛かりで、賞金も50万くらい出ると思う」

「うへぇ。すごい規模だね。ジーンは出るの？」

「いや、俺はパス。今年は兄貴が出るからな。出ても半殺しにされて終わりだ」

おいおい、マジかよ。ジーンのお兄さんってそんなに強いのか……。

狭間圏《はざまけん》
［斥候：Lv48］
HP：233／243＋5　MP：22／632　SP：2／135＋3 斥候：＋102
力：25　耐久：67＋2　俊敏：43＋3 斥候：＋46　技：25 斥候：＋46　器用：35＋1
魔力：63　神聖：106＋1 斥候：−7　魔力操作：89
［回復魔法：Lv55］＋1　［オートヒール：Lv33］＋1　［ハイヒール：Lv27］＋1
［光耐性：Lv7］＋3　［ストレージ：Lv33］＋1　［毒薬生成：Lv16］＋1
［ポーション生成：Lv17］＋1　［毒消しポーション生成：Lv3］＋1　etc：46

♻

昨日はカルディさんから、多めに毒草や毒の実をもらい、［毒薬生成］をしておいた。

今［ストレージ］には毒薬がいくつか入っている。こっちなら、MPが使い放題なので［ストレージ］内のすべての毒薬に［アンチポイズン］をかけまくっておこう。

［アンチポイズン］！　［アンチポイズン］！　［アンチポイズン］！

ちなみに今僕は毒状態だ。異世界できっちり毒薬を舐めてきた。ただし、自分には［アンチポイズン］をやらないようにする。せっかくの毒状態が無駄になってしまう。

［アンチポイズン］！　［アンチポイズン］！　［アンチポイズン］！

よし、［ストレージ］内のすべての毒薬の毒を抜いてやった。これで美味しい美味しい毒消しポーションのできあがりだ。デザートに使うのはもちろん、紅茶に入れたら美味しそうだな。

そして、ここ最近［風魔法］の訓練ばかりしている。この前はペン立てにペンを戻すのに、すごい苦労をした。定規はまだ幅があるから良い。ペンや鉛筆は［風魔法］で操るのが非常に難しい。特に、立てるのが難しいのだ。

それから、テレビはリモコンがある程度操作できるようになり、昼間はテレビ番組を見ることができるようになった。しかし、テレビを見てもあまり得られることがない。

だから、朝兄がつけてくれている学習用の動画を見ているわけだが、最近厳しい。難易度が上がってきている。特に数学だ。これまで僕は数学が一番得意だったのだが、動画を見る限り、今一番厳しいのは数学だ。……やばい。洒落《しゃれ》にならないほどに難しい。何も書くことができないのは致命的だ。この内容を暗算で解くのは無理だ。

そもそも、例題を見て理解するのも厳しい。三角関数を微分するとか、意味不明過ぎる。

マジでやばいぞ。僕の得点源は数学だったんだ。一番得意だったものが、壊滅的になってしまう。

今は動画の連続再生で、数学と英語がメインで出てくる。しかし、この状態では物理の学習も無理だろう。何しろ書くことができないんだ。作図もクソもない。物理の暗算なんて無謀にもほどがある。

となると、英単語、古文単語、化学の暗記範囲のほうが効率が良いだろう。現状なら、世界史の暗記もありだ。文系科目ばかりだが、そういった動画は再生されていない。タッチペンを自由に動かせるようになったら、動画を暗記科目に切り替えるべきだろう。

狭間圏《はざまけん》
［風使い：Lv38］
HP：211／244＋1 風使い：－23 MP：768／642＋10 風使い：＋126
SP：4／138＋3
力：25 風使い：－13 耐久：67 風使い：－13 俊敏：43 風使い：＋27 技：25
器用：36＋1 魔力：63 風使い：＋68 神聖：106 魔力操作：91＋2 風使い：＋88
［風魔法：Lv72］＋1 ［風刃：Lv20］＋7 ［リヒール：Lv10］＋3
［状態異常回復魔法：Lv15］＋1 ［アンチポイズン：Lv30］＋6
［補助魔法：Lv37］＋1 ［プロテクト：Lv50★］＋1
［バイタルエイド：Lv50★］＋1 ［マナエイド：Lv38］＋2 ［空間魔法：Lv16］＋1
［空間認知：Lv25］＋2 ［毒耐性：Lv19］＋1 ［マルチタスク：Lv47］＋1
［ストレージ：Lv34］＋1 ［毒薬生成：Lv17］＋1 ［毒草生成：Lv11］＋2
etc…38

♻

今日は魔石の補充や生成をせずに、王都へやってきた。王都には、ポータルを使えるようにするために1度来ている。人が多く、もっとも栄えた都市だ。街は石畳の通路が整備されているが、道は通りやすいとは言えない。真っ直ぐな大通りのようなものが無いのだ。

これは、魔物や他国に攻められたときに、守りやすくするためのようだ。思えば、異世界についての歴史なんかはほとんど知らないな。興味が無いわけではないけど、それよりも修行がしたい。

道が全くわからないので、大会運営の職員に案内してもらった。教会の回復要員は待遇が良い。

「狭間様、道中スキルの確認をお願いしたいのですが」

「了解です」

僕は一通り自分の使える［回復魔法］について説明する。

「なるほど、では主に［エリアヒール］をお願いすることになると思います」

「了解です」

しばらく歩くと大きな建物が見えてきた。

おぉ……。闘技場というやつだろうか。でかいな。壁面が曲線になっているということは、円形の建物だろうか。やっぱり観客席から見やすいようにすると円形になるのか。

開始まではまだ時間があるのに、それなりに人がいる。

「こちらになります」

職員の人に案内される。小さな入口だ。関係者だけが入れるっぽいな。

なかには大きく曲がった通路がある。少し進むと広場になっており、さらに中心には大きく開けた場所がある。石畳のステージがいくつもあり、建物全体から中心を見ることができるような作りになっている。

4階建てくらいか。ここは1階だから、中心部まではそんなに見えないけど、上からも見えるようになっているな。ほとんど球場だ。

「こちらが治療室になります」

地面からやや下がったところに、いくつもベッドが置いてある。ダッグアウトっていうのか？

野球選手たちが控えているようなところだ。テレビで見た控室を広くした感じだろうか。確かに、ここなら大会出場者が大怪我をしてもすぐに治療できるな。

「あの、選手として出場する場合はどこへ行けば良いのでしょう？」

「え？　回復要員として来ていただいたのではないのですか？」

「はい、そうなんですが、できれば出場もしたいと思いまして……」

「はぁ……。少々お待ちください」

職員はどこかへ行ってしまう。

少し困ったようなリアクションだった。出場できないということだろうか。

ソワソワしてしまうな。ここには、既に聖職者っぽい人が何人かいる。アインバウムの教会の職員よりも比較的若いな。そういえば、新人が回復要員になることが多いという話だった。

しばらくぼーっとしていると、職員の方が小走りでやってきた。

「お待たせしました。ではあちらで出場の受付をしてきてください。受付が終わりましたら、基本的にこちらの治療室でお待ちください。選手として出場するまでの間、出場選手たちの治療は行っていただきます。それでもよろしいでしょうか？」

「はい、もちろんです。ありがとうございます」

なんだか迷惑をかけてしまったようだ。そりゃ大会の運営としては、回復要員には常に準備しておいてほしいよな。

僕は受付まで小走りで行く。

げっ！

すごい行列だ。しかも強そうな人ばっかかり。この人達全員参加するのか。


「次の方、どうぞ」

「はい」

「では、こちらのプレートに微量で構いませんので、魔力を流してください」

「はい」

スマホくらいの大きさの金属板に魔力を流し込む。

おぉ……。プレートに254という数字が光りだす。

「こちらがあなたの番号になります。試合前に［補助魔法］がかかっていますと、プレートが反応し、失格となります。プレートを無くしてしまうと出場できなくなりますのでご注意ください。また無くしたとしても、それなりに高価なものですので、常に位置がわかるようになっています。盗難してもすぐに見つかると認識してください」

「はい、わかりました」

「では次の方、どうぞ」

おぉ……。僕が並び始めたときよりも、列の人数が増えている。一体何人いるんだろうか。

とりあえず、番号が呼ばれるまで治療室に戻ろう。


「1番から64番までの選手は各ステージに上がってください」

大きな声が聞こえる。拡声器でも使ったような声だ。声を大きくする魔法でもあるのだろうか。

まだ受付に並んでる人も結構いるのに。人数が多いもんな。受付をしつつ、予選が始まり、人数を絞ってくのか。

まずいな、すぐに治療室へ戻ろう。


「ぐあぁ！」

流血した人々が早速運ばれてくる。なんてこった。観客がいる大会なのにまるで戦場のようだ。

職員がプレートを確認し、ベッドへ誘導する。なるほど、ここで治療と同時に負けてしまった人のプレートを回収するんだな。

「では、お願いします」

「[ハイヒール]！」

次々に聖職者たちが回復していく。僕のところにはまだ来ない。

「比較的軽傷の方は、こちらになります」

僕の前にぞろぞろと10人くらいの怪我人が集まる。

「では、[エリアヒール]のほうをお願いします」

「了解です。[エリアヒール]」

入れ替わりに何人も怪我人がやってくる。結構MPが無くなるな。試合中自分を回復するくらいのMPは残しておきたいんだけど。


「193番から256番までの選手はステージに上がってください」

おっと、僕は254番だから入ってるな。

「すみません、行ってきます」

僕はそそくさと治療室を出る。

四方が10mほどの正方形のステージに上がる。32組が同時に戦うようだ。

相手の武器は片手剣だ。［剣士］系のジョブだろうか。ちなみに今の僕のジョブは［斥候］だ。

少ない俊敏を少しでも上げておきたい。

相手は30代だろうか。ベテランだよな……。


ヒューッ！


大きな笛の音がなる。戦いの合図だ。

僕は盾を構え、できるだけ急いで［補助魔法］をかける。


ダッ！

相手の剣士が突進してくる。

やっぱりだ。速い！

ガツンッ！

だけど、ジーンに比べたら全然だ。反応できないほどの速さではない。

いける！

「［風刃］！」

僕は自分の左右から前方へ［風刃］を同時に使う。剣士は僕の正面に避けるしか無い。


今だ！

「［フレアバースト］！」

バゴオォォオオオン！


爆音とともに剣士が場外へと吹っ飛ぶ。


「254番勝利です。速やかに治療室へ行き、次の戦闘の準備をしてください」

「はい！」

よし！　いけるぞ！

1回ごとに腕がめちゃめちゃになるが、この戦法なら格上相手でも決まれば倒せる！

僕は同じ戦法で予選を3回勝ち抜くことができた。
MPはギリギリだ。明日は大丈夫だろうか。

狭間圏《はざまけん》
［斥候：Lv48］
HP：238／248＋4　MP：16／642　SP：7／140＋2　斥候：＋102
力：26＋1　耐久：69＋2　俊敏：45＋2　斥候：＋46　技：27＋2　斥候：＋46　器用：36
魔力：64＋1　神聖：108＋2　斥候：－7　魔力操作：91
［風刃：Lv21］＋1　［回復魔法：Lv56］＋1　［エリアヒール：Lv12］＋1
［オートヒール：Lv34］＋1　［クイックヒール：Lv5］＋1　［リヒール：Lv11］＋1
［体術：Lv2］＋1　［盾：Lv25］＋1　［ガード：Lv17］＋1
［炎耐性：Lv30］＋1　［マルチタスク：Lv48］＋1　etc…43

今日も日課の修行をする。特に自室では［風刃］を強化する必要がある。昨日の試合では、［フレアバースト］がかわされることは無かった。だけど、［フレアバースト］を避けて［風刃］をくらったほうがダメージが少ない。今後の試合ではそういった可能性が大いにあるため、［風刃］の威力を上げておく必要がある。

あとは、同時に勉強をしている。受験もあるし、［マルチタスク］も強化中だ。寝たきりの状態で数学と物理を勉強するのはほぼ不可能だったので、今日は暗記を中心に進める。

動画ではなく、単語帳だ。［風魔法］を使って、英単語帳を持ち上げる。タッチペンの操作を目標としていたので、本くらいの大きさのものなら簡単に持ち上げられるようになっている。

しかし、ページを開くとなると、一気に難易度が上がる。単語帳がバラバラとめくれてしまう。それだけなら良いが、気を抜くと吹っ飛んでしまう。1枚1枚めくるのは無理なので、とりあえず開くことができたページの単語を覚えよう。

これ、この状態で固定するのもなかなかきついな……。少しでも気を抜くと単語帳が吹っ飛ぶ。まずは英単語、それが飽きたら古文単語、それから無機化学だ。暗記するものを頭でひたすら復唱する。

きつい……。

猛烈につまらない……。

いや、僕の場合は［マルチタスク］上げがある。単純に暗記しているよりは楽しいはずだ。

駄目だ……。あまりにつまらないので、無謀にも数学Ⅲの教科書を開いてみる。

……。

くそぉ！　わからない！

行間が飛びすぎだ。この1行の間に何があったかわからない。ノートに書くことができればまだマシだろう。

ん？

キタッ！

キタぞ！

新スキルだ！

［文書］ってそのままだな。

いや、これは厳密にはスキルじゃない、魔法だ。何故か［空間魔法］の一つとして習得している。

まぁSP消費ではなくMP消費なのは都合がいいな。

とりあえず発動してみよう。

［文書］！

おぉ……。目の前にB5くらいの黒いスクリーンが現れる。

えっと？　これに書けるんだよな？　どうやって書くんだ？

頭の中で文字を書くイメージをする。なんとなくだが、いける感覚がある。やっぱりだ。文字が浮き出てきた。しかも僕の字だ。

図形なんかも書き込むことができるんだろうか。

おぉ！　いけるぞ！

しかも、作図については、僕が直接書くよりもきれいに書くことができる。直線や円は、定規やコンパスを使って書いたかのようにキレイだ。

あ〜……。ただこれ、B５１枚で終わりだな。１枚分書けるだけでも、数学や物理の勉強は格段に捗るだろうけど。

［文書：Ｌｖ０］となっている。レベルがあるということは、レベルが上がれば枚数や大きさが増えるということだろう。

そして、一番気になるのはこの［文書］が他の人に見えるかどうかだ。

おそらくだが、僕にしか見えない。なんとなく感覚でそうだとわかる。

そして僕しか見えないということだったら、予《あらかじ》め書いておいた内容はカンニングできてしまうな。

一応確かめておこう。


しばらくすると、庭にいつものように鳥が集まってくる。

［バイタルエイド］！［プロテクト］！［マナエイド］！

一通りの［補助魔法］を鳥たちにかけていく。いつもの［補助魔法］強化の修行だ。

そして［文書］！

鳥たちの目の前に黒いスクリーンが現れる。

［空間認知］を使って、鳥たちの動向を確認する。ノーリアクションだ。やっぱり見えていない。

そして［文書］だが、思ったよりも遠くに発動できるな。用途としては、手紙や電話の代わりとということだろうか。［空間魔法］と［文書］のレベルが上がれば、通信手段として使える可能性がある。

あ。鳥たちが飛び立っていった。［文書］の黒いスクリーンをすり抜けていく。これは完全に僕にしか見えないようだな。

よし、できるだけ勉強を進めよう。

夕方勉強に疲れたので、テレビをつけてみる。テレビのリモコンであれば、操作ができるので、操作してワイドショーを見る。

ブンッ！

「こちらが事件現場の交差点です」

え？

ここって……。

「3ヶ月ほど前、高校3年生の男子生徒が意識不明で発見されました。その後男子生徒は病院に運ばれ、今も身動きがとれないということです」

やっぱり。僕のことだよな。なんで今頃ニュースになっているんだろう。

「事故の痕跡は全く無く、また、男子生徒の所持品が消えていたとのことです」

兄さんが言っていたとおり、事故の痕跡は無いのか。所持品については、異世界でカルディさんに売ってしまったからな。現場に無いのは納得できる。

「さらに昨日、不可解な事件が起きてしまいました。同学校の3年生である女子生徒が、同様に意識不明で発見されたのです」

え……。

（現場付近を通勤する人）

「特に大きな音なんかは聞こえませんでしたよ。ええ、普段と変わりは無かったです」

（現場付近のコンビニ店員）

「いやぁ、怖いですよね。僕もここに通勤するわけですから。事件なら早く解決してほしいです」

「このように、現場付近はいつもと変わらない状況だったようです」

「スタジオからすみません。現場付近に監視カメラは無いんですか？」

「監視カメラは多数あるようです。映像も残っているようですが、未だに有力な手がかりが無いようです」

「通勤している方々のドライブレコーダーにも映っていると思うのですが」

「そちらも警察が映像を解析しているようです」

「わかりました。ありがとうございます」

わけがわからない。どういうことだ？　交通事故じゃないのか？　僕と同じ場所で事件？　3年生の女子って誰なんだ？

ダメだ。考えてもわからない。もっと情報がほしい。他のチャンネルだ。昨日の事故なら、他のチャンネルでも同じニュースを扱っているかもしれない。

まずいな。［風魔法］に集中できない。一旦落ち着こう。

よく考えてみれば、違うチャンネルを見たところで新しい情報が出てくる可能性は低いよな。それに、さっきのニュースだと警察もよくわかっていないようだった。

それからネットだ。やはりパソコン操作をする必要がある。結局僕にできるのは［風魔法］の訓練だけだな……。

狭間圏《はざまけん》
［風使い：Ｌｖ38］
ＨＰ：２１６／２４９＋１　風使い：－23　ＭＰ：７７７／６５１＋９　風使い：＋１２６
ＳＰ：３／１４２＋２
力：26　風使い：－13　耐久：69　風使い：－13　俊敏：45　風使い：＋27　技：27
器用：37＋１　魔力：64　風使い：＋68　神聖：１０８　魔力操作：93＋２　風使い：＋88
［風魔法：Ｌｖ73］＋１　［風刃：Ｌｖ25］＋４　［補助魔法：Ｌｖ38］＋１
［マナエイド：Ｌｖ40］＋２　［空間魔法：Ｌｖ17］＋１　［空間認知：Ｌｖ27］＋２
［文書：Ｌｖ２］Ｎｅｗ＋２　［毒耐性：Ｌｖ20］＋１　［マルチタスク：Ｌｖ50］＋２
［ストレージ：Ｌｖ35］＋１　［毒草生成：Ｌｖ13］＋２　ｅｔｃ…44

♻

今日は予選の4回戦から7回戦までである。昨日は人数が多かったため、3試合だけだった。今日は昨日から大幅に人数が減ったため、4回も試合を行う予定だ。そして、今日4回とも勝ち上がれば本戦に上がることができる。

本戦に上がれるのは8人のみで、そこで3回勝てば優勝のようだ。全部で10回ほど試合をするってことは、約1000人くらい参加するってことだろう。

今日の僕の最初の相手は、やや短めの片手剣を装備している。やばいなぁ。あの装備ってことは、俊敏が高そうだ。

「はじめ！」

審判の合図と同時に［プロテクト］［バイタルエイド］をかけようとする。

が……。

ガギンッ！

速い！

すぐに盾で受け止める。

駄目だ、［補助魔法］を使っている時間が無い。

［風刃］！　とほぼ同時に［フレアバースト］！

僕は［風刃］を自分の左右に発動させ、すぐさま正面の対戦相手に［フレアバースト］を使う！

「なっ！」

ブシュッ！

対戦相手は慌てて横に飛び退き、［風刃］をまともにくらい、一旦引いて距離を取る。

やっぱりだ。

［フレアバースト］ならよっぽどの相手ではない限り、一撃で仕留められる。だが、［風刃］はそこまでの威力は無い。


僕はすぐさま［クイックヒール］をする。相手は様子をうかがっているな。いきなり大技がきたから、不用意に近づけないんだろう。

正直助かる。あのまま連撃されると、こちらがもたない。

［風刃］をくらったのは向こうだが、こちらは［フレアバースト］のダメージがある。回復をしないと、こちらのほうがダメージが大きい。

ジリジリと距離を詰めようとしているので、今のうちに［バイタルエイド］と［プロテクト］をかけておく。

よしよし、こないならこっちから行くぞ！

「［エアブレード］！［風刃］！［エアブレード］！［辻風］！［エアブレード］！」

広範囲の［風魔法］で逃げ道を塞ぎつつ、［エアブレード］を当てていく。闘技場という限られたスペースでは、かなり有効な攻撃だ。大きな平野とかだったら、絶対僕のほうが不利だ。

「まいった……」

「勝者254番！」

やはり［フレアバースト］が当てられないと厳しい戦いになりそうだ。さっきの試合は完全にルールに助けられたな。

僕は治療室に戻り、自分の治療と負傷者の治療をする。昨日よりも大幅に怪我人が減っているので、今日1日MPはなんとかなりそうだ。


その後2回の試合に勝つことができた。いずれも［フレアバースト］を直撃させることができたからだ。

そして、この試合に勝てば予選突破ということになる。相手は大剣を持った戦士だ。身体も武器もデカイな。

「はじめ！」

「ふん！」

相手は大剣を構え、突進してくる。

意外と速い！［プロテクト］！

なんとか［プロテクト］だけは間に合った。

［風刃］！

キタ！　真正面から打ち合う気だ！

［フレアバースト］！

バゴォォォォオオオオン！

僕の拳と、大剣がぶつかり合う。相手は大きくのけぞっている。

もう1発！

僕は左手に持った盾を捨てる。

今度は左手で！

［フレアバースト］！

バゴォォォォオオオオン！

僕は大きくのけぞった相手の腹に［フレアバースト］を撃ち込んだ。

「がはっ！」

場外まで吹っ飛ぶ。

「勝者254番！」

なんとか勝った。今までの相手だと1発で決まっていたんだが、さすがに強くなってきたな。予選突破だ。けど、両腕が負傷している。特に、大剣と打ち合った右手はおかしな方向に向いている。

これ治るよな……。


治療が終わると闘技場へ来るように呼ばれる。会場はものすごい熱気だ。

あれ？　今日の試合はもう終わりだよな。明日から本戦じゃないのか？

ステージには、予選を勝ち抜いた人が並ぶ。

「これより、本選出場者の紹介をします」

スタイルの良い女性がキレイな声で話し出す。マイクを使っているな。中には魔石が入っているんだろうか。

「明日の朝にはオッズが出ますので、ご確認ください」


オッズ？　あれか。

本戦は賭けられるってことか。それで、予選を勝ち抜いた人の紹介をするのね。

「では、254番、狭間選手！　[風魔法]で相手を撹乱《かくらん》し、近づけば爆発する拳での攻撃！　盾

と拳、魔法という異色の組み合わせ！　近距離、遠距離どちらもこなせるファイターだ！　なんと［回復魔法］まで使えるらしいぞ！」

「オォオオオ！」

うわ……。すごい熱気だな。とりあえず軽くお辞儀をしておく。

「対するは、あの［昇仙拳《しょうせんけん》］の使い手！　ロウリュウ選手！　凄まじいスピードで美しい連撃を繰り出していきます！　ここまでなんと無傷だ！　だれも彼に攻撃を当てることができていない！」

うそだろ……。スピード重視とか一番苦手な相手だ。そして［昇仙拳］ってなんだろう。

紹介されたロウリュウという人物は、まだ若い。僕と同じくらいだろうか。坊主頭に、濃い顔立ちでキリッとしている。イケメンの部類に入るだろう。だけど、坊主イケメンなので男からも悪い印象にならなそうだ。クラールとは対照的だな。中華っぽい黄色い道着を着ている。

「ウスッ！」

ビシッとお辞儀をする。なんというか、様になっているな。

！！！！！

え⁉

僕は8人の中に知った顔があることに気がついた。

あれは……カミキさん？

……似ているだけか？

いや、右目の下に2つのホクロがある……。

駄目だ。司会の人が他の選手の解説をしているが全く頭に入ってこない。

「最後にフョウ選手！　２属性の双剣使い！　［炎属性］とレア属性の［雷属性］の使い手だ！

なんとなんと！　彼女も無傷で本戦出場だ！」

そうか！　彼女も僕と同じく転移してきたんだ！

あの交差点で意識不明になったのは、カミキさんだったんだ！

紹介が終わると、僕たちは解放される。僕は急いでカミキさんに近づく。

「カミキさん！　無事だったんだね！」

「む？」

「僕だよ！　同じクラスの狭間だよ！」

「学校？　すまない、人違いではないのか？　私はフヨウ。カミキなどという名前ではない」

「え……」

そう言うと、彼女は颯爽と立ち去ってしまった。

狭間圏《はざまけん》
［斥候：Ｌｖ48］
ＨＰ：２４３／２５３＋４　ＭＰ：15／６５１　ＳＰ：４／１４４＋２ 斥候：＋１０２
力：27＋１　耐久：71＋２　俊敏：46＋１ 斥候：＋46　技：28＋１ 斥候：＋46
器用：37　魔力：65＋１　神聖：１０９＋１ 斥候：－７　魔力操作：93
［風魔法：Ｌｖ74］＋１　［エアブレード：Ｌｖ58］＋１　［辻風：Ｌｖ５］＋１

【風刃：Lv26】＋1　【回復魔法：Lv57】＋1　【エリアヒール：Lv13】＋1
【オートヒール：Lv35】＋1　【クイックヒール：Lv7】＋2　【リヒール：Lv12】＋1
【体術：Lv3】＋1　【閃光突き：Lv0】New　【盾：Lv26】＋1
【炎耐性：Lv31】＋1　【フレアバースト：Lv8】＋1　etc…42

習得ジョブ
【上級聖職者：Lv38】【聖職者：Lv50★】【見習い聖職者：Lv30★】
【見習い魔法士：Lv30★】【魔法士：Lv32】【風使い：Lv38】【盗賊：Lv26】
【斥候：Lv48】【盾戦士：Lv50★】【薬師：Lv52】【狂戦士】

習得スキル
【炎魔法：Lv39】【ファイアボール：Lv12】【ファイアアロー：Lv5】
【風魔法：Lv74】【エアカッター：Lv20★】【エアブレード：Lv58】
【エアスマッシュ：Lv53】【辻風：Lv5】【風刃：Lv26】【水魔法：Lv31】
【ウォーターガン：Lv1】【氷結：Lv7】【土魔法：Lv20】【形成：Lv17】
【ショットストーン：Lv2】【鉱脈探知：Lv0】【回復魔法：Lv57】
【マイナーヒール：Lv20★】【ヒール：Lv50★】【ハイヒール：Lv27】
【エリアヒール：Lv13】【オートヒール：Lv35】【クイックヒール：Lv7】
【リヒール：Lv12】【状態異常回復魔法：Lv15】【アンチポイズン：Lv30】
【補助魔法：Lv38】【プロテクト：Lv50★】【バイタルエイド：Lv50★】
【マナエイド：Lv40】【空間魔法：Lv17】【空間認知：Lv27】【文書：Lv2】

［体術：Ｌｖ３］［閃光突き：Ｌｖ０］［短剣：Ｌｖ10］［ガウジダガー：Ｌｖ11］
［盾：Ｌｖ26］［ガード：Ｌｖ17］［炎耐性：Ｌｖ31］［水耐性：Ｌｖ６］
［光耐性：Ｌｖ７］［挑発耐性：Ｌｖ22］［毒耐性：Ｌｖ20］［痛覚耐性：Ｌｖ６］
［マルチタスク：Ｌｖ50］［ストレージ：Ｌｖ35］［毒薬生成：Ｌｖ17］
［ポーション生成：Ｌｖ17］［毒消しポーション生成：Ｌｖ３］［毒草生成：Ｌｖ13］
［薬草生成：Ｌｖ２］［自己強化：Ｌｖ19］［不屈：Ｌｖ30★］
［フレアバースト：Ｌｖ８］［狂乱の舞：Ｌｖ０］

書き下ろしSS

槍と弓

「久しぶりだな、ジーン」

ダーハルトは、息子に向かって話す。2m近くある巨体には、鍛え上げられたしなやかな筋肉が引き締まっている。くっきりした顔立ちは、実年齢よりも若く見られ、30代の色気を醸し出す。

「うぉ！　父さん！　なんだよ！　帰ってくるなら、連絡くらいよこせよな！」

ジーンと呼ばれた7歳の少年は、嬉しそうに言う。どうやら、なかなか帰ってこない父への不満よりも、久しぶりに父に会えた嬉しさのほうが勝っているようだ。

「悪いな。忙しいんだ」

ジーンの父ダーハルトは、申し訳無さそうに言う。なかなか帰宅できないほど忙しいことは事実だが、他にも理由がある。彼は、ギルドや国の要請によって常に魔物と戦っている。彼にとって、魔物と戦うことは生きがいであり、辞めることができない。夢中になって狩りをしてしまうので、なかなか帰宅しないのだ。

「久しぶりに、稽古をつけてくれよ！　狩りでもかまわないぜ！」

「いや、今日は知人に会う予定だ」

「なんだよ！」

ジーンはふてくされる。

「そうだな……あいつにもお前と同い年の子供がいるという話だ。お前も一緒に来い」

「マジかよ。それはめんどくせぇな」

仰々しい豪華な馬車の一団がやってくる。

「相変わらずだな……」

ダーハルトが少し呆れていると、最も大きく豪華な馬車から、30代の男性が降りてくる。奥からは、聖職者と思われる男性や、シスターたちも馬車から出てきて彼に続く。豪華な法衣をまとった男性は、高身長にもかかわらず、ダーハルトに近づくと小さく見える。

「久しぶりですね、ダーハルト」

「あぁ、久しぶりだな。イヴォン」

「はじめまして、クラールと申します」

イヴォンの横には、金髪の少年がいた。身なりはきれいに整っており、事前の知識がなければ少女だと思うだろう。

「はじめまして。初対面の挨拶とはしっかりしてるな」

「ダーハルトは2人目ですか？」

イヴォンがジーンを見て言う。

「そうだ。おい、ジーン。お前も挨拶くらいしたらどうだ？」

「………………」

対してジーンは頭の後ろで手を組み、不機嫌そうにしている。

「やれやれ、人見知りか？」

「そんなんじゃねぇよ……」

「私達は少し用事があります。クラール、ジーンくんと遊んでいなさい」

「はい、父上」

「は？　おい！　子供と遊んでろってのか？」

ジーンは父親に抗議する。

「お前も子供だろう。同い年じゃないのか？」

「そんなのは関係ないだろ！」

「そうだ、イヴォン。クラールは闘えるのか？」

「えぇ、まぁ多少は」

「だそうだ。ジーン、たまには村の人間以外と訓練してみたらどうだ？」

「はぁ？　女相手に闘えるかよ」

ジーンは鼻で笑い、対照的にクラールは爽やかに微笑む。クラールは女の子に勘違いされることには慣れており、特に気にしていない様子だ。

「それでは、シスターの皆さん、頼みましたよ」

「「はい！」」

シスターたちは返事をする。クラールの世話役だろうか、シスターたちも10歳にも満たない子どもたちだ。ジーンの言い分は、子供のものとみなされ相手にされていない。そして、イヴォンはシスターたちに声をかけ、ダーハルトと一緒に出かけようとする。

「おい！」

「ジーンくん、ワガママはいけないよ」

ジーンが声を上げるが、クラールがそれを制止する。

「うるせぇな、なんだよお前」

ジーンが不機嫌に答えると、クラールは［ストレージ］から何かを取り出す。

カラン！

2本の木剣だ。

「どうぞ」

1本は自身で手に持ち、もう1本をジーンへと渡す。

「はぁ～あ……」

ジーンは呆れたように木剣を手に取る。彼のいる村は特殊な村で、村の人間は幼少期から戦闘訓練を受けている。さらに、ジーンは村では負けなし、同年代はもちろん歳上まで剣で圧倒してしまうのだ。そんな彼が、女の子と思われる子供と戦う。明らかにめんどくさそうだ。

「じゃ、いくね」

カキンッ！

クラールは踏み込むと同時に身体を回転させ、鋭いなぎ払を放つ。

「なっ！」

ジーンは、クラールの想像以上に素早い身体の動きに驚き、とっさに剣で防御する。完全に油断していたジーンは、防御こそできたものの、体勢を崩す。

「はっ！」

ザッ！

クラールはそのすきを見逃さない。崩れた体勢のところに突きを繰り出す。

「うぉっと！」

ジーンは体勢を崩しながらも、木剣で突きの軌道をそらす。

「あぶなっ！」

バッ！

ジーンは一旦距離をとり、体勢を立て直す。

「お前、やるな。ちょっと本気出してやるよ」

ジーンは腰を落とし、踏み込むと猛スピードで斬撃を繰り出していく。

ガッ！　ガツガツ！　カツン！

「くっ……」

クラールが木剣でなんとか防御をする。木剣の音が響き渡る。彼は猛スピードの木剣の斬撃を全て防御するが、ギリギリである。速さにはついていけるのだが、腕力の違いにより徐々に後退せざるを得ない。両手で木剣を握るクラールに対し、片手で斬撃を繰り出すジーン。最初の奇襲こそあったものの、ほぼ勝負あったようにみえる。

「クラール様、頑張って！」

「負けないでクラール様」

「必死なクラール様も素敵……」

イヴォンと共にやってきた子供のシスター達がクラールに声援を送る。

「なんだか知らねぇけど、イライラするな！」

カキンッ！

ジーンが力強く木剣を振ると、クラールは防御した木剣とともに身体ごと吹っ飛ばされる。

カラン……。

クラールの握っていた木剣は、地面を転がる。

「まぁ！　クラール様！」

シスター達が駆け寄り、クラールに［回復魔法］をかける。

「おいおい、［回復魔法］って大げさじゃねぇか？」

「なんて野蛮な！」

シスター達がジーンをにらみつける。

「うるせぇ取り巻きだな……」

「ははは、まいった。キミ、強いね」

「お前も、まぁまぁだな」

クラールは素直に負けを認め、ジーンは得意げに腕を頭の後ろに回す。

しかし、黙っていないのはシスターたちだ。

「今のはただの力押しではありませんこと？」

「あんたなんて、クラール様が本気なら相手になんないわよ！」

「うるせぇな！　まとめてぶっ飛ばすぞ！」

シスターたちの言い分に、ジーンが怒って声を荒げる。

「まぁ、なんて野蛮な」

「男の子なんて野蛮で不潔よ！」

しかし、シスターたちは引き下がるどころかさらにヒートアップする。

「なんだよ……俺、悪くねぇし。いきなり攻撃してきたのはそっちだろ」

シスターたちの言い分にジーンは一切ひるまない。

「まぁまぁ、みんな落ち着いて」

「「「はぁい」」」

クラールが声をかけると、シスターたちは素直に返事をする。

「なんなんだよこいつら……」

「けれどクラール様、私達は不満です」

「そうです。何故細剣を使わないのですか？」

「そうよ、クラール様が細剣を使えば、イチコロですわ」

クラールが本領を発揮していないというシスターたちの発言に、ジーンが表情を変える。

「おい、そりゃどういう意味だ？」

「そのままの意味ですわ。クラール様のメイン武器は細剣ですの」

ジーンがクラールの方へ向き直る。

「そりゃ、本当か？」

「ははは、まぁね」

「細剣出せよ」

「いや、だって僕はケンカしに来たわけじゃないよ。訓練で……」

「いいから出せ」

ジーンはクラールをにらみつける。

「まいったな……」

クラールは［ストレージ］から訓練用の細剣を取り出す。

「あのさ、本当にこれで戦わないとダメかな」

「ビビってんのか？」

「剣の訓練予定だったたんだけど」

「くどいぞ！」

バッ！

ジーンは木剣で斬撃を繰り出す。

カッ！　カッ！　カツッ！

しかし、クラールの細剣に全ていなされ、軌道をそらされてしまう。

「なんだ、こいつ！」

「クラール様ぁ！」

「やっちゃえクラール様！」

だが、ジーンも本気ではない。

「これで……」

ジーンは片手で扱っていた木剣を両手持ちにする。斬撃の威力が桁違いに跳ね上がる。しかし……。

カッ！　カッ！　カツッ！

「ハッ……」

ジーンの木剣をことごとく弾き、いなすクラール。先程とは逆に、クラールは片手で細剣を使っている。

「クソ！（うまく力が入らねぇ）」

ジーンの攻撃は素早く、そして非常に重い。それは7歳児ではありえないほど強烈なものである。しかし、クラールはその全てを見切り、攻撃をいなす。

カキンッ！

クラールが細剣をくるりと返し、ジーンの握っていた木剣を弾き飛ばす。

「きゃぁ！」

「ステキ！」

「さすがクラール様！」

クラールは細剣の先端をジーンの首に向ける。ジーンは驚きを隠せない。目を見開いて細剣の先端をじっと見つめる。クラールは、ハッとした表情になり、慌ててジーンをフォローする。

「いや、こんなつもりじゃ……」

やってしまった。クラールは戦うつもりなど無く、訓練がしたいだけだった。それも同世代同性の友達と。しかし、相手が熱くなり、さらにそれを圧倒してしまったのだ。

「おい！　お前、すげぇな！」

しかし、彼の、ジーンのリアクションは想像していないものだった。ジーンは目を輝かせ、クラールに詰め寄る。

「めちゃくちゃ速いし、全然攻撃が通んねぇ！　あり得ねぇ！　あり得ねぇよ！」

ジーンは怒るどころか、喜んでいるように見える。

「え？」

「いやぁ、悪かったな！　お前そんなに強かったのかよ！」

「あれ？　怒ってない？」

「まぁ負けたのはちょっと悔しいけどな。それよりもさ、こいつらめんどくせぇし、こっちに来いよ！」

ジーンはクラールの手を強引に引き、村の訓練所まで連れ出す。

「ちょっ……」

「「クラール様ぁ！」」

♻

カツッ！　カッ！　カッ！

訓練所には、木剣のぶつかる音が響き渡る。

「ダメだ！　何回やっても届かねぇ！」

「いや、今のは危なかったよ」

ジーンとクラールは人気のない訓練所の端に腰を下ろす。

「まさかこんな強いやつがいたとはなぁ」

「キミも凄いよ。後数日いたら僕の細剣にも対応されそうだな」

「てかさ、お前なんで細剣なんて使ってんの？」

「僕さ、潔癖症なんだ」

「は？　そんなこと聞いてねぇよ」

ジーンは眉間にシワをよせて、クラールに言う。

「いや、ほら、剣って相手の身体に接触する部分が多いでしょ？　細剣ならほとんど尖端しか当たらないんだ。剣も細いし」

「はぁ？　（何言ってんだこいつ？）」

「あはは……。（これは伝わってないな）」

クラールは苦笑いをし、ごまかす。

「よくわかんねぇやつだな」

「それよりさ、ジーンくんはなんで剣なの？」

「そりゃ、普通剣だろ？」

「けど、力も速さも活かせてないような……」

「なんだよ」

ジーンはクラールを睨む。

「いや、悪い意味じゃないんだ。他の武器も試してみたらどうかなって」

「他の武器ねぇ……」

♻

半年後。

「まいった……」

「ッシャー！」

クラールが降参すると、ジーンは拳を握りしめ歓喜をあげる。

「槍か、考えたね。全く近づけないよ」

「だろ？　お前のアドバイスのおかげだぜ」

「ジーンくんの腕力があれば、槍でも剣と同じくらいの速さを保てるみたいだね」

「そうなんだよ。斧とかも試したんだけどよ、槍が一番しっくりきたな。にしても……」

ジーンは顎に手を当ててクラールを見る。

「いや、お前の細剣強えんだけどさ、半年前とほとんど変わってなくねぇか？」

「あぁ、そうだね。僕、弓にしたんだ」

「なっ！」

あれだけ強かったクラールがあっさり武器を変えたことに、ジーンは驚いている。

「やっぱりさ、魔物に接触するっていうのが苦手なんだよね」

「潔癖ってやつか？　てか、勝ち逃げされたみてぇでなんだか納得いかねぇな」

「あはは……」

「ムカつくヤツだぜ」

「残念。嫌われちゃったかな。初めて同性の友達ができたと思ったんだけど」

「はぁ⁉　同性ってお前男だったのか⁉」

「えぇ～……今更？　いや、さすがに声で気づくよね……」

クラールは呆れたように苦笑いする。

あとがき

このたびは、「二拠点修行生活～異世界転移したと思ったら日本と往復できるらしい。異世界で最弱、日本では全身麻痺だが、魔法が無限に使えるので修行し続ける～」第二巻をお手に取っていただきありがとうございます。

皆様はこの世界のようにジョブがあるとしたら、何を選択するでしょうか。私は迷わず「聖職者」です。私は学生の頃、ＭＭＯＲＰＧ「大規模多人数参加型オンラインＲＰＧ」で遊んでいました。ゲームを始める際には、ジョブを選択するのですが、私はもちろん「聖職者」です。レベルアップでステータスにポイントを割り振るのですが、基本的に「聖職者」はＭＰに全振りが常識です。ＭＭＯＲＰＧというのは、パーティーで狩りをします。そのようなゲームバランスで作成されていますし、それが醍醐味なわけです。ですから、「聖職者」のステータスもパーティーで役に立つようにＭＰに全振りするわけです。しかし、私は０・５割ＭＰ、１割耐久、残り全てを素早さに割り振りました。そのゲーム内では、恐らくネタだと思われていたでしょう。何しろ回復量が酷いのです。ＭＰ回復アイテムをがぶ飲みすることで、なんとかパーティーでの狩りについていくことができました。もちろん赤字です。そして私は「聖職者」唯一の攻撃スキルを強化し続けました。同じモンスターを同じスキルでひたすら叩くのです。私はパーティーが基本であるＭＭＯＲＰＧで、ソロで、素早さ特化の「聖職者」でひたすら同じモンスターを叩き続けました。

その結果どうなったか。

対人戦で［盗賊］を倒しました。対人戦は基本的に素早さが高く、そして、補正が入る［盗賊］が最強でした。そのゲームでは闘技場で対人戦ができるのですが、そこに［聖職者］が入ったところで、「聖職者ｗｗｗ」という扱いを受けます。そんな扱いを受けていた私が、［盗賊］を、それもクリティカルヒットで沈めました。通常［聖職者］の攻撃は［盗賊］にかすりもしません。まず当たらないのです。しかし私は、クリティカルヒットで次々に［盗賊］を沈めました。

みんなそろって、チャット上に驚いた顔文字を出していました。

この物語の主人公である狭間も特殊な［聖職者］です。彼は私がゲームで育てていた［聖職者］の影響を受けているのかもしれません。そして狭間はまだまだ強くなります。今後も彼の成長をお楽しみいただけると幸いです。

最後に、応援してくださった読者の皆様、ＴＯブックスの皆様、素晴らしいイラストを描いてくださったＮｏｙ様、本当にありがとうございました。心から御礼を申し上げます。

そしてこの本を読んでくださった読者の皆様、本当にありがとうございます。それでは失礼します。

二拠点修行生活２
～異世界転移したと思ったら日本と往復できるらしい。異世界で最弱、日本では全身麻痺だが、魔法が無限に使えるので修行し続ける～

2024年1月1日　第1刷発行

著　者　橋下 悟

発行者　本田武市

発行所　TOブックス
〒150-0002
東京都渋谷区渋谷三丁目1番1号　PMO渋谷Ⅱ　11階
TEL 0120-933-772（営業フリーダイヤル）
FAX 050-3156-0508

印刷・製本　中央精版印刷株式会社

ISBN978-4-86794-026-6